아들아,
이것이
중국
이다

아들아, 이것이 중국이다

초판 1쇄 인쇄 | 2008년 6월 10일
초판 1쇄 발행 | 2008년 6월 15일

지은이 | 조영임
발행인 | 김학민
발행처 | 학민사

등록번호 | 제10-142호
등록일자 | 1978년 3월 22일

주소 | 서울시 마포구 대흥동 150-1번지(우편번호 121-809)
전화 | 02-716-2759, 702-3317
팩시밀리 | 02-703-1495

홈페이지 | http://www.hakminsa.co.kr
이메일 | hakminsa@hakminsa.co.kr

ISBN 978-89-7193-185-1 (03820), Printed in Korea

아들아,
이것이
중국
이다

글쓴이 **조 영 임**

학민사

지평선이 끝나는 곳에

먼 나라에 대한 아득한 동경이,

낯선 곳을 밟아보고 싶다는 열망이, 내 안에 늘 있었다.

산동성 연대(烟台)대학에서 1년간 중국 학생들을 가르치는 틈틈이 살며 부대끼는 사람들의 모습을 찾아 셔터를 누르고 옛 문화의 향기를 맡아보았다.

곳곳에서 만나게 되는 이국 문물에서는 설레임과 두려움만큼 신비로움도 있었다.

소통할 수 없는 언어 대신 웃음으로 만났던 이국인의 얼굴을 통해서 내가 살아있다는 신선한 느낌도 들었다.

수천 년 이끼 묻어 역사와 신화가 함께 아름답던 고궁의 한 조각 단청에서부터 차창 밖으로 지는 해를 보며 향수를 달래던 아름다운 분들의 이야기를 가슴 속에 고이 간직하고 싶다.

연대대학 앞의 보드라운 모래사장과 옥빛 바다,

그곳에서 1년을 보내며 삶의 여유가 어떤 것인지 스스로 체험할 수 있었던 것도 큰 축복이다.

중국에 와서, 바쁘게 사느라 잊었던 삶의 감격을 되찾게 되었는지도 모르겠다.

졸고를 선뜻 출판해 준 김학민 사장님께 감사한다.

아울러 편집하느라 애써 준 양기원 편집장에게도 고마운 마음을 전하고 싶다.

1년간 내 여행의 보디가드이자 파트너였던 7살 난 아들,

김덕원에게 어린 한 때의 추억을 담아 이 책을 선물하고 자 한다.

2008년 5월

誠敬齋에서 曺 永 任

5

차례

아들아, 이것이 중국이다

제 2 부   연대시 근교에 볼만한 것이
         무엇이 있을까?

제3부 연대시를 벗어나면 볼 만한 것이 무엇이 있을까?

제 4 부 상해, 항주, 소주, 남경에는
무엇이 있을까?

낯선 중국생활, 잘 할 수 있을까?

이 것 이 중 국 이 다   제   1   부

만사형통을 기원하며 먹는 탕위앤

===== 산동성 연대의 정월 대보름

음력으로 1월 15일을 정월 대보름이라고 한다. 우리나라뿐만 아니라 중국, 일본에서도 정월 대보름은 큰 명절로 생각하여 다양한 행사가 이 날 행해진다.

2007년 2월 26일, 중국 연대시에 안착한 이후 줄곧 귀를 울린 것은 폭죽 소리였다. 처음엔 간헐적으로 들리는 굉음으로 근처에 무슨 공장이 있을 것이라 여겼는데, 밤에 불꽃을 보고 정월 대보름을 위한 축제임을 알았다.

중국에서의 정월 대보름 행사는 굉장히 크고 화려하게 치러진다고 한다. 특히 등회(燈會)라고 하는 관등놀이 혹은 등불 축제가 볼 만하다는 말을 익히 들어왔던 터라 자못 기대하였다.

그러나 아침부터 보슬비가 내리더니 오후부터는 바람이 점점 거세어졌다. 그러다 급기야 저녁 8시쯤 몇 센티미터의 눈이 쌓이게 되면서 화려한 불꽃 축제는커녕 간헐적으로 들리던 폭죽 소리마저 완전히 끊어지고 말았다.

오후에 잠시 연대대학 앞에 있는 마트에 갔더니 사람들마다 봉지를 들고 나오는데 내용물이 비슷하였다. 마치 하얀 새알같

기도 하였다. 두어 봉
지씩 가지고 가는 학
생들도 있었다. 며칠
전 동료에게서 들은
'탕위앤(湯圓)'이라
는 것이다. 막상 사려
고 하니 이름을 잊어
버려서 안내원에게

'1월 15일 원(圓)'이라고 대충 써주었더니 대번에 알아보고 판매
하는 곳으로 안내하였다.

　　이 음식은 대략 송나라 때부터 시작되었다고 하는데, 찹쌀
가루로 빚어 안에 소를 넣은 것이다. 소가 있는 것도 있고 없는
것도 있고, 시고 달고 맵고 짠 것도 있다고 한다.

　　그러나 우리가 사 온 것은 대체로 무척 달았다. 안에 든 소에
꿀, 설탕, 깨소금, 잣 등이 들어 있는지 달고 고소하였다. 팔팔 끓
는 물에 4, 5분 정도 넣어서 동동 떠오르면 건져서 먹는다. 우리
의 경단과 비슷하였다. 달달하고 고소해서 아이들 입맛에 잘 맞
는 것 같았다. 대략 한 접시에 3원 50전이니 싼 편이다.

　　중국인들이 대보름에 이 음식을 먹는 이유는 그 모양이 동
그랗듯이 가정이나 국가가 만사 원만하게 잘 풀리기를 바라는
마음에서라고 한다. 정월 대보름의 둥근 달을 보고 만사가 형통
하기를 바라는 마음은 한국이나 중국이나 일맥상통하는 듯하다.

　　눈이 내리고 연대시 전체를 뒤흔드는 것 같은 광풍에 잠들

지 못하는 이 밤, 문득 대보름에 대한 어릴 적 일이 떠올랐다. 잠자리에서 일어나자마자 땅콩, 호두, 사탕을 '뿌지직' 소리 나게 깨무는 '부럼 깨물기'가 있었고, 아침에 제일 먼저 만나는 사람을 불러서 대답하면 '내 더위 사요'라고 하는 '더위팔기'가 있었다.

어른들은 귀밝이술을 마시기도 하였는데, 평소 술을 전혀 하지 못하는 아버지는 겨우 한 잔 드시고 얼굴이 벌게져서 동네 회관에서 벌어지는 윷판에도 겨우 가시곤 하였다.

정월 대보름 새벽에 제일 먼저 우물물을 길어오면 운수대통한다는 말에 밤을 꼬박 새우고 마을 처녀들 중에서 언제나 가장 먼저 물을 길어오셨다던 어머니는 그때나 지금이나 여전히 부지런하시다.

그중에서도 내 기억에 오래도록 남아 있는 것은 제천의 작은 시골 동네 집집마다 돌아다니며 양푼에 오곡밥이며 찰밥과 함께 나물을 얻어다 먹는 일이다.

남의 집 밥을 세 집 이상 얻어먹어야 운이 좋다는 어른들의 말씀을 듣고 친구들과 함께 세 집이 아니라 밥을 줄만한 집은 모두 돌아다니면서 그릇 가득 얻어다가 또래 동창의 집에 아지트를 정해 놓고 온갖 수다를 떨면서 밤이 이슥하도록 남김없이 다 먹었던 일.

떨어진 장판, 너덜너덜한 벽지, 문틈으로 바람이 숭숭 들어오고, 윗목 한쪽에는 겨우내 다 먹지 못한 고구마 시렁이 놓여 있던, 어두컴컴했던 어릴 적 친구의 집. 지금 들어도 정겨운 순희, 미자, 영희, 미숙이, 재석이, 경동이, 모두 어느 하늘 아래 따뜻한 보금자리를 마련하고 잘 살고 있을 친구들이다.

　　가족과 벗들을 떠나 타국에서 맞는 정월 대보름에 비록 휘영청 밝은 달은 보지 못하였지만, 까마득히 잊고 지냈던 고향 친구들의 이름을 가슴에 하나씩 꼽아보면서 가족과 친구들의 안녕과 행복을 기원해 본다.

엄마, 중국 유치원은 놀기만 해

—— 아들이 중국 유치원 처음 가던 날

"엄마! 내일이면 나 중국 유치원 가는 거야?"

"응."

"안 가면 안 돼?"

"유치원 안 가고 너 혼자 집에 있을 수 있어?"

"아니."

7살 된 아들은 중국 유치원 가는 것이 제 딴에도 부담스러웠던지 몇 번을 물어 보았다. 어떤 어려운 일이 있을지는 생각도 못하고 오로지 비행기를 탄다는 생각에 중국 가는 것을 좋아하였고, 그래서 유치원에 가면 중국 아이들에게 보여주겠다며 『마법 천자문』만화책까지 따로 챙겨 놓았던 아들이었다.

한국에 있을 때도 그랬지만, 내가 직장에 나가 있는 동안 돌봐줄 사람이 없으니 어쩔 수 없이 유치원에 가야 하는 상황을 나름대로 이해는 하지만 그래도 걱정스러웠나 보다. 여기는 한국이 아니라 중국이니까.

3월 5일. 일찍이 아침밥을 먹고 10여 분을 걸어 유치원에 도착했다. 이곳 유치원에는 한국 어린이가 중반(中班)에 두 명이 있고 대반(大班)에는 한 명도 없다고 했다. 이것저것 수속을 마치고 아이를 대반 선생님께 인사시키고 막 나오려 하니 발길이 떨어지지 않았다. 아들도 내 마음과 같은지 울상이 되더니 눈물까지 찔끔 흘렸다. 그래도 어쩔 수 없이 오후에 데리러 오겠다는 말을 남기고 유치원을 나왔다.

오후 내내 일이 손에 잡히지 않았다.

아들 녀석이 한 마디도 통하지 않는 중국 학생들과 섞여서 잘 지내는지, 혹시 오줌 마렵다는 말을 못해서 오줌을 싼 것은 아닌지(오줌이 마려울 때는 아랫도리를 잡고 오줌 누고 싶다는 시늉을 하라는 것을 깜빡한 것이 후회되었다), 중국 음식이 입에 맞지 않아 점심을 못 먹은 것은 아닌지, 혹시 엄마가 제 시간에 안 올까봐 노심초사하는 것은 아닌지, 유치원 버스를 타지 않아도 되는데 버스를 태우는 실수는 하지 않는지, 온갖 생각들이 꼬리에 꼬리를 물고 일어났다. 참다못해 중국인에게 유치원 전화번호를 주면서 어떻게 지내는지 알아보라고 했다.

"걱정하지 않아도 되겠어요. 유치원 선생님이 장난꾸러기라고 하던데요?"

다른 아이들은 조용히 선생님 말을 듣는데, 아들만 혼자 책상을 열었다 닫았다 하면서 이곳저곳 구경하면서 돌아다니고, 간식과 점심도 잘 먹었다고 한다. 아들 녀석이 기특하고 고마워서 혼자 피식 웃음이 나왔다.

오후에 유치원을 파하고 집으로 돌아오면서 아들은 여자 친구가 주었다고 하는 때묻은 젤리를 호주머니에서 꺼내 입에 넣으면서 쉴 새 없이 재잘거렸다.

"엄마! 중국 유치원은 공부는 안 하고 놀기만 해. 장난감 가지고 하루 종일 놀았더니 손이 조금 아팠어. 여기 유치원도 간식에 우유하고 빵이 나오네. 그런데 화장실에서 오줌 누는데 어떤 애가 내 바지에 오줌을 뿌려 바지가 젖어서 선생님이 다른 바지 입혀 줬어. 지금은 오줌이 다 말랐어. 말랐으니 괜찮지?"

아무리 성격이 좋아도 일주일 정도는 울면서 유치원에 가지 않겠다고 떼를 쓸 것이라 예상했는데, 그런 우려는 그야말로 기우(杞憂)가 되고 말았다. 아주 간단한 중국어, 예컨대 "짜이찌앤(안녕)", "시애시애(감사합니다)", "니하오(안녕하세요)"와 같은 말도 전혀 배우지 않은 상태에서 중국 아이들과 정말 잘 견뎌낼 수 있을까 걱정했는데 말이다.

또 한편 아무런 준비없이 중국행을 결심한 나의 대책없음이 후회가 되기도 했다. 언어가 이렇게 큰 장벽임을 미처 몰랐다. 'The language is the passport to the world'라는 말이 이처럼 절실한 적이 없었다.

그렇지만 여기도 사람이 사는 곳인지라 언어가 통하지 않아도 몸짓으로, 분위기로 상황을 판단하고 그에 맞는 행동을 할 수 있는 것은 사람의 타고난 본능인가 보다. 더구나 아직 인위적인 사고체계가 자리잡히지 않은 또래 집단의 놀이를 통해 보다 쉽게 공감대를 형성하여 가까워질 수 있었던 것 같다.

▲ 유치원 끝나고 시장에서

벌써부터 여자 친구의 선물 공세를 받는 걸 보면 아들 녀석의 행동이 그다지 밉지는 않은 것이라 위로를 해 본다.

조기교육이라는 말에 강한 거부감을 갖고 있는 내게, 생각지도 않은 기회로 인하여 내 아들은 '조기유학'의 수혜자가 된 셈이다. 물론 성공적인 조기유학을 위한 지침 따위는 내게 없다. 다만 여기 중국인들의 생활과 다양한 문화의 차이를 경험해 보고, 누천년 흥망성쇠를 거듭한 중국의 역사와 수많은 문화유적을 답사하면서 세계가 넓다는 것만은 알았으면 하는 바람이 있을 뿐이다.

또한 고올도니오가 "자기 고향을 한 번도 떠나 보지 못한 사람은 편견 덩어리"라고 말했듯이, 짤막한 이곳에서의 생활로 인하여 어떠한 편견으로부터도 자유로울 수 있는 계기가 될 수 있다면 그것으로 족하지 않겠는가?

장롱 속의 텔레비전은 잘 있을까

===== 중국에서 텔레비전을 보면서

오늘 아침 문득 기숙사 거실에 놓인 중국 텔레비전 채널을 돌리다 보니 한때 안방극장에서 인기있었던 〈명성황후〉가 나왔다. 한국에서 보지 않았던 드라마이지만 이곳에서 보게 되니 기분이 색다르고 반갑기까지 했다. 그러면서 한국의 우리 집 장롱 속에 있는 텔레비전은 잘 있는지 궁금하였다.

나는 요즘 뜨고 있는 드라마가 무엇인지, 많은 관객을 동원한 영화가 무엇인지 도통 알지 못한다. 아니 별로 관심도 없고 흥미도 없다. 드라마나 영화가 화젯거리가 되면 인터넷 검색창에 자주 떠서 알 수 있는 일반적인 내용으로 대꾸하거나, 아니면 조용히 듣는 편이었다.

우리 집에는 텔레비전이 장롱 안에 모셔져 있다. 그래도 문명의 상징인 텔레비전을 선뜻 버리기는 아깝고, 미련이 남아서 그저 조용한 곳에다 모시고만 살았다.

내가 텔레비전을 보지 않게 된 결정적인 계기는 아이 때문이었다. 이제 아들은 7살이다. 5살 무렵부터 텔레비전과 컴퓨터에 눈이 뜨이더니 아침에 일어나기만 하면 '짱구'를 보려고 리모 컨을 먼저 찾았다. 그리고 어린이집에서 돌아오면 또 곧장 만화 전용 케이블 방송인 '투니버스'를 보았다.

요즘 나오는 만화가 조금이라도 덜 폭력적이었다면 그런대 로 다큐멘터리도 보고 짬짬이 뉴스도 보았을 것이다. 그러나 사 촌누나, 형들을 따라 즐겨 보는 '유희왕'이니 '이누아샤'니 하 는 일본 만화는 어른인 내가 보아도 섬뜩한 내용이 너무 많았다. 이들 만화 영화가 인기있게 되자 만화 카드도 많이 나왔는데, 만 화 카드의 내용을 보면 '저주', '죽음', '악마'니 하는 용어들로 도색이 되어 있다.

아직 글을 읽지 못하는 아들은 종종 카드에 뭐라고 쓰어 있 는지 읽어달라고 할 때가 있다. 그때마다 '저주'니 하는 말을 그 대로 읽어 주어야 할지, 또 '저주'가 뭐냐고 묻기라도 하면 등에 진땀이 날 때가 한 두 번이 아니었다.

그래서 텔레비전 채널 중에서 '투니버스'만은 삭제하기로 하였다. 그런데 투니버스만 삭제할 재간이 없었다. 투니버스뿐 만 아니라 이따금씩 들리는 텔레비전 소리만 들어도 정신이 멍 하였는데, 절호의 찬스라고 여기고 결국에는 아예 텔레비전을 포기하기로 하였다.

주위 사람들은 나의 이런 행동을 보고 "성격 참 이상하고 괴 팍하다!"라고 하거나, "그래도 아이한테는 그 또래의 문화가 있 어야 하는데 너무 심한 것 아니냐? 학교에 가서 또래 친구들과 대화에 끼지 못하면 어쩌려고 그래?"라고 말하는 것이 대부분이 었다.

내 성격이 괴팍한 것도 이해되고, 또래 아이들의 대화에 끼지 못할 수 있다는 것도 이해할 수 있다. 하지만 이제 열 살도 안 된 아이들이 정녕 텔레비전의 내용을 화제의 중심으로 삼는다면, 또 거기서 소외된다면 그게 더 이상한 일 아닐까?

텔레비전을 장롱 속에 넣고 나니 생활이 무척 단조로워진 것은 사실이었다. 저녁 먹고 나면 늘 하던 습관대로 텔레비전을 켜서 9시 뉴스까지 보아야 하루 일과가 끝나곤 하였는데, 그 물건이 사라지고 나서는 별달리 할 일이 없어서 주로 아침에 읽지 못한 신문을 재독한다거나, 아이에게 동화책을 읽어주는 것으로 시간을 보냈다.

아들이 어리기 때문에 동화책을 읽어주는 것은 부모와의 친밀감을 형성하는데 무척 중요한 일과라고 생각한다. 그리고나서도 남는 시간엔 청소도 하다가 일찌감치 밤 10시가 되면 우리 집은 모두 잠든다.

텔레비전을 보지 않는 것이 장점이 될 수만은 없었다. 역사나 환경을 다룬 다큐멘터리나 스페셜을 보지 못해 안타까운 적도 있었고, 잘 아는 선배가 쓴 역사 드라마를 아직 한 번도 보지 못해 선배나 동료들로부터 동문이 맞느냐는 눈총을 받은 적도 있었기 때문이다.

그래도 꿋꿋하게 그 물건을 거실로 들여놓지 않은 것은 잃는 것보다는 얻는 것이 더 많기 때문이다. 이를테면 온갖 사건들로 부산한 현대사회와 온갖 넘치는 정보들로부터 자유로울 수 있다. 그래서 마음의 평화를 가질 수가 있다. 그리고 조용히 자신과 마주할 기회도 생기게 된다.

　사람들은 넘쳐나는 사건과 정보를 알아 두지 못하면 무슨 큰일이 일어나는 것으로 생각할 때가 많다. 그래서 금방이라도 도태된다거나 소외될 수 있다는 착각을 하면서 사는 것 같다.

　하지만 나약한 한 인간이 세상에 쳐놓은 수많은 그물을 어떻게 다 관리 감독할 수 있단 말인가? 그저 핵심이 되는 그물코 두어 개 정도만 챙기면 되지 않겠는가? 핵심이 되는 그물코는 바로 마음의 편안함이 아닌가 싶다.

　재미있게도, 나의 이런 생각이 종종 먹혀 들어가 텔레비전을 없앴다는 반가운 소식을 전하는 친구가 하나 둘씩 늘어가고 있다.

물만두 속에 떠오르는 시어머니의 모습

　오늘(3월 14일) 점심으로 먹을 찬거리도 마땅하지 않고, 마침 외출한 김에 식당에서 점심을 때우려고 물만두 가게에 들렀다. 지인으로부터 집 근처에 잘 한다는 만두집을 알아둔 터라 어느 곳으로 갈까 헤맬 필요없이 직행했다. 벌써 많은 사람들이 와 있었다.

　한국에 있을 때 중국 유학생이 해 주는 물만두를 처음 먹고 어찌나 맛이 좋던지 한 자리에서 몇 접시를 먹었는지 모른다. 그 이후 물만두가 입에 맞아 종종 먹곤 했었는데, 오늘 먹은 물만두 맛도 그만이었다. 중국식 물만두는 맵지 않아서, 매운 것을 잘 먹지 못하는 아들 녀석도 곧잘 먹는다.

　이곳 사람들은 면 종류의 식사를 즐겨하는 것 같다. 밀가

▲ 중국인들이 즐겨먹는 만두

루로 만든 만두 역시 이곳 사람들이 즐겨 먹는 음식 중 하나이다.

일반적으로 알려져 있는 만두의 시초는 이러하다. 『삼국지』에 나오는 제갈량이 남만(南蠻)을 정벌하고 돌아올 때 심한 풍랑을 만나게 되자 남만의 풍속에 따라 인두(人頭) 49개를 수신(水神)에게 제사지내면 무사할 것이라는 말을 듣게 된다.

그러나 제갈량은 차마 살생을 할 수 없어 만인(蠻人)의 머리 모양을 밀가루로 빚어 제사하였다. 그랬더니 거짓말처럼 풍랑이 멈추었다는 것이다. 만인의 머리 모양으로 빚은 것이 바로 오늘날 우리가 먹는 만두라는 것이다.

중국인들이 즐겨 먹는 만두의 종류는 참 다양하다. 안에 들어가는 만두속도 다양하다. 일반적으로 당나귀고기, 돼지고기, 소고기, 양고기 등의 고기나 해물 속에 배추, 절인 배추, 부추, 냉이, 잘게 다진 무, 향채, 미나리, 시금치 등 각종 야채를 넣어서 만든다.

미나리는 중국인들이 즐겨 먹는 향채보다는 향이 덜 하지만 한국에서 먹는 미나리보다 향이 짙다. 처음 먹는 사람들은 약간 거부감을 가질 수도 있을 것 같다. 아니, 대부분의 한국인들은 향채를 좋아하지 않기 때문에 음식을 주문할 때 "향채는 넣지 마세요(不拌香菜)"라는 말을 잊지 않는다.

우리나라에서는 설날에 주로 먹지만, 중국인들은 사계절 만두를 즐겨 먹는다. 내 고향에서는 김치만두를 즐겨 먹는다. 온 가족이 모일 기회만 생기면 어머니는 하루 전날 만두를 만들 준비를 하신다.

김치만두에 들어가는 재료는 한 두 가지가 아니다. 우선 김치가 들어갈 경우 약간 새콤하게 맛이 든 김치가 제격이다. 햇김치가 나오기 전의 요사이 먹는 김장김치도 아주 좋다.

요즘 사람들은 김치를 다지기 위해 커터기를 많이 사용하지만 아무래도 도마 위에 놓고 부엌칼로 잘게 다지는 것보다는 맛이 덜하지 않을까 싶다. 김치를 다지고 나면 앞치마가 벌겋게 되고, 여기저기 얼굴에 김칫물이 들긴 하지만 말이다. 겨울에는 종종 김치뿐만 아니라 무, 생배추를 잘게 다져 넣기도 한다.

그리고 잘게 다진 돼지고기와 함께 김치만두에 빠지지 않는 두부(중국인들은 한국 만두에 두부가 들어가는 것이 이상하다고 한다) 두어 모까지 넣는다면 재료 준비는 끝이다. 여기에다가 갖은 양념을 하고, 마지막으로 들기름 한 방울을 떨어뜨리면 된다.

매운 만두를 좋아하는 동생을 위해 특별히 청양 고춧가루를 듬뿍 뿌린 만두속을 따로 챙기는 것도 잊지 않으신다. 청양 고춧가루를 넣은 만두를 갓 쪄서 입에 넣으면 정신이 번쩍 날 정도로 불이 화끈 난다. 그래도 '호호 하하'하면서 쪄놓기가 바쁘게 먹어 치우곤 하였다.

시댁 식구들도 만두를 무척이나 좋아하였다. 막 시집와서 처음 맞는 설날 명절에 만두속을 해 놓은 것을 보고 기절초풍하였다. 얼마나 많이 만들어 놓으셨는지 하루 종일 세 며느리가 달라붙어 한다고 해도 해지기 전에는 도저히 끝내지 못할 정도의 많은 양이었다.

그런데 그렇게 많은 양의 만두를 시어머니와 세 형제가 재미삼아 돕자 정말 놀랍게도 두어 시간만에 모두 해치웠다. 워낙 만두를 좋아하는 집안이라, 만두를 만드는 것에 익숙해져 있었던 것이다.

그런데 그렇게 좋아하던 만두를 한동안 입에 대지도 못했던 때가 있었다. 지금으로부터 십 여 년 전, 결혼 초기에 시어머니와 갈등이 참 심했다. 고추장보다 맵다는 시집살이 때문이었다. 시어머니는 소시적 '아씨'라는 칭호를 들으며 귀하게 자란 대갓집 따님으로 꼬장꼬장하기가 이를 데 없었다. 매사에 옳고 그른 것을 따지고, 조금이라도 잘못했으면 바로 그 자리에서 성토를 하시는 직설적인 성격이었다. 하루라도 그냥 넘어가는 일이 없이 항상 시어머니께 꾸중을 듣곤 하였다.

꾸중을 듣는 일이 잦아지다보니 마음속에 나도 모르게 화병 같은 것이 생겼다. 시댁만 생각하면 항상 불안하고, 정신이 멍해지기가 일쑤였다. 차가 질주하는 도로로 뛰어 들고 싶다는 생각이 들 때도 많았다. 결국 시부모님을 모시고 살겠다고 들어간 시댁에서 서너 달도 버티지 못하고 분가하기에 이르렀다.

시어머니를 뵙는 일이 적어지고, 내 생활로 돌아오니 마음속의 화병이나 불안증세는 많이 없어졌지만, 그렇게 좋아하던 만두는 입에 대지 못했다. 만두를 보면 만두처럼 작은 시어머니의 체구와 만두를 만들던 시어머니의 두 손이 떠올랐기 때문이었다. 그러니까 만두는 시어머니와 시댁을 떠오르게 하는 매개체인 셈이었다.

어떤 때는 만두를 보면 정신이 어찔하고 속이 메스껍기까지

하였다. 시집살이해 본 여자들이 '시'자 들어가는 것은 무엇이든 싫어하여 심지어 시금치까지 싫어한다고 하는데, 아주 억지말은 아닌 듯하다.

돌이켜 생각하면 그까짓 시어머니의 비위 하나 맞추지 못해 화병이니 불안이니 하는 증세까지 생겼는가 싶어 우습기까지 하다. 그렇지만 모르는 사람이 한 식구가 되어 살갑게 살기가 어디 쉽겠는가? 그 사이 자식 하나 낳고 서로를 이해할 수 있는 몇 해의 시간이 있었으니 가능하지 않았나 싶다.

지금은, 때로 억지를 쓰는 시어머니를 보면 밉기보다는 나도 늙으면 저런 모습일지 모르겠다는 애처로운 생각에 따뜻하게 안아드리고 싶을 때가 많다.

시어머니는 지금도 주말에 형님네, 동서네가 온다고 하면 구부정한 몸을 부지런히 움직여서 두 며느리들이 오기 전에 만두를 몇 채반 쩌 놓고 냉동실에도 몇 봉지 만들어 놓을 것이다. 그리고 틀림없이 "둘째가 만두를 참 좋아하는데…"하면서 서운해 하실 것이다. 그런 시어머니가 오늘 따라 보고 싶다.

단돈 6원에
한국영화를 섭렵하다

　중국 물가는 한국 물가보다 무척 낮다. 한국에선 만 원짜리
한 장 들고 나가면 두어 개밖에 살 게 없지만, 중국에서 만 원이
면 무척 큰돈이다. 중국에선 100원(한국돈 만원)을 들고 나가면
장바구니가 넘칠 정도로 이것저것 사올 수 있다. 물론 대형 마트
에 가면 시장에서 파는 것보다 비싸고, 백화점이라는 데에 가면
입이 딱 벌어질 정도로 값 차이가 난다.

　중국 오면서 챙겨가지고 온 물건 중에 자명종 시계가 있다.
시장에서 1만 3천원을 주고 저렴하게 구입하였다고 좋아했던
그 시계가 이곳에 와 보니 중국돈 20원 내지 30원이면 살 수 있
어서 가슴을 쳤다. 내가 한국에서 산 것도 기실 뒷면에 'Made
in China'라고 되어 있으니, 여기 물건이나 다를 것이 없으니 말
이다.

　이렇게 저렴한 물건 중에는 DVD 플레이어도 있다. DVD 플
레이어는 가격이 다양하지만 여기 사람들은 보통 200원을 주고
산다. 100원대의 것들은 쉽게 고장이 나지만, 200원이면 꽤 쓸
만하다고 한다. 그런데다가 최신판 한국영화 CD를 단돈 6원에

▲ 중국인들도 자주 찾는 한식당

구입할 수 있다. 어떤 경우에는 한국보다 훨씬 더 빨리 복제판이 돈다고 한다.

나는 영화를 즐기지 않기 때문에 한국에 있으면서도 일 년에 한 두 편 정도 보는 것이 고작이었다. 현대인이 영화를 왜 보지 않느냐, 그것도 문학과 관련된 일에 종사하면서, 라고 물으면 달리 할 말은 없다.

그저 영화를 보면 정신이 산란해지고 마음의 고요함이 깨지는 것 같아 선호하지 않을 뿐이다. 그런 내가 중국에 와서 2주일 만에 서너 편의 영화를 보았다. 물론 이것도 '시청'이라는 이름의 수업 때문에 할 수 없이 보긴 하였지만 말이다.

어쨌든 단돈 6원에 한국영화를 볼 수 있다는 것이 얼마나 신나는 일인가? 이곳은 한국처럼 인터넷이 보편화되어 있지 않기 때문에 영화를 다운받아 시청하기보다는 CD를 구입하는 편이 경제적이다.

몇 해 전에 상영되었던 한석규 주연의 〈미스터 주부 퀴즈왕〉, 숱한 화제를 남기고 꽃미남 배우 이준기를 탄생시킨 〈왕의 남자〉, 조승우의 물오른 연기가 돋보인 〈타짜〉 등등 한국영화라면 장르를 막론하고 거의 볼 수가 있다. 중국 전역을 휩쓴 〈대장금〉은 물론이거니와 얼마전 하지원의 열연으로 유명해진 〈황진이〉도 여기서는 6원이면 볼 수 있다.

중국인들, 특히 중국 대학생들에게 한국영화는 인기가 높다. 많은 학생들이 한국인과 한국 문화에 심취되어, 한국영화, 한국 드라마, 한국 의상, 한국 음식 등 한국이라면 무조건 좋아하는 '코리언 마니아'가 굉장히 많이 있다.

또한 그들은 한국으로 유학 가는 것을 최대 목표로 하고 있고, 일거수일투족(一擧手一投足)에서 한국인을 닮고자 하는 열망을 안고 있다. 외롭고 슬플 때 한국 음악을 들으면 기분이 좋아진다는 여학생이 있고, 〈파리의 연인〉 주제곡을 멋들어지게 부르며 어깨를 으쓱거리는 남학생도 있다.

6,70년대 대한민국의 수많은 젊은이들이 지긋지긋한 가난으로부터 해방될 수 있다는 부푼 꿈을 안고 '아메리칸 드림'에 열망해 있던 그때를 연상하게 한다.

영화 한 편을 만들기 위해 얼마나 많은 제작비가 들었으며, 얼마나 많은 제작진이 피땀을 흘렸는가 생각하면 다소 미안한 일이긴 하다. 그렇지만 불법 복제판이든 아니든 저렴한 가격 때문에 중국 전역에서 한국 영화를 즐겨 보는 사람이 많아진다는 것은 반가운 일이다.

전 중국인이 한국영화를 본다는 것은 세계 인구의 24%가 한국 영화를 본다는 말이니 말이다. 달리 말하면 이 세상 사람 네명중 한 사람이 한국영화를 보는 셈이지 않는가?

흑룡강성에서 보내온 고사리나물

한국에서 전화가 왔다.

"중국 흑룡강성에서 소포 하나를 부쳤는데 받았어요? 아직 못 받았으면 학교에 도착하였다고 하니 사무실에 가서 찾으세요."

물건을 보관하고 있을 법한 곳에 여러 차례 전화를 걸어 확인한 결과 주인을 찾지 못한 소포는 학교 앞 우체국에 있다고 했다. 우체국으로 달려가 소포를 찾으러 왔다고 하자, 여권을 보자고 해서 주었더니 소포를 줄 수 없다고 하는 것이다. 왜 그러냐하니, 소포에 적혀 있는 이름과 여권에 있는 이름이 다르기 때문이라고 하였다. 나의 성씨 '조(曺)'자가 소포에는 '조(趙)'로 되어 있었기 때문이다.

흑룡강성에서 소포를 부친 분은 나를 전혀 모르는 사람이다. 내가 '조'가라고 하니까 그냥 조나라 조씨로 생각하였나 보다. 말이 길어질 것 같아 하는 수 없이 지인에게 전화를 걸어 상황을 설명하고 우체국 직원과 통화를 하게 했다. 결국 학과 사무실에서 성씨가 다르지만 수취인이 틀림없다는 증명서를 발급한 뒤에야 소포를 받아볼 수 있게 되었다.

꼼꼼하게 잘 포장된 박스를 열어본 순간 눈물이 왈칵 쏟아졌다. 박스 안에는 1년 먹을 만큼의 많은 고춧가루, 말린 고사리, 말린 가지, 목이버섯, 무말랭이, 고추, 도라지 등이 들어 있었기 때문이다. 멀리 타국에서 행여 입맛이라도 잃을까 찬거리를 이것저것 챙겨 보낸 것이었다. 문득 고향 생각도 나고 친정 엄마 생각도 나서 박스를 앞에 놓고 찔끔거렸다.

왜 흑룡강성에서 소포를 보냈을까?

한국을 떠나오면서 집을 어떻게 할까 많이 고민했다. 기껏해야 1년 정도 중국에 있다가 돌아갈 터이니 팔 수도 없고, 그렇다고 전세를 놓기에는 온갖 잡동사니를 맡겨 놓을 데도 없었다.

그래서 잘 아는 분께 집을 관리해 주는 조건으로 사시라 하였더니 중국 유학생 부부가 들어오게 되었다. 그분들은 둘 다 조선족이다. 유학생 부부는 우리 집에 들어오게 된 것을 무척 고마워 했다. 그것을 안 그댁 친정어머니께서 고맙다는 인사로 흑룡강성에서 각종 찬거리를 보내 온 것이다.

사실, 그분들보다 내가 더 고마운 일이다. 멀리서 집 걱정하지 않아도 되고, 동생네나 동서네한테 정기적으로 집에 무슨 일이 있나 점검하라고 할 필요도 없으니 말이다.

또 그분은 얼마나 손끝이 야무진지 모른다. 내가 살면서 고친다고 벼르고 벼른 수도꼭지를 단번에 새것으로 교체했고, 우리집에 들어오자마자 두 집 살림이 들어있다는 이유로 혹시 도난사고라도 날까봐 아예 보험까지 가입했다고 한다. 우리집 화초도 그전처럼 싱싱하게 잘 자라고 있을 것을 생각하니 얼마나 믿음직스러운지 모른다.

며칠 전 잘 말린 고사리며 목이버섯이며 말린 고추를 박스에서 꺼내 이것저것 음식을 만들고 지인들을 초대했다. 잔칫날처럼 오전부터 시장에서 잔뜩 장을 봐 가지고 와 목이버섯 넣어 잡채도 만들고, 생선도 굽고, 돼지고기 넣어 매콤하게 두루치기도 하고, 모시조개 넣어 보글보글 된장찌개도 끓이고, 고사리도 참기름에 달달 볶아서 한 상 차렸다.

그런데 정작 초대했던 두 분은 약속시간이 지나도 오지 않았다. 전화해서 어디냐고 하니 깜빡 잊었다는 것이다. 순간 허무하기도 하고 서운하기도 하고 속상하기도 했다. 두 분의 고향이 흑룡강성인지 정확하게 알 수 없지만, 하여튼 근처라고 알고 있어서 혹여 고향에서 부쳐온 고사리나물을 보면 좋아할 것 같아 초대한 것이었는데 말이다.

괜히 내가 주책이라는 생각마저 들었다. 요새 젊은이들은 산나물같은 것은 먹지 않을 텐데, 그게 뭐 대단한 음식이라고 그걸 가지고 초대하느냐 말이다. 또 내가 참 촌스럽다는 생각이 들었다. 나는 산골에서 성장해서 그런지 고사리같은 나물만 보아도 괜히 정겹고 고향 생각이 절로 나곤 하니 말이다.

아무도 알지 못하는 타향에서 엄마 손길같이 따뜻한 물건을 부쳐 주신 그분께 감사드리고 싶은 마음을 공유하고 싶었다. 기회가 닿아 흑룡강성으로 답사가게 되면 그분 댁에 들러 고마운 마음을 전하고 싶은데, 언제가 될지 모르겠다.

매화도 예쁘지만
김선생님 맘이 더 고와요

중국에서 생활한 지도 어느덧 한 달이 지났다. 2월 26일 중국에 올 때만 해도 완전히 봄이 온 것처럼 따뜻하였기 때문에 조금이라도 짐을 줄여볼 요량으로 겨울옷을 한국에 두고 온 것을 한 달 내내 떨면서 후회했다. 중국에 도착한 이후 '이제 곧 봄이 오겠지'라고 생각하였는데, 이곳엔 따뜻한 봄날이 거의 없다는 것을 이제야 알게 되었다.

바닷가라 그런지 날씨가 변덕스럽고 바람도 많이 불고 비가 자주 온다. 가족을 떠나 있어 마음이 외로워서 그런지 더 추운 것 같다. 지금쯤 한국에는 동백꽃도, 산수유도 모두 지고, 개나리 진달래가 제철을 만나 흐드러지게 피었을 것이다. 곧 벚꽃도 만개하리라.

봄은 언제 오려나? 이렇게 애타게 봄소식을 기다리다가 지난 주 토요일 답사 갔다 오면서 기차역 근처 시장에 들렀다가 손수레에서 파는 홍매화를 만났다. 어찌나 반가웠던지 대뜸 얼마냐고 물어보니 13원이라고 하였다.

손수레 안에는 세 그루의 매화가 있었는데, 한 그루만 사기에는 너무 아깝다는 생각이 들어 한 그루 더 달라고 하면서 30원에 흥정하였다. 두 그루에 30원을 주니까 매화 파는 할아버지가 어쩐 일인지 덤으로 작은 화분 하나를 더 주었다.

배낭과 카메라를 짊어지고 두 개의 화분을 들고 끙끙거리며 시내버스를 타고 오면서 얼마나 흐뭇하였는지 모른다. 그러다가 아차! 하는 생각이 들었다. 13원에 두 그루면 26원인데 30원을 주고 싸게 샀다고 속으로 대견해 하고 기뻐하였다니! 한국에서도 계산에 서툴고 살림을 잘 못하더니 여기서도 별수 없구나 싶었다.

그렇지만, 그런 생각도 잠시뿐. 붉게 만개한 매화와 수줍은 듯 이제 막 꽃망울을 터뜨리려고 하는 꽃봉오리를 보니 절로 가슴이 벅차오르고 문득 행복하다는 생각이 들었다.

혼자 콧노래를 부르면서 누구에게 한 그루를 드릴까 궁리하다가 아래층에 사는 김 선생님께 드리기로 하였다. 교장 선생님으로 퇴직하고서 열심히 봉사활동하다가 인연이 닿아 이곳 연대에 오신 나이 지긋하고 점잖으신 분이다.

칠순을 바라보는 나이에도 소년같이 수줍은 미소를 짓는, 아주 낭만적이고 신사다운 분이다. 여기 온 지 꼭 한 달 되는 날 기념이라고 하면서 과일을 잔뜩 사가지고 와서 덕원이에게 "한 달 동안 엄마 말 잘 들어 착하다"고 하셨다.

"사모님 보고 싶지 않으세요?"라고 하니 "이 나이에는 이제 서로 이별하는 연습을 해둘 필요가 있어요. 우리는 지금 이별 연습을 하는 중입니다"라고 하는 분이다.

홍매화를 받아든 김 선생님께서 좋아하여 나도 덩달아 신이

낳다. 매난국죽(梅蘭菊竹)—사군자의 으뜸으로 우리 선비들이 아꼈던 매화를, 영 봄이 올 것 같지 않은 이곳 연대에서 만나니 반갑고 기쁘셨나 보다.

이튿날 김 선생님께서 "무료한데 차 마시러 오라"고 해서 잠시 내려갔더니 뜻밖에 선물을 주셨다. 돌멩이였다. 우리가 거주하는 기숙사는 바다와 무척 가까운데, 바닷가에서 주워 온 돌이었다. 홍매화를 심은 화분에 올려놓으면 정말 예쁠 것 같다고 하면서 주신 것이다. 돌멩이들이 참 예뻤다. 그렇지만 그것보다 더 예쁜 것은 김 선생님의 마음이다. 칠순을 바라보는 나이에도 여전히 저렇듯 맑고 고운 심성을 지닐 수 있다는 것이 참으로 놀랍기까지 했다.

연대에 와서 김 선생님을 뵈니 나도 저 분처럼 아름답게 늙고 싶다는 생각이 들었다. 언젠가 서른을 넘기면서 맑고 우아하게 늙을 수 있는 방법에 대해 종종 생각하곤 하였다.

빳빳하게 풀 먹인 모시 저고리에서 느껴지는 칼칼함과 맑음이 있고, 누구하고도 두런두런 이야기 나눌 수 있는 수더분함이 있는 이웃집 할머니같은 그런 사람, 거기에다가 세상과 사물을 바라보는 맑고 고운 심성과 시심(詩心)을 간직한 사람으로 늙고 싶다. 아름다운 노년을 꿈꾸는 나에게 하나의 역할 모델이 된 김 선생님, 부디 먼 타향에서 건강하게 생활하시기를 바란다.

중국 대학의 문화 축제 '한국노래자랑대회'

산동성 동쪽에 있는 연대대학에서는 지난 4월 14일 오후 2시 제3회 한국노래자랑 대회가 열렸다. 노래자랑의 뜨거운 열기를 반영이라도 하듯, 대회가 열린 종합강의동은 플래카드를 들고 응원하러 온 학생들로 발 디딜 틈이 없을 정도로 가득 찼다.

일주일 전인 7일에 40여 명의 학생들이 치열한 예선을 벌인 끝에 본선에 참가한 선수는 모두 19명이었다. 노래자랑의 심사 기준은 아무래도 한국노래자랑이다 보니 정확한 한국어 발음, 표현력, 가창력 등을 중심으로 하였다. 참가 선수는 대부분 연대대학 한국어학과 학생들이었다.

참가 선수들은 이번 노래자랑을 위해 수업을 마치고 주로 노래방을 이용하여 피나는 노력을 하였다고 한다.

▲ 연대대학에서는 해마다 한국노래자랑이 개최된다

산동성, 그 중에서도 한국인들이 많이 거주하고 있는 연대, 위해, 청도 등지에서 시내를 거닐다 보면 곧잘 들을 수 있는 것이 한국가요이기도 하다. 또 요즘 젊은이들은 굳이 음반을 구입하지 않아도 인터넷에서 노래를 다운받아 들을 수 있기 때문에 비교적 쉽게 한국가요를 접할 수 있다. 그래서 한국가요 마니아들이 상당히 많다.

　　이곳 학생들은 대부분 기숙사 생활을 하다 보니 평범하고 소박한 차림새가 대부분이었다. 그런데 이번 노래자랑에서는 평소의 모습을 완전히 탈피하여 마치 연예인처럼 차려입고 멋진 무대 매너를 선보인 학생들도 있었다.

　　나중에 들은 이야기지만 무대에 오르기 위해 무려 몇 백 원이라는 거금을 투자하여 드레스를 빌린 학생도 있었다. 학생들의 한 달 생활비가 삼백 원에서 오백 원 정도이니 큰 돈을 투자한 셈이었다.

　　이번 대회에서 최고상을 받은 학생은 〈사랑 안해〉라는 노래를 멋지게 부른 등문(연대대학 4년)양이었다. 이 학생은 산동성에서 개최하는 한국노래자랑에 참가할 수 있으며, 산동성 노래자랑에서 최고상을 받으면 한국 관광을 할 수 있는 특별한 기회가 주어진다.

▲ 한국노래를 열창하는 중국 젊은이

　　연대대학에서 열린 한국노래자랑에서는 한국인보다도 한국가요를 더 멋지게 부른 참가선수뿐만 아니라 이번 대회를 빛내기 위해 찬조출연한 사물놀이패의 공연도 큰 볼거리의 하나였다. 멀리 이역 땅에서 우리 가락을 들으니 나도 모르게 장단을 맞추면서 우리 가락이 이처럼 신명나고 열정적이었던가를 새삼 느끼게 되었다. 그러면서 한국 음악을 이처럼 잘 표현할 수 있는 중국의 젊은 학도들이 고맙고 기특하였다.

올해로 3회째를 맞고 있는 한국노래자랑이 연대대학 학생들에게 또 다른 문화축제로 자리매김되기를 바란다.

이들 대학생들은 일주일에 적게는 22시간 많게는 34시간의 강의를 수강한다. 그러니까 매일 6시간 정도 강의를 듣는 셈이다. 그리고 대부분의 학생들이 기숙사에서 생활하다보니 소위 '문화생활'을 할 수 있는 여건이 되지 않는다.

오로지 강의실과 도서관, 그리고 기숙사만을 오고 가는 학생들이 때로는 안쓰럽다는 생각이 들기도 한다. 사람은 공부만 해서는 절대 지적 성장을 꾀할 수 없기 때문이다. 이런 면에서 매년 개최되는 한국노래자랑이 중국 젊은이들의 넘치는 끼와 열정을 펼칠 수 있는 멋진 장으로 거듭나기를 바란다.

또한 한국노래자랑은 한국과 한국문화, 한국가요에 대한 관심과 홍보를 유도하는 차원에서 중요한 매개가 된다. 지금은 몇몇 뜻있는 분들의 찬조로 겨우 꾸려지고 있는 노래자랑대회가 지속적으로 개최되려면 각계의 관심과 지원이 필요하지 않을까 싶다. 무엇보다도 경제적인 지원이 절실하다.

염색 않는 것이 인문학적 태도

중국에 온 지 두 달이 넘었다. 처음에는 낯설고 막막하였지만, 지금은 어느 정도 이곳 생활에 적응이 되어서 그런지 그다지 불편함을 못 느끼고 살고 있다. 가장 염려했던 것이 음식이었는데, 연대의 음식은 우리 입맛에 비교적 잘 맞는 편이다. 그리고 시장에서 찬거리를 사다가 직접 조리해서 먹기 때문에 음식으로 인한 괴로움은 적은 편이다.

다만, 아침저녁으로 거울을 볼 때마다 정수리에 흰눈이 내린 것처럼 허옇게 변해가는 머리가 보기 민망할 뿐이다. 중국에 오기 전에 염색을 하고 왔건만, 그새 머리카락 뿌리부터 흰 머리가 올라와서 거의 반백 상태가 되었다.

아들 녀석은 학교 앞 미용실에서 5원을 주고 머리를 깎았다. 한국에서 깎은 것처럼 세련되지는 못하지만 그런대로 봐줄 만하다. 또 남자들은 어지간히 까탈스럽지만 않으면 머리 스타일이 거기서 거기이기 때문에 어디서 깎아도 괜찮은 것 같다.

그러나 나는, 짧은 커트 머리가 이젠 뒤로 깡총하게 묶일 수 있을 만큼 머리카락이 자라고 반백이 되었지만, 여기 중국인에게 머리를 맡기려니 영 마음이 내키지 않는다. 긴 머리는 뒤로

묶으면 되겠지만 흰 머리카락이 하루가 다르게 늘어나는 것은
감당하기가 좀 어렵다.

흰 머리는 한 두 가닥 정도 보이는 새치 수준을 넘어선지 오
래 되었다. 흰 머리가 나기 시작한 것은 서른을 넘기고부터였던
것 같다. 그 동안 내게 일어난 크고 작은 사건과 집안일 때문에
받은 스트레스가 원인이랄 수도 있겠지만, 무엇보다 내 흰 머리
는 전적으로 유전 탓이라 여겨진다.

아버지도 서른이 넘어서 거의 반백이 되더니, 지금 칠순이
되신 아버지는 검은 머리카락을 찾는 것이 더 어려울 정도로 완
전히 흰 머리이다. 오빠나 동생도 정기적으로 흰머리를 뽑아주
지 않으면 나와 처지가 비슷할 것이다.

작년 겨울에 답사를 갔다가 '여장부' 또는 '큰손'이라는 사
업가를 한 분 만난 적이 있었는데, 거짓말 보태지 않고 드문드문
검은 머리가 섞인 완전히 흰 머리였다. 나이를 물어보니 나보다
겨우 서너 살 위였다. 그때 그 분을 보고서 참 용기가 대단하다
고 생각했었다. 그리고 뭔가 카리스마가 느껴지는 듯하였다.

거울을 볼 때마다 그 사업가를 생각하면서 늘어나는 흰 머
리에 대해 고민하지 말고 내버려 두자고 생각건만, '내 나이
아직 마흔이 안 됐는데 반백은 좀 그렇다'라는 생각이 스멀스멀
올라오면 족집게를 들고 정수리부터 흰 머리카락을 몇 가닥 뽑
아보기도 한다. 족집게로 흰 머리 몇 가닥을 뽑는다고 대번에 표
가 날 수준이 아님을 알면서도 말이다.

이렇게 흰 머리에 대해 고민하고 있자니 어느 노교수님의
말씀이 떠오른다.

"난 말이야, 늙은 사람 얼굴이 젊은 사람처럼 팽팽한 걸 보면 좀 징그럽더라. 늙으면 늙은 태가 나야 되는 거야. 그러니까 저 낙엽을 봐봐. 푸릇푸릇한 나뭇잎이 가을이 되면 떨어지는 게 자연의 법칙이야. 그런데 저 떨어진 낙엽을 주워다가 풀칠을 해서 나무에 붙인다고 그게 나뭇잎처럼 살아나냔 말이야? 인문학이라는 것이 도대체 뭐야? 인간의 생로병사에 대해 공부하는 것이 바로 인문학이야. 적어도 인문학을 공부하는 사람만은 늙음을 자연스럽게 받아들여야 한다고 생각해."

이렇게 말씀하신 교수님은, 염색하는 일이 없지만 서울에 계신 어머니를 뵈러 갈 때만은 염색을 하신다고 한다. 나중에는 염색을 하면 알레르기가 있어 고생하는 나이 든 딸을 보고 어머니께서 염색하지 않아도 된다고 말씀한 이후로는 아예 염색을 하지 않는다고 하신다.

사실, 늙음을 늙음으로 자연스럽게 받아들이기 어려운 것이 우리의 현실이다. 아니 받아들이기 싫어하는 면이 더 강할지도 모른다. 그런데 늘어나는 얼굴 주름이 보기 싫어 주름살 제거 수술을 받느니, 무슨 무슨 주사를 맞아 팽팽한 얼굴이 됐느니, 비아그라를 먹어 정력을 회복했느니, 흰 머리가 보기 싫어 검은머리로 물들이는 행태를 가만히 따져보면 결국 떨어진 낙엽에 아교 칠을 해서 나무에 붙이는 꼴이라는 것이다.

궤변도 이런 궤변이 없다 싶지만 노교수님의 말씀을 곱씹어 보면 전혀 이치에 어긋난 것도 아니다 싶어 절로 웃음이 나온다.

아무리 과학기술이 발달한다고 해도 생로병사를 벗어날 수 없는 것이 인간의 운명이니만큼 늙고 죽는 일에 대해 좀 더 의연하고 자연스럽게 받아들여야 하지 않을까 싶다.

나는 노교수님의 말씀처럼 인문학적 삶의 태도를 견지하기 위해, 자연의 법칙을 역행하지 않기 위해서라는 거창한 이유를 달고 늘어나는 흰 머리에 대해 너그러워지기로 했다.

그렇지만 몇 달 후 늙으신 부모님을 뵐 때에는 나도 어쩔 수 없이 염색을 해야 할 것이다. 삼십 대 나이에 반백이 된 딸을 보면 가슴이 상하실 부모님을 위해서 말이다.

방에 누울 수 있다는 행복한 기분 아세요?

===== 기숙사 방에 장판을 깔고서

중국에서 1년 정도 머물다 한국으로 돌아갈 계획이기 때문에 어지간하면 살림을 늘리지 않기로 다짐했다. 쓰던 물건을 마구 버리고 가는 것도 개운하지 않고, 그렇다고 누구에게 주기에도 미안하기 때문이었다.

그런데 이제 석 달 되었는데 벌써 기숙사가 비좁게 느껴질 정도로 이것저것 잡동사니를 마구 사들였다. 수저 각 한 벌, 접시 한 개, 컵 두 개, 도마, 과도만 달랑 있던 부엌에는 너덧 분이 와도 걱정없을 만큼의 수저와 크고 작은 접시들, 각종 반찬통이 제법 많아졌다. 한국과 비교하여 가격이 싸다는 이유로 부담없이 사들인 아들 장난감도 상자로 넘쳐났다.

이제 살림 장만은 그만하겠노라고 다짐을 하면서도 다른 것은 그만두고라도 장판만은 깔아야겠다는 생각을 접을 수가 없었다. 중국은 입식생활을 하기 때문에 바닥에는 타일이나 카펫이 깔려 있다.

내가 사는 기숙사 방 역시 카펫이 깔려 있는데, 여러 사람이 오래 사용한데다가 청소가 제대로 되지 않아 눈에 보이지 않는

겹겹의 먼지와 얼룩으로 상당히 비위생적이고 불결하였다.

토요일 아침마다 진공청소기를 빌려 청소를 하지만, 진드기, 먼지 따위가 속시원하게 청소되는 것 같지 않아 마음이 늘 찜찜했다. 더구나 아들의 코가 좋지 않아서 카펫을 어떻게 처리할지에 대하여 고민이 많았다.

마침, 같은 건물에 사는 두 분 남자 교수님들께서 방에 비닐장판을 깔았다는 말씀을 듣고 나도 깔아야겠다는 생각을 하였다. 문제는 나 혼자서는 시내에 나가 장판을 어디서, 얼마나 사야 하는지도 모르겠고, 또 장판을 사온다고 하더라도 어떻게 깔아야 하는지 엄두가 나지 않는다는 것이다.

그런데 장판을 깔겠다는 내 바람을 진작부터 아신 두 분 교수님께서 기꺼이 시내까지 동행해 500원을 달라고 하는 것을 450원에 깎아 비닐 장판을 사 주셨다. 게다가 장판까지 깔아주는 수고를 마다하지 않으셨다. 두 분 교수님은 모두 나이가 지긋하신 분들이다. 그러니 감사할 뿐만 아니라 송구한 일이었다.

침대와 옷장을 다시 배치하고 장판을 깔았다. 그리하고도 남는 장판은 거실에 깔았다. 물론 침대가 딸린 방과 거실에 모두 장판을 간 것은 아니다. 장판이 비싸기 때문에 방과 거실 일부에만 깔았다.

우리가 거주하고 있는 기숙사는, 잠시 동안만 거처할 곳이라는 생각 때문인지 한국 집처럼 아늑하고 포근한 느낌을 주지 못했다. 침대에 눕기 전까지는 신발이든 슬리퍼든 꼭 신고 다녀야 하는 것도 불편하기 이를 데가 없었다.

그런데 장판을 새로 깔아 놓으니 가정집처럼 아늑하였고,

신발을 벗고 맨발로 다닐 수 있게 되었다. 기숙사에서 신발을 신고 있으면 '항시 대기중'인 사람처럼 긴장하게 되곤 한다. 물론 낯선 중국에서 나를 수시로 불러댈 사람이 없다는 것을 알면서도 말이다.

그리고 보면 신발이란 존재는 사람을 구속하는 대표적인 장치이면서 상징으로 여겨진다. 신발을 벗고 좌식생활을 할 수 있는 우리나라의 생활형태가 사람을 얼마나 편안하게 해 주는지 새삼 느꼈다.

또 쪼그리고 앉아 장판에 물걸레질을 하는 기분도 아주 새로웠다. 한국에 있을 때는 귀찮고 힘들다는 이유로 스팀 청소기로 방 청소를 하고 말았었다. 그런데 이곳에서 엎드려 방을 닦고 났을 때의 다리에 느껴지는 뻐근함과 물걸레에 묻어나오는 먼지가 공연히 사람을 짜릿하게 만든다. 대단찮은 일이지만 몸을 놀려 뭔가를 했다는 원시적인 성취감같은 것이 아닐까 싶다.

장판이 깔린 거실에 배를 깔고 엎드려 책을 볼 수도 있고, 책상다리를 하고 앉아 명상을 할 수도 있으니 장판 깔기를 백번 잘했다는 생각이 절로 든다. 아들 녀석도 새로 깔아 놓은 장판에서 신나게 팽이를 돌릴 수 있고, 장난감을 마음대로 펼쳐 놓고 놀 수 있게 되어서 얼마나 좋아하는지 모른다.

한국의 좌식생활에 익숙해 있는 사람들은 장판이 주는 안락함과 편안함을 모를 것이다. 나도 한국에 있을 때에는 장판이 주는 고마움을 미처 몰랐으니 말이다.

굴원을 기리며 '쫑즈'를 맛보다

=== 중국에서 맞은 단오날

"선생님! 이거 드세요."

"어, 그게 뭐예요?"

"오늘이 단오잖아요? 우리나라 사람들이 단오절에 먹는 음식이에요."

그제서야 오늘이 6월 19일, 음력으로 5월 5일 단오날임을 알았다. 학생들이 내민 하얀 봉지에는 중국인들이 단오절에 먹는다는 '쫑즈'라는 음식이 다섯 개 들어 있었다. '쫑즈'는 댓잎이나 갈대잎에 찹쌀을 넣어 찐 음식이다. 주로 찹쌀에 대추를 넣지만 지방에 따라 돼지고기, 해산물 등이 들어간다. 댓잎으로 여러 겹 싼 것을 풀어보니 대추가 섞인 찰밥이 보인다. 댓잎의 그윽한 향과 대추의 달콤한 맛이 쫀득쫀득한 찰밥과 어우러져 괜찮았다. 여행갈 때 간식용으로 적당할 것 같았다.

중국인들이 단오절에 먹는 쫑즈는 전국시대 초(楚)나라 충신인 굴원(屈原)을 기리기 위해서라고 한다.

굴원은 초나라에서 삼려대부(三閭大夫)의 벼슬을 지내며

초 회왕(懷王)으로부터 두터운 신임을 받았으나 불행히도 참소를 받아 쫓겨나게 된다. 그후 초 경양왕(頃襄王) 때 다시 기용되었으나 역시 얼마 못 가서 유배를 가게 된다. 이때 「어부사(漁父辭)」라는 작품을 지어 자신의 억울함과 청렴함을 표현하였는데, 이것은 중국문학뿐 아니라 우리나라의 시문에도 많은 영향을 미친 명문이다.

그후 굴원은 멱라수라는 연못에 빠져 죽는다. 뒤늦게 이 사실을 안 사람들이 굴원의 시신을 찾았지만 끝내 찾지 못했다. 그래서 사람들은 댓잎에 싼 찰밥을 물에 던져 고기들이 굴원의 시신을 뜯어먹지 못하게 하였다고 한다. 이것이 유래가 되어 지금도 중국인들은 단오날이 되면 해뜨기 전 이른 새벽에 다른 사람보다 먼저 강가에 가서 대통에 넣은 찰밥을 던진다. 그리고 그 물에 머리를 감고 세수를 한다. 또 중국인들은 단오에 용주(龍舟)라는 경주를 하는데, 이것 역시 멱라수에 빠진 굴원을 찾기 위해 배를 띄웠던 데서 유래한 것이다.

쫑즈를 맛보고 나니 그것을 어디서 파는지 궁금하여 시내로 가보았다. 거리 여러 곳에서 대통에 찰밥을 넣은 쫑즈를 팔고 있었다. 또 지나가는 사람들의 손에는 쑥이 한 줌씩 들려 있었다. 사람들이 들고 가는 쑥은 쑥떡의 재료로 쓰이는 것이 아니라 키가 큰 약쑥의

▲ 대통에 찰쌀을 넣어 찐 쫑즈.
중국인들이 단오날에 먹는 음식의 하나다

일종이다. 쑥은 피사(避邪), 즉 악귀나 나쁜 것을 물리쳐 준다는 속설이 있어서 중국인들은 대문 앞에 걸어두거나, 옷 속에 넣어 두기도 한다. 또 쑥과 같이 향기가 나는 약초를 넣은 향포(香包)를 몸에 지니고 다닌다.

시내의 월마트에도 쫑즈를 판매하는 대형 코너가 있었다. 많은 사람들이 시식을 해 보고 한 봉지씩 사가지고 갔다. 금방 쪄서 김이 모락모락 올라오는 쫑즈도 있고, 꽁꽁 얼린 냉동 쫑즈 도 있었다. 냉동실에 넣어두고 속이 출출할 때 간식으로 먹으려 고 한 봉지를 사가지고 왔다.

우리나라에서도 옛날에는 단오가 큰 명절의 하나였다. 단오 는 천중절(天中節)이라고도 부른다. 음력으로 5월 5일은 양수 (陽數)가 두 번 겹친 길일(吉日) 중의 길일이다. 이 날 사람들은 창포에 머리를 감거나 그네를 타며 유쾌하게 하루를 보냈다. 『춘향전』에도 단오에 그네를 뛰는 춘향이의 모습이 묘사되어 있 다. 『동국세시기(東國歲時記)』에는, 이 날 쑥 잎을 따다가 찌고 멥쌀로 반죽하여 이것으로 수레바퀴 모양의 떡을 빚어 먹었다는 기록이 보인다. 이것이 바로 단오에 먹는 '쑥떡' 혹은 '수리떡' 이라는 것이다.

그외에도 뱀이 가까이 오지 못하도록 단오날 오시(午時: 오 전 11시~오후 1시)에 붉은 주사로 '다(茶)'자를 써서 거꾸로 붙 여두거나, 모기가 달라붙지 않도록 새벽에 집을 향해서 부채질 을 하는 등의 풍속이 있었다고 한다.

또 옛적 선비들은 단오가 지나고 나면 금세 더위가 오기 때 문에 더운 여름 시원하게 보내라는 의미로 '단오선(端午扇)'을 선물하기도 하였다. 단오선은 '절선(節扇)'이라고도 불린다. 단오날은 큰 명절이기 때문에 각지에서 진상된 부채를 이 날 임금님이 신하들에게 대대적으로 하사하기도 하였다.

단오에 부채를 선물하던 선비들의 풍취가 고상하다고 생각해 답사하면서 부채가 있으면 지나치지 않고 한 번쯤은 펼쳐 보곤 하였다. 부채 값은 2원에서 몇 십 원에 해당하는 것도 있다. 비단에 글과 그림이 들어간 부채는 장중한 멋은 있지만 다소 무게가 있어 부채질하기에는 부담스러울 수도 있다.

그래서 만만한 부채는 무겁지도 않고 비싸지도 않은 2원짜리다. 거기에다 이백이나 두보, 왕유와 같은 당송시대의 걸출한 시인들의 시가 멋들어지게 적혀 있어 부채질하는 틈틈이 시를 감상하는 맛도 제법 근사하다.

한국에서는 단오절의 의미도, 행사도 많이 퇴색해 잊혀지고 있지만, 중국에서 학생들이 가져다 준 쫑즈를 보니, 단오에 대한 이런저런 생각과 함께 멱라수에 몸을 던진 굴원이 읊은 「어부사」의 마지막 구절이 생각났다.

창랑(滄浪)의 물이 맑으면 내 갓끈을 씻을 것이요
창랑의 물이 흐리면 내 발을 씻으리.

나이가 들면서, 세상살이에 부닥치면서 굴원이 고민했던 탁영탁족(濯纓濯足)의 처세는 내 화두의 하나였고, 앞으로도 그러할 것이라는 생각이 오늘 따라 새삼스레 찾아 든다.

원하는 옷을 네 마음대로

▬ 색다른 중국문화 체험, 옷 맞춰 입기

　　외국생활을 하다 보면 한국에서 해 보지 못한 새로운 것을 경험해 볼 수 있는 때가 종종 있다. 아니, 아주 많은 경우가 그럴 수 있다. 새로운 것을 경험했을 때의 느낌은 그때그때 부닥치는 상황에 따라 다를 수 있지만 대개 신선하게 다가온다. 이번에 새로이 경험한 것은 옷을 만들어 입는 것이었다. 느낌이 아주 새로웠고 기대되었고 설레었다. 물론 재봉틀을 조금만 만질 수 있는 사람이라면 별로 흥미로운 경험이 아니겠지만 말이다.

　　내가 옷을 만들어 입을 일이 있을 것이라고는 한 번도 생각해 본 적이 없었다. 나라는 사람은 말도 어눌하고 촌스럽게 하는 만큼 차려 입고 다니는 것도 참 센스가 없다. 색상에 대한 감각도 없고, 디자인에 대한 안목도 없는 편이다.

　　내가 입고 다니는 옷은 십 년 전에도 유행했을 법한, 또 십 년 이후에도 입을 수 있는 의상이 주를 이룬다. 그래야 유행 타지 않고 오래도록 입을 수 있기 때문이다. 그리고 나는 옷을 살 때 가능한 한 '한 벌'을 사려고 한다. 한 벌을 사야 아래 위 맞춰 입는 고민을 하지 않을 수 있기 때문이다.

나는 성장하면서 바느질이나 뜨개질같은 것에는 재주도 없고 흥미도 없다는 것을 알았다. 여고시절 가사시간에 종이로 만든 버선과 저고리가 여태껏 내가 만들어본 작품의 전부다. 그 흔한 털실 목도리도 짜 본 적이 없었다. 바느질이나 뜨개질을 하려고 앉아 있으면 갑갑하여 속에서 열불이 나는 것 같다.

어른들은 내 얼굴을 보고 '조신하고 참하게 생겨' 바느질 같은 것을 잘 할 것이라고 기대한다. 참, 죄송한 일이 아닐 수 없다. 속 품성과 겉에 드러난 얼굴이 다르니 말이다.

그런데, 이렇게 센스가 없는 내가, 중국에서 내가 원하는 디자인의 옷을 만들어 입어 보게 된 것이다. 내가 아는 분 중에는 중국에 정착한 지 15년 정도 된 분도 있고, 3년 된 분도 있다. 그 분들은 중국 백화점에서 사 입기도 하지만, 대부분 맞춰 입으신다.

맞춰 입을 경우 자기가 원하는 디자인의 옷을 입을 수 있고, 기성복보다 비용이 저렴하다는 장점이 있다. 중국 물가가 아무리 싸다고는 해도 백화점에 붙어 있는 옷값을 보면 입이 떡 벌어질 정도로 비싼 것도 많다.

우선, 어떤 디자인의 옷을 만들지 고민해야 한다. 디자인이 결정되면 디자인에 걸맞는 옷감을 골라야 한다. 디자인이라고는 해 본 적이 없는 내가 도대체 어떤 옷을 그려내야 할지 막막하기 그지 없었다. 가장 쉬운 방법은 인터넷에 올라 있는 디자인을 이용하거나, 아니면 변용하는 것이었다.

인터넷을 검색하는 데만도 두어 시간이 걸렸다. 막상 옷을 만들려고 하니 입맛에 딱 맞는 디자인이 들어오지 않았다. 그래서 하는 수 없이 입고 있는 원피스를 색상만 달리해서 만들기로 했다. 여름에 입을 마 바지도 하나 계획했다.

연대 시내에 있는 싼쨘(三站) 옷감시장으로 갔다. 옷감이 이렇게 많다니 놀라웠다. 여기서 천을 끊어다가 옷을 만든다고 생각하니 신기했다. 색상과 옷감이 맘에 들어 흥정을 하였다. 1미터에 12원하는 것을 2미터 샀다. 이 정도 분량이면 여름 원피스는 충분히 나올 수 있다는 것이었다. 동행한 분들도 제각기 맘에 드는 천을 골라 흥정하고 샀다.

옷감을 샀으니, 옷을 장식하는 데 필요한 단추, 리본 등과 같은 액세서리를 구입해야 했다. 액세서리를 파는 가게에는 별의별 물건들이 참 많았다. 새로 만들 옷에 맞는 단추를 15개 샀다. 워낙 단순한 옷이라 단추만 구입하면 되었다. 평소 옷이 만들어지는 과정에 대하여 신경쓰지 않아서 그렇지, 옷을 만드는 것도 간단한 것이 아님을 알게 되었다.

옷감도 사고 액세서리도 구입했으니, 마지막으로 재봉사를 만나러 가는 일만 남았다. 재봉사는 연대시에서 조금 떨어진 '개발구(開發區)'라는 곳에 있다고 하였다. 우리가 살고 있는 연대대학이 서울의 변두리라면, 개발구는 강남에 해당되는 곳이다. 이곳은 한국 기업들이 많이 진출해 있고, 한국인이 많이 거주하다 보니 연대시의 여느 지역보다 번화한 곳이며, 편의시설이 갖추어져 있다. 버스로 1시간 정도 걸린다.

재봉사의 작업실은 낡은 아파트였다. 작업대 위에는 오래된 재봉틀이 있고, 가지각색의 실과 옷감들이 수북이 쌓여 있었다.

낡은 재봉틀은 재봉사의 경력을 말해주는 듯했다. 주문자의 요구대로 이미 만들어 놓은 옷도 걸려 있었다.

원래 이 분은 체육복, 단체복과 같은 것이 주문 들어오면 그것을 만드는 것을 본업으로 하고 있다 한다. 우리들이 요구하는 디자인에 맞게 옷을 만들어 주는 것은 이 분에게는 부업인 셈이다.

옷감과 디자인을 주면서 자세히 설명해 주었더니 옷이 2주일만에 나왔다. 이 분의 본업이 좀 한갓지면 더 빨리 나올 수도 있다. 사이즈가 내게 꼭 맞았다. 무엇보다도 전에 입던 원피스와 조금도 다르지 않게 똑같이 만들어 냈다는 데 더욱 놀라웠다. 함께 간 분은 디자인이 복잡했는데도 잘 만들었다며 좋아하였다.

원피스 하나를 만드는 데 든 비용을 따져보니, 옷감 24원에 재봉사 수공비 15원 모두 합하면 39원이었다. 재봉사가 워낙 잘 만들어 주어서 미안하기까지 했다. 값싼 중국의 노동력을 이렇게 이용하게 될 줄은 몰랐다. 아무튼 중국에 온 '기념'이 될 만한 물건이었다.

내가 새로이 만든 원피스는 달리 말하면 '짝퉁'인 셈이다. 기왕에 구입한 원피스의 디자인을 그대로 베껴서 색상만 달리해서 만들었으니 말이다. 그러고 보니 그 많은 중국제 짝퉁이 이러한 무명의 재봉사에게서 나온 것이라는 생각이 스쳤다.

중국 여행객 중에는 짝퉁 시장을 관광하는 사람이 적지 않다. 똑같이 만들어내는 정교한 솜씨에 입이 떡 벌어질 정도라고 말하는 사람이 한 둘이 아니다.

그런데 나는 '짝퉁이 정말 나쁘다'라는 생각에 회의적인 입장이다. 짝퉁을 필요로 하는 사람이 있으니 만들어내는 사람도 있는 것 아니겠는가? 세상의 모든 물건에는 수요와 공급이라는 시스템이 존재하는 것이다. 세상에는 진짜가 있는가 하면 언제나 '비슷한 가짜'가 있게 마련이다. 사람도 그렇지 않은가?

짝퉁을 만들어 진짜인 양 세상에 내다 파는 그야말로 장사꾼들이 문제인 것이지, 겨우 15~20원 벌기 위해 열악한 환경 속에서 밤을 새워가며 재봉틀 페달을 밟았을 그 재봉사에게 무슨 큰 죄가 있겠는가? 짝퉁이라 할지라도 주문만 많이 들어온다면, 그래서 단돈 1원이라도 더 벌 수 있게 되기를 바라는 것이 가난한 중국 서민의 현실이니 말이다.

다음에는 또 어떤 짝퉁 옷을 만들어 입어 볼까나? 짝퉁의 시대를 벗어나 독창의 시대가 올 날이 있을 것이리니, 색상과 디자인에 대한 관심을 가지고 '옷에 대한 연구'를 해 보아야겠다.

옛날엔 모기에도 등급이 있었다

===== 새벽 2시, 난 '모기 잡는 장군'

새벽 2시에 잠이 깼다. 모기가 윙윙거리는 바람에 깬 것이다. 여름 한철 어김없이 나타날 불청객이 있을 것을 미처 생각하지 못해 모기약과 모기에 물렸을 때 바를 물파스를 챙겨 오지 못한 것이 후회되었다. 하긴, 2월 말에 왔으니 여름 모기에 대해 전혀 생각하지 못한 것도 당연하였다.

윙윙거리는 모기를 손바닥으로 몇 번 때려 보지만 번번이 실패다. 모기를 잡을 적당한 물건이 없다. 벽에 걸려 있는 달력을 한 장 주욱 찢어서 둘둘 말았다. 훌륭한 무기가 되었다. 드디어 30분만에 하얀 벽에 붙어 있는 모기를 잡았다. 선명한 붉은 피가 달력에 묻어났다.

'요놈이 우리 아들 다리를 물었구먼.'

속이 다 후련했다. 납작해진 모기를 들여다보니 중국 모기라고 해서 우리나라 모기보다 큰 것은 아니었다.

아들이 깨어 둘둘 만 달력을 들고 앉아 모기가 나타나기를 기다리는 엄마의 모습이 우스웠던지 히죽 웃고는 다시 잠이 들었다. 내 모습이 마치 '모기 잡는 장군' 같아서 나도 웃음이 나왔다. 불을 끄고 누웠는데 또 윙윙거리는 소리가 들린다. 다시 불을 켜고 수십 분 만에 또 한 마리를 잡았다.

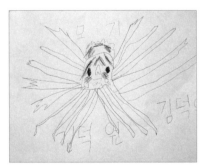

▲ 아들이 밤새 모기에 물리고 난 다음 날 그린 모기 그림이다. 밤새 얼마나 괴로웠으면 모기 다리를 이렇게 많이 그렸을까?

모기에 잠이 완전히 달아나 버렸다. 일어나서 책을 들여다보았지만 집중이 안되었다. 문득 한자 자전에는 모기가 어떻게 설명되었는지 궁금하였다. 모기는 한자로 '문(蚊)'이다. 자전에는 "장구벌레가 우화(羽化)한 곤충. 암컷은 사람이나 짐승의 피를 빨아먹음"이라고 설명되어 있다. 하필 수컷도 아닌 암컷이 피를 빨아 먹을까라는 생각이 들었다.

또 모기와 관련되는 사자성어도 보였다. '재주와 슬기가 비상하여 모기나 등에같은 하찮은 미물의 일까지도 환히 안다'는 뜻을 지닌 '문맹소견(蚊蝱宵見)'과 '역량이 부족하여 중임(重任)을 감당할 수 없음'의 비유로 쓰이는 '문예부산(蚊蚋負山)'이 있었다.

모기는 대체로 작고 보잘것없고 하찮은 존재로 묘사되었다. 속담에도 그렇다. 이를테면 '모기도 낯짝이 있지', '모기 다리의 피만 하다', '모기 대가리에 골을 내랴', '모기 보고 칼 빼기' 등이 그러하다.

옛날 사람들은 모기를 어떻게 퇴치하였을까? 조선 숙종 때

유암(流巖) 홍만선(洪萬選, 1643~1715)이란 분이 저술한 『산림경제(山林經濟)』라는, 일종의 백과사전격인 책에는 모기를 퇴치하기 위한 다양한 방법이 소개되어 있다.

우선, 부평(浮萍)·강활(羌活)·야명사(夜明砂)같은 것들을 가루로 내어 불에 태우면 모기가 죽는다고 하며, 뱀장어를 말렸다가 방에서 태우면 모기가 물로 녹아 없어진다고도 하였다. 부평과 강활은 물가나 계곡에 자라는 풀이다. 야명사는 박쥐 똥을 한의학에서 부르는 이름이다. 안질에 효과가 있어 약재로 쓰인다고 한다.

또 풍(風)자와 간(間)자를 써서 창벽(窓壁)에 붙이거나, 사일(社日 : 춘분과 추분이 지난 3월과 9월 하순 경에 지신〔地神〕과 농신〔農神〕에게 지내는 제삿날)에 쓰고 남은 술을 집에 뿌리면 모기를 퇴치할 수 있다고 하였다. 당시 민간에서 널리 행해지던 모기 퇴치법이었을 것으로 보인다.

그렇지만 위에서 소개한 모기 퇴치법은 당장에 시행하여 효과를 볼 수 있는 방법들이 아니다. 그야말로 '정보는 정보요, 현실은 현실이다'는 말이 제격이다.

이처럼 작고 하찮게 여기는 모기에도 등급이 있었을까?

춘추시대 오패(五覇)의 으뜸이었던 제환공(齊桓公)이 관중에게 "세상의 모든 물건들은 제 살 곳을 잃게 되면 서글픈 법이오. 지금 밖에 모기가 윙윙거리는 것을 보니 배가 고픈 모양이오"라고 말하며 문을 열어 놓게 하자 열린 문으로 모기가 들어왔는데, 예(禮)를 아는 모기는 고이 물러가고, 만족을 아는 모기는 몸에 달라붙어 피를 적당히 빨아먹다가 돌아갔다. 그런데 예도 모르고, 만족할 줄도 알지 못하는 모기는 살갗에 달라붙어 실컷 피를 빨아먹다가 결국 배가 터져 죽었다고 한다.

제환공은 패자(覇者)였기에 역사에서 과소평가받고 있지만, 이같은 짤막한 일화를 통해서도 그가 큰 인물이었다는 생각이 든다.

우리나라 역대 시인들도 모기를 소재로 많은 시를 남겼다. 그중에서 고려시대의 이규보는 「더위를 괴로워하며」라는 시제를 가지고 다음과 같은 시를 지었다.

혹독한 더위에다가 수심까지 겹쳐
불같이 내 마음 속을 태우는구나.
온 몸엔 붉은 땀띠가 돋아나고
피곤하여 난간에 기대어 바람 쐬며 누었다네.
바람은 부나마나 덥기는 마찬가지
마치 불에 부채질을 한 것처럼 덥네.
갈증이 나서 물 한 잔을 마시지만
물 역시나 끓는 물 같구나.
구역질이 나서 마실 수 없게 되자
천식으로 목구멍이 막히는구나.
잠들어 근심을 잠시 잊으려 하는데
또 모기란 놈이 달려드네.
어찌하여 유배지에서
이러한 온갖 고통 만나게 되었나?
죽는 것이 두려운 것은 아니나

하늘은 어찌하여 나를 이토록 힘들게 하는가?

유배지에서 더운 여름을 맞은 이규보는 온몸에 땀띠가 돋아나고 천식까지 있어 무척 괴로웠던 듯하다. 갈증을 없애려 물을 마셔도 물 역시 끓는 물같다. 이래저래 심사가 괴롭고 불편한 시인은 잠시나마 괴로움을 잊으려 난간에 기대어 잠을 청한다. 그런데 극성스런 모기란 놈이 눈치도 없이 달려들어 시인은 여간 짜증이 나는 것이 아니다. 옛날 고려시대에도, 지금도 해마다 겪는 여름날의 풍경이다.

이제 본격적으로 시작된 여름 더위를 어떻게 해결할까? 또 극성스레 달려드는 모기란 놈을 퇴치할 좋은 방법은 무엇일까? 벌써부터 걱정이다. 혹, 예를 아는 모기가 내방한다면 더없이 좋을 테고, 적당히 만족할 줄 아는 모기라도 온다면 고마운 일이다. 그러나 지례(知禮)와 지족(知足)의 덕(德)이 부족한 주인 탓에 그렇게 되기를 기대하기는 어려울 것 같다는 생각이 든다.

새벽에 모기 때문에 잠이 깨어 모기에 관한 이런저런 생각을 하였더니 어느덧 창문이 훤하게 밝아왔다.

중국에는 고부간의 갈등 없어요

중국은 한국과 같은 유교문화권이라서 그런지 여러 면에서 유사한 점이 많다. 그러면서도 이해하기 어려운 면도 없지 않다. 중국의 낯선 풍경 중의 하나는 남자들이 시장바구니를 들고 다니거나 여자의 핸드백을 들어 주는 것이다.

퇴근 시간 무렵에 시장이나 슈퍼마켓을 가면 말쑥하게 차려입은 남자들이 서슴없이 파나 향채 등을 담은 장바구니를 들고 다닌다. 연대대학 안에 거주하는 교수들도 예외는 아니다. 그들이 타고 다니는 자전거에는 언제나 향채 한 묶음이 있다. 빨래를 너는 남자들도 볼 수 있다.

한국에서 교수들이 파 봉지를 들고 다닌다거나, 빨래를 너는 모습을 상상하기란 쉬운 일이 아니다. 중국 남자들이 한국 남자들에 비해 탈권위적인 것 같다.

며칠 전 우연찮게 같은 유치원에 다니는 아들 친구네 집을 방문하게 되었다. 그들은 연대대학 안에 있는 사택에서 나이 드신 부모님과 3대가 함께 살고 있다.

대문 앞에는 콩이며 옥수수 등과 같은 작물과 약초가 잘 마르고 있었다. 할아버지는 망치를 들고 뭔가를 수선하고 있고, 할머니는 뜨개질을 하고 있었다. 정겨운 풍경이었다.

거실에 커다란 텔레비전이 보자기로 덮여 있는 것이 인상적이어서 그 이유를 물으니 먼지 때문이라고 하였다. 혹시 아이가 텔레비전을 너무 많이 보아서 그런 것이 아닌가 싶었는데 그것은 아닌 모양이었다.

차를 마시면서 이런저런 이야기를 하다가, 문득 결혼한 지 십 년이 넘었지만 신혼 때 겪은 시어머니와의 갈등이 생각나서 중국인들은 고부간에 갈등이 없느냐고 물어 보았다.

"결혼하면서부터 시부모님을 모시고 살았어요. 중국에는 장남, 큰며느리라는 개념이 별로 없어요. 저는 큰며느리는 아니지만 남편 형제들의 형편이 그다지 좋지 못하기 때문에 당연히 부모님을 모시고 살아야 한다고 생각했지요. 시어머니와 다투는 일은 별로 없어요. 아이 때문에 의견이 달라서 다투는 일이 아주 가끔 있지만, 시어머니께서 아들을 잘 키워주셔서 제가 오히려 고맙지요. 우리는 설날이나 추석 등과 같은 명절이라고 해서 음식을 많이 차려 내지는 않아요. 손님이 많이 오지 않기 때문에 평소에 먹는 음식보다 약간 더 푸짐하게 차려낼 뿐이지요. 제사요? 우리는 제사 없어요. 명절에 함께 지내기 때문에 평소에는 제사라는 것이 없어요."

중국의 주부들이 명절과 제사로 인한 스트레스를 받을 일이 없다는 말에 다소 놀라웠다. 나와 같은 동에 사는 지긋한 한국인

선생님은 비행기를 타고 한국에 가서 제사를 지내고 온다. 친하게 지내는 어느 선배는 평일에 제사가 있으면 퇴근한 후 여섯 시간 동안 자가용을 운전하여 부모님이 계신 고향에 가서 제사를 지내고, 다시 여섯 시간 운전하여 잠도 제대로 못 잔 채 출근을 하곤 하였다.

이렇듯 우리나라에서 제사는 반드시 치러야 하는 의식으로 인식되고 있으며, 바쁜 현대인들은 이로 인해 적지 않은 스트레스를 받고 있는 것이 사실이다. 그래서 조상의 제사를 어느 한 날로 정해 한꺼번에 지내는 집도 있다고 하던데, 어쨌든 유교의 본산지인 중국에서 조상을 추모하는 제사가 없다니 놀라지 않을 수 없다. 한국 주부들이 철마다 겪는 '명절증후군'과 같은 현상도 중국에는 없을 것이니 부러운 일이다.

대부분의 중국 가정에서는 부모님을 모시고 사는 것에 대한 마음의 부담이 한국보다 심하지 않은 것 같다. 과거 우리나라 사람들이 그렇게 여겼듯이, 연로한 부모님을 모시는 일을 당연하다고 여기고 있다. 그리고 부모님도 손자 손녀를 돌보는 일을 당연히 해야 할 일로 여기고 있다. 경제적으로 여유가 있다면 사정이 좀 다르겠지만, 양육해 주는 대가로 양육비를 드리는 것은 거의 없다고 한다.

부모님과 같이 살 경우 남편의 역할이 중요하다고 한다. 가령 시어머니와 며느리가 사소한 일로 다투었을 경우, 어느 누구의 편을 들어주지 않고 중립적인 태도를 취하기 때문에 고부간의 갈등이 심각하지 않다는 것이다.

그리고 요리를 더 잘 하기 때문에 남편이 부엌에 있는 일이 많은데, 부모님이 이를 이상하게 여기는 일도 없다고 한다. 이 말을 듣고 내가 남편이 훌륭한 분이라고 했더니, 며느리와 할머니가 그렇다며 웃었다.

중국 사회를 몰랐을 때는 중국이 우리나라보다 훨씬 보수적이고 폐쇄적일 것이라 여겼는데, 이곳에서 생활하고 이곳 사람들을 만나 보니 오히려 우리나라가 더 보수적이고 막혀 있다는 생각이 들 때가 많다.

물론 내가 본 이 집이 중국 가정의 전형적인 모습은 아닐 것이다. 요즘 중국의 젊은이들은 대부분 맞벌이를 하면서 자유롭게 살고 싶어 부모와 독립적인 가정을 갖기를 희망한다고 한다. 그렇더라도 부모님을 모시고 3대가 행복한 가정을 이루고 사는 모습이나, 명절과 제사로 인한 스트레스가 없고, 고부간의 갈등이 비교적 적은 중국 가정은 우리가 부러워할 만한 탈권위적인 모습임에는 틀림없다.

돈 봉투 받지 않는 중국 선생님

중국에서 생활한 지도 어느덧 반년이 되었다. 7살 된 아들도 이제는 이곳 생활에 어느 정도 익숙해진 모양이다. 지난 반년간 한국 어린이가 한 명도 없는 중국 유치원에 다녔다. 중국 아이들과 공부도 하고 밥도 같이 먹으면서 생활하였지만, 말이 통하지 않는다는 이유로 좀 피곤해 했다. 그래도 유치원에 안 가겠다는 말을 하지는 않았다. 입이 떨어지지 않아서 그렇지 알아듣는 것은 좀 나아진 것 같았다.

중국은 한국과 달리 소학교 입학을 9월에 한다. 나는 올해까지만 중국에 있다가 한국으로 돌아가 초등학교에 아들을 입학시키려 했던 계획을 조금 수정하였다. 1년을 중국에 더 있기로 한 것이다. 1년 더 있으면 중국어를 조금 더 잘 할 수 있을 것 같았고, 무엇보다도 한국에서 받는 여러 가지 스트레스가 없으니 속이 편해서 살 것 같았기 때문이다. 그러자면 아들을 이번 학기에 소학교에 입학시켜야 했다.

소학교를 보낼까 말까 망설이다가 충분한 생각이나 마음의 준비도 없이 아들을 입학시키고 말았다. 그래서 나도 졸지에 학부모가 된 것이다. 소학교라고 해도 현재 거주하고 있는 대학교 기숙사 바로 옆에 있기 때문에 오고 가는 것이 부담스러운 것은 아니었다.

중국에서는 보통 학교가 있는 지역의 밖에 살면 학교에 기부금을 낸다. 나는 더욱이 한국인이기 때문에 학교에 기부금을 8천원이나 만원(한국돈 약 120만원) 정도 내야 한다고 들었다.

그렇게 큰 돈은 아니지만 중국 물가에 비하면 결코 적은 액수가 아니다. 그런데 다행스럽게도 교수의 자녀라는 이유로 1년에 천원(한국 돈 12만원 정도)이라는 기부금만 내고 입학할 수 있었다.

입학 첫날, 엄마와 떨어지지 않겠다며 내 손을 꼭 잡고 한없이 눈물을 흘리는 아들을 보고 내가 정말 잘 하는 짓인가 싶었다. 그래도 여러 절차를 밟고 조금 늦게 들어간 교실에서 유치원을 함께 다녔던 아이들이 중국식 아들 이름 '찐더어위엔(金德原)'을 부르며 환영하는 것을 보고 마음이 놓였다. 친구들이 제법 많았다.

그렇게 며칠을 보내고 9월 10일이 되었다. 중국에서는 이날을 '스승의 날'이라고 한다. 예쁜 꽃을 들고 가는 학부모와 선물 상자를 들고 가는 아이들을 보고 나도 미리 선물을 준비했다. 돈봉투였다.

몇몇 지인에게 물어보니 선물을 해도 좋지만 요사이는 적당한 액수의 돈을 넣은 봉투를 드린다고 하였다. 적당한 액수를 넣어서 '잘 부탁한다'는 말을 하면서 얼른 선생님께 드렸다.

그리고 그 다음날 학교에 갔더니 선생님이 오라는 손짓을 했다. 그리고 내가 전한 돈봉투를 다시 돌려주는 것이었다. 아이들이 교실에 자꾸 들어와서 계속 우물쭈물할 수가 없어서 봉투를 다시 돌려받았다. 돈봉투를 돌려 받고나니 많은 생각이 교차되었다.

'돈의 액수가 적어서 돌려주는 것인가? 선물로 드릴 걸 그랬나? 그것도 아니면 혹시 한국의 교육풍토와는 달리 중국에서는 돈봉투같은 것은 받지 않고 깨끗하다는 것을 보여주기 위해서인가?'

그리고서 '그럼 돈봉투를 받지 않으면 적당한 선물을 다시 해 드려야 하나'라는 생각에 미치자 무슨 물건이 적당할지 걱정까지 하게 되었다. 그리고 아들과 같은 반에 있는 조선족 아이의 엄마를 만나서 사정 이야기를 했다. 그랬더니 놀랍게도 그분 역시 스승의 날 드린 선물 상자를 아이 편에 돌려받았다는 것이다.

"세상에 그런 선생님은 처음 보네요. 다른 반 선생님들은 선물도 받고 돈봉투도 받았다고 하는데 말이에요. 선생님이 젊어서 그런 것 같아요."

한국의 '스승의 날' 행사에 대하여는 학부모가 된 지인들의

▲ 중국의 초등학교

이야기를 통해 너무나도 많이 들어왔다. 선생님을 모시고 식사를 대접하는 것은 기본이려니와, 어지간한 것은 눈에 차지도 않는 담임선생님을 위해 고급 양주를 들고 간다거나, 월간잡지 구독료를 대납하면서 돈봉투를 끼워 드렸다는 등 선물의 종목도 다양하고 선물을 드리는 방법도 가지가지였다.

담임선생님께 아무런 성의 표시를 하지 않을 경우, 수업시간에 발표 기회가 적어지는 등 자기 아이가 선생님의 관심 밖으로 밀려나가는 것이 예사이기 때문에 어지간한 학부모들은 적당하게 '기름칠'을 해 둘 필요가 있다고 말한다. 특히 중·고교보다는 초등학교가 더욱 심하다는 것인데, 이것이 바로 한국 교육의 현주소로 알고 있다.

그러면 중국은 어떠한가?

우리나라에서는 스승의 권위가 많이 추락되었다고는 하지만 여전히 군사부일체(君師父一體)라는 전통적인 사고방식을 가지고 있어서 스승을 부모와 같은 존재로 존중하고 있다.

그러나 중국에서는 스승에 대한 인식이 한국과는 좀 다르다. 한국에서 스승을 존중하는 태도를 보고 놀라는 사람들이 아주 많다. 중국인들에게 스승은 그저 '가르침을 주는 존재' 이상으로 생각하지 않는다.

이것은 아마도 문화혁명 때 '입에서 악취가 나는 더럽고 추악한 일곱 번째로 부패한 부류'를 선생이라고 했던 역사와 무관하지 않을 것이다.

그래서 중국의 스승의 날에는 꽃이나 마음을 담은 엽서 한 장, 간단한 선물, 이백 원 안팎의 돈봉투를 드리는 것이 보통이다. 그렇다고 선물로 스승의 마음을 산다거나, 선물을 받았다고 해서 그 집 아이에게 신경을 더 쓴다거나 하는 분위기는 결코 아닌 것 같다.

물론 중국 안에서도 조금씩 차이가 없지는 않다. 예를 들어, 조선족이 많이 거주하는 연길에는 "처녀 선생님이 설날이나 스승의 날을 보내고 나면 시집갈 세간살이를 장만할 수 있다"는 말이 공공연히 나돌 정도로 과도한 선물을 한다는 풍문이 없는 것은 아니다. 그래도 전체적인 중국의 교육 분위기는 아직 돈과 무관하게 비교적 깨끗한 것 같다.

아무튼, 아들이 중국에서 학교를 몇 년 다닐지는 모르겠지만 깨끗하고 소신있는 담임선생님을 만난 것도 복이라고 생각한다. 그래서 때마다 선생님께 드릴 선물을 무엇으로 할 것인지, 어떻게 선생님으로부터 아들이 소외되지 않게 할까 고민하지 않아도 될 것 같다. 감사할 일이다.

연대시 근교에
볼만한 것이 무엇이 있을까?

이것이 중국이다 제 2 부

여덟 신선이 바다를 건너다

===== 팔선사에서 만난 신선사상

중국에 온 이후, 언어가 장벽이 되어서 숙소 근방을 벗어날 생각을 못하고 있다가 하염없이 흘러가는 시간이 아까워 현지인을 동반하여 드디어 답사를 시작하기로 하였다.

3월 17일 현재 중국어 수준이 '니하오', '짜이찌엔' 정도의 인사말 하는 것이니, 어느 세월에 홀로 중국 여행을 할까 싶었기 때문이었다.

산동성 지도를 펼쳐 놓고 제일 유명하다는 곳부터 더듬기로 하였다. 연대에서 시외버스로 1시간 30분쯤 가니 봉래시가 나왔다. 택시를 타고 봉래각(蓬萊閣)으로 가자고 하였다. 그러나 기사는 봉래각보다 팔선과해(八仙過海) 관광구를 먼저 구경하는 것이 좋다며 우리를 그곳에 내려 주었다.

팔선과해 관광구는 산동성 봉래시 북황해와 인접해 있고, 단애산(丹崖山), 봉래각, 장산(長山)열도를 사이에 두고 마주 보고 있다. 본래 작은 도교 사원이었던 이곳을 확장해서 바다에 인공적으로 건설한 관광지이다. 이곳의 지형은 요술 호리병이 바다 위에 누워 있는 것과 흡사하다.

　인간선경(人間仙境)으로 불리는 이곳에는 철괴리(鐵拐李), 종리권(鍾离權), 장과로(張果老), 여동빈(呂洞賓), 하선고(荷仙姑), 남채화(藍采和), 한상자(韓湘子), 조국구(曹國舅) 등 여덟 신선이 봉래각에서 술을 마시고 취한 뒤 각기 파도를 넘어 바다를 건너갔다는 불가사의한 전설이 전해지고 있다.

　또 서복이 신선사상에 도취된 진시황을 위해 동남동녀 3천 명을 이끌고 불로초를 찾아 출발한 곳이 바로 여기라는 이야기도 전하고 있다.

　팔선과해의 입구에 들어서니 당송 8대 문장가로 꼽히는 소식(蘇軾)이 쓴 '팔선과해구(八仙過海口) 인간선경(人間仙境)'이라는 글자가 우뚝하게 솟은 문 위에서 우리를 반겼다. 시서화에 뛰어났던 소동파가 등주(登州)태수로 있으면서 이 명문을 남겼다고 한다.

　입구를 지나 길게 이어진 다리가 나오는데, 다리를 건너면 그야말로 속된 인간의 세계를 벗어나 선경에 이를 수 있다고 한다. 다리를 건너면 구름 너머 신선의 도시라는 뜻인 '운외선도(雲外仙都)'와 도를 얻어 신선이 된다는 '득도성선(得道成仙)'이라고 쓴 문이 보인다.

　팔선과해에서 가장 먼저 들른 곳은 그림과 조각으로 화려하게 장식한 4층 건물인 망영루(望瀛樓)이다. 여기에 오르면 신선이 건넜다는 바다를 멀리 내려다 볼 수가 있다. 이곳에는 각종 작품이 전시되어 있다. 1층에는 목조각, 고전가구, 2층에는 옥그릇, 칠그릇 등이 전시되어 있는데, 무려 천 톤이나 되는 옥도 있다. 3층에는 차 공예관이 있어서 차를 마시면서 바다를 완상할 수 있다.

　우리 일행은 이곳에서 '팔선장수차'를 마시며 봄추위에 움츠러진 몸을 녹였다. 차 공예관이라고 하지만 기실 차를 시음하고 차를 파는 곳이다. 가이드는 장수차같은 좋은 차는 이곳이 아니면 맛볼 수 없다고 거듭 강조하였지만, 주머니가 얇은 우리는 차맛이 좋다고 덕담만 하고는 나왔다. 4층에는 저명한 사람들의 작품이 전시되어 있다.

　망영루에 서서 사방을 바라보자니 바다 위에 조성된 팔선과해가 한 눈에 들어오고, 정말로 티끌 세상의 온갖 번잡함을 벗어던지고 훌훌 하늘에 오를 것 같은 착각에 빠지는 듯했다. 중국의 유명한 서예가 구양중석은 이곳에서 다음과 같은 시를 남기기도 하였다.

망영루에 올라 바라보노라니

망망한 바다와 파도소리에 도취되어

여행객이 마치 신선이 된 듯하구나.

바다를 바라보며 울부짖는 파도소리를 들으니

저 먼 곳의 배가 나를 부르는 것 같네

　　망영루 앞에는 여덟 신선을 모신 팔선사(八仙祠)가 있다. 여덟 신선은 각기 다른 특성을 지니고 있지만, 악습을 제거하고 세간(世間)에 안녕을 가져다주는 공통점이 있어서 사람들은 그들을 평안신(平安神)으로 부르고 있다. 그래서 봉래에서는 해마다 정월 16일이 되면 '여덟선인기념노래대회'를 개최하는데, 인산인해를 이룰 정도로 많은 사람들이 모여 평안과 길운을 빈다고 한다.

　　팔선사의 좌우에는 기복전과 재신전이 있다. 이곳에서 아들녀석은 부처님이라고 하면서 만나는 신선마다 두 손을 모아 합장하고 몸을 굽혀 절을 하여 지나는 관광객들의 웃음을 자아내기도 하였다.

　　팔선과해에서 가장 높은 건축물은 42m 높이의 5층 건물인 회신각(會神閣)이다. 1층에는 '중묘지문(衆妙之門)'이라는 현판이 보이는데, 회신각과 함께 당대의 서예가 구양중석이 쓴 것이다. 이곳은 도교에서 가장 신봉하는 72명의 신선을 모시고 있는데, 72신선의 살아 있는 듯 생동하는 표정과 아름다운 곡선, 풍만한 자태가 잘 표현되어 있다. 회신각에 들어간 사람들은 신선과 마음을 나눌 수 있어 도교 최고 경지에 이르게 된다고 한다. 그래서 이곳을 도교의 성지(聖地)라고 한다.

벽화마다 다채로운 색깔과 다양한 표정을 지은 신선은 살아 있는 듯한 느낌을 준다. 채색 벽화는 주로 오방색으로 표현되어 있어, 신선의 이미지를 소박하면서도 강렬하게 드러내고 있다.

회신각에 모셔져 있는 72신선 앞에는 복을 빌고 돈을 넣는 함이 있다. 또 재물복이 있는지 여부를 알려주는 살아있는 '전문가'가 있어 여행객의 발길을 멈추게 한다. 그냥 지나치려고 하니 재물복이 있게 생겼는데 왜 안 보느냐, 뒤에서 떠드는 소리에 피식 웃음이 나왔다.

회신각에 오르면 아득한 바다가 시원하게 펼쳐 보인다. 그야말로 '하늘과 바다가 한 빛(海天一色)'이라는 시구가 절로 떠오른다. 봉래시에서는 날씨가 맑은 봄과 여름에 신기루 현상이 곧잘 나타나는데, 다른 어느 곳보다 회신각에서 신기루 현상을 잘 볼 수 있다고 한다.

신기루는 1988년 6월과, 18년 뒤인 2005년 5월 23일에 관측되어 텔레비전으로 방영되었는데, 이곳 간이 건물에서 여행객을 위해 신기루 현상을 재상영하였다. 화면이 흐리긴 하였지만, 검푸른 바다 위로 형성된 도시를 또렷이 확인할 수 있었다. 진시황은 이곳에서 신기루를 무려 세 번이나 보고 더욱 더 신선사상에 매료되었다고 하는데, 화면으로나마 말로만 듣던 신기루를 보니 신기하기만 하였다.

팔선과해의 전설은 중국의 역사, 설화, 문화, 사상 등에 대한 폭넓은 이해를 위해 필수적이다. 팔선과해는 중국인들이 가장 좋아하는 고전의 하나이며, 오늘날에도 그림이나 경극, 희곡, 드라마 등에 다양한 문화 콘텐츠로 활용되고 있다.

우리나라나 일본에서도 팔선인을 소재로 한 팔선도(八仙圖)가 많이 있으며, 팔선인을 모신 곳도 있다. 인간에게 있어 신은 영원한 우상이며 완벽한 이상적 모델이다. 동서고금을 막론하고 신의 예찬은 끊이지 않았으나, 신은 인간 세상과 너무나 떨어져 있어 아득하고 요원하기만 하다. 그러나 이곳에서 만난 신선들은 매우 친숙하다.

주술에 뛰어나 탈신(脫身)에 능했지만 육신을 잃어버려 쇠지팡이에 호리병을 찬 절름발이 거렁뱅이의 몸을 빌어 혼을 의탁한 철괴리(鐵拐李), 죽은 자의 영혼을 살린다는 신기한 부채를 들고 있는 종리권(鍾离權), 요 임금 이래 불로장생하여 당 현종이 불러 그 비법을 구하였다는 장과로(張果老), 400년 이상 살면서 세상의 온갖 악을 제거하였다는 여동빈(呂洞賓), 복숭아를 먹고 선녀가 되었다는 하선고(荷仙姑), 술에 취해 학을 타고 하늘로 비상하였다는 남채화(藍采和), 퉁소를 잘 불어 음악의 수호성자가 된 한유의 조카 한상자(韓湘子), 도는 하늘이요, 하늘은 바로 자기 자신이라고 한 조국구(曹國舅).

이렇듯 신선들과 얽혀 있는 이야기는 와각지쟁(蝸角之爭)에 골몰하고 있는 인간에게 세상을 더 크고 더 넓게 바라볼 수 있는 안목을 갖도록 일침을 가하는 듯하다.

천지자연의 유구함과 인생의 유한함을 노래한 봉래각(蓬萊閣)

여덟 선인이 바다를 건넜다는 팔선과해 관광구를 둘러본 뒤 봉래각(蓬萊閣)으로 이동했다. 봉래각은 봉래시 북쪽 해변가 단애산(丹崖山) 정상에 있는 누각으로, 팔선과해 관광구와 함께 봉래에서 가장 이름난 곳이다.

진시황과 한무제가 신선사상에 도취되어 선술(仙術)을 구하였기 때문에 '인간선경(人間仙境)'이라 불리는 이곳은 북송 가우(嘉佑) 6년(1061)에 건립되었다. 황학루, 악양루, 등왕각과 함께 중국의 4대 명루로 불리고 있는데, 바다를 향한 누각이기에 더욱 특색이 있다.

연대대학 한국어학과 4학년 학생을 동반하여 갔지만, 미리 자료를 조사한 것이 없어서 조금 아쉬운 답사가 되지 않을까 생각하였는데, 운좋게도 청도에서 가이드와 함께 온 관광객들이 있어서 우리는 그들 뒤를 따라가며 설명을 들을 수 있었다.

봉래각 관광구에서 관광할 수 있는 곳은 봉래각, 고선박물관(古船博物館), 전횡산(田橫山), 전횡잔도(田橫棧道), 황해 · 발해경계선 등이다.

▲ 천지의 유구함과 인생의 유한함을 노래하던 봉래각

우리가 먼저 본 것은 용왕궁(龍王宮), 자손전(子孫殿), 천후
궁(天后宮), 여조전(呂祖殿), 삼청전(三淸殿), 미타사(彌陀寺),
봉래각 등의 고건축물로 3만 2,800㎡나 되는 굉장한 규모였다.

청대의 서예가 철보(鐵保)가 1804년에 쓴 현판이 걸려 있고,
누각 뒤편에는 '해불양파(海不揚波) 환해경청(環海鏡淸)'이라
쓴 석각이 있다. 누각 뒤편 동서쪽에는 피풍정(避風亭), 징벽헌
(澄碧軒), 와비정(臥碑亭), 빈일루(賓日樓), 보조루(普照樓) 등의
정자가 있다.

명승지 어느 곳이든 시인묵객의 자취가 없는 곳이 없고, 시
인묵객의 자취가 있는 곳은 곧 명승지가 되는 것이 세상의 이치
인가 보다. 뛰어난 절경을 간직한 이곳에는 예로부터 수많은 시
인묵객의 자취가 남아 있다.

일찍이 송나라의 문인 소식(蘇軾)은 등주(登州 : 봉래의 옛

▲ 합해종. 무슨 소원이 저리도 많을까?

이름)태수로 있으면서 봉래각 아래 석벽(石壁)에서 떨어져 나온 수석을 얻고서 "이 수석 지니고 돌아오는 길 / 소매 속에 동해 물결 출렁이누나(我持此石歸 袖中有東海)"라는 시구를 읊기도 하였다. 수석은 바다의 산물이니 그것을 넣은 소매 속에 동해 물결이 출렁인다고 한 표현은 얼마나 멋진가?

우리나라 문인의 작품에도 '봉래'를 노래한 것이 헤아릴 수 없이 많다. 고려 말의 충신 정몽주(鄭夢周)는 "불사약 캐러 갔다 돌아오지 못한 푸른 바다 깊은데 / 진시황은 동쪽 바라보며 이곳 누대에 올랐더라"고 하였다.

또 양촌 권근(權近)도 봉래각에 올라 "진시황 한무제의 마지막 사업이 무엇이었던가 / 흰 구름만 천년토록 흘러 사람을 시름겹게 하누나"라고 읊어 신선사상에 도취되었던 두 임금의 부질없음을 노래한 바 있다.

봉래각에 오르니 탁 트인 바다가 눈 앞에 펼쳐지고 멀리 장산(長山)열도가 희미하게 드러났다. 수많은 시인들이 바로 이곳에서 천지자연의 유구함과 인생의 유한함을 노래하며 한때 풍류를 즐겼으리라. 전적에서만 보았던 봉래각을 직접 답사하는 기분은 고문을 읽지 않은 사람은 좀처럼 느끼지 못하는 감회일 것이다.

봉래각에서 전횡산 쪽에 있는 합해정(合海亭)으로 가기 위해 케이블카를 탔다. 총 길이 480m로, 황해와 발해의 경계선과 전횡잔도의 풍경을 한 눈에 볼 수가 있었다.

봄이라고 하지만 여전히 손끝이 시린 매서운 날씨에 케이블카를 탔더니 어찌나 추운지 모자를 덮어 썼는데도 오들오들 떨렸다. 게다가 고소공포증이 있는 나는 무서워서 미동도 하지 못한 채 10분 정도를 꼼짝 않고 있었다. 덕원이는 처음 타보는 케이블카라 저도 무서웠을 텐데 "엄마 안 무섭지? 무서우면 내 손 꼭 잡아"라고 하면서 내 손을 쥐며 위로까지 하였다.

합해정에는 직경 2.1m, 높이 3.47m, 중량 6.6톤의 합해종이 있는데, 종소리는 천상의 음악이라고 하는 '균천광악(鈞天廣樂)'과 비슷하여 이 소리를 들으면 뜻대로 길하고 상서롭게 된다고 한다. 그래서 그런지 합해종 주위에는 붉은 띠가 수없이 매어 있었다. 우리나라 사람들이 소원을 빌면서 돌멩이를 한 개씩 올려 돌탑을 쌓듯이, 여기 사람들은 소원을 빌면서 붉은 띠를 매달아 놓은 것이다.

종 한 번 치면서 자식의 성공을 빌고, 종 두 번 치면서 수복(壽福)을 빌고, 종 세 번 치면서 가정과 사업이 잘 되기를 바란다고 하였다. 그러나 종 아홉 번을 치면서 천장지구(天長地久)의 소원을 비는 사람은 과연 얼마나 될까. 그래도 천장지구의 소원을 언급한 것만으로도 대아적 발상이 아닐까 싶어 작은 문구 하나에서도 대륙적인 기질을 느낄 수 있었다.

전횡산은 단애산 서쪽에 있다. 진나라 말 제나라 왕인 전횡(田橫)이 둔병(屯兵)했던 곳이라서 붙여진 이름이라 한다. 전횡산은 하나의 산이 황해와 발해 두 바다를 나누는 특별한 지리적 위치에 있다. 등주의 한쪽에 있어서 등주갑이라 불리기도 하고, 노북산(老北山)이라고도 한다.

전횡산은 해발 72m로, 동·북·서 삼면이 깎아지른 낭떠러지에 있어 형세가 매우 가파르고 험하다. 전횡잔도는 전횡산 북쪽 벼랑 밑을 이용한 20m의 관광 코스 다리이다. 피곤하고 지쳐서 전횡잔도까지는 가보지 못하였다.

케이블카를 타고 내려와 마지막으로 들른 곳은 봉래각 동쪽에 위치한 등주고선박물관이다. 박물관 입구에는 '신유(神遊)'라고 쓰여 있다. 고선박물관은 1990년에 건립한 것으로 3개의 홀로 되어 있는데, 등주항의 변천도를 볼 수 있으며, 원나라 때의 옛 전함과 봉래 수성(水城)의 유적지에서 발굴한 도자기 등의 유물을 볼 수 있다. 박물관이라고 하기에는 전시품이 좀 빈약하고 을씨년스러웠다.

하루 코스로 팔선과해 관광구와 봉래각 관광구를 두루 돌아보기에는 다소 벅찬 여정이었던지, 봉래에서 연대로 돌아오는 버스에서 우리 일행은 세상 모르고 곯아 떨어졌다. 한국에서 답사 다닌다고 몇 차례 끌고 다닌 탓인지, 나름대로 내공이 쌓인 덕원이가 불평 한 마디 없이 따라준 게 기특하기만 하다.

중국에도
유명 포도주 브랜드가 있다

━━━ 장유(張裕) 술문화박물관

3월 24일. 한가한 토요일 오후, 밖으로 나가자고 조르는 아들을 데리고 연대시의 박물관 견학을 나섰다. 초짜 중국어를 더듬거리면서 찾아간 곳은 장유술문화박물관이다. 장유포도주는 마오따이주를 비롯한 중국 18대 명주(名酒)의 하나이며, 동종계열사인 장성(長城), 왕조(王朝)포도회사와 함께 중국 포도주 시장에서 높은 점유율을 차지하고 있다.

장유포도회사는 1892년에 창립된 이후 1915년 파나마 범태평양박람회에서 금상을 수상하여 세계적으로 그 맛을 인정받았다. 연대시 지부구 6거리에 위치한 장유술문화박물관은 장유회사 창립 110주년을 맞이하여 2002년 9월에 개관한 것이다.

이 박물관은 역사실, 영상실, 서예실, 진품실 등 4개 홀로 구성되어 있어 100여 년의 역사를 간직한 장유포도회사의 전모를 볼 수 있다.

지하 7m에는 술 저장실이 있는데, 바닷가로부터의 거리가 100미터도 채 되지 않지만 사계절 항상 14도의 온도와 70~80%

의 습도를 유지하고 있다. 규모가 2,666㎡나 될 정도로 어머어마하며, 천여 개의 술통을 저장할 수 있는 이곳에는 백 년이나 묵은 것도 세 개 보관되어 있다. 각 저장실마다 즐비하게 늘어서 있는 술통에서 풍기는 포도주 향은 사람을 취하게 한다.

신은 물을 만들고 인간은 포도주를 만들었다고 했던가? 애주가라면 저장실 가득 들어있는 술통만 보아도 기분이 좋아질 것이다.

박물관에서는 적포도주와 백포도주를 조금씩 따라주어 시음하게 하는데, 포도주에 대해 잘 아는 것이 없는 나로서는 어떻다고 평가할 수는 없지만 맛과 향이 아주 좋은 것 같다. 1원짜리 동전을 넣으면 포도주가 나오는데, 아들 녀석이 신기한지 자꾸 동전을 넣어 마셔보라고 해서 연거푸 마시게 되었다. 포도주도 술인지라 계속 마시니 꽤 취기가 돌았다.

중국뿐만 아니라 세계적으로 이름난 포도주 브랜드인 '장유'를 만들어낸 사람은 장조섭(張肇燮)이다. 장조섭의 자는 필사(弼士)이며, 이름 앞에 창유흥융(昌裕興隆)의 길한 뜻을 가진 '유(裕)'자를 썼기 때문에 '장유'라는 이름이 탄생하였다고 한다.

장유(1841~1916)는 가난한 유년 시절을 보내고 마침내 대성하여 52세에 '장유양주공사'라는 회사를 설립하여 오늘에까지 이르게 하고 있다. 장유포도주는 산동성 연대를 대표하는 특산품이면서 이 박물관은 국가 AAAA급 여행지로 지정되어 있다.

이 박물관에서는 2005년부터 매년 10월에 포도축제가 열린다. 포도 따기, 포도주 담가 보기, 맨 발로 포도 밟기, 포도 아가씨 선발 등 다양한 체험 이벤트와 행사가 열리고 있다. 제철에 방문했더라면 박물관에 조성되어 있는 포도청에서 주렁주렁 열린 포도를 볼 수 있었을텐데 하는 아쉬움이 들었다.

포도주는 성경과 그리스 신화에도 언급되었듯이, 그 역사가 오래되었다. 라틴 계통 사람들에게 있어 포도주는 식탁에 없어서는 안되는 음료로 인식된 지 오래 되었으며, 우리나라에서도 웰빙 열풍으로 와인의 수요가 매년 급증하고 있다.

중국의 포도는 한나라 때 실크로드를 통해 들어온 것으로 알려져 있다. 일찍이 조비는 포도와 포도주에 대해 "그 맛이 달고 시고 시원하며 즙이 많아 해갈을 하게 한다. 술을 만들어서 먹는데 잘 취하고 잘 깨니, 이런 과실이 또 있을까?"라고 예찬하였다고 한다.

포도를 재배하여 포도주를 빚은 것은 당나라 시기 가장 왕성하였는데, 당 태종은 친히 주사(酒師)를 지휘하여 술 빚는 법을 살피기도 하였고, 맛있게 포도주가 익으면 신하들과 함께 마셨다고 한다.

포도주는 심장병을 예방할 뿐만 아니라 면역증진 효과, 피부노화 억제 효과가 있고, 장수를 도와주는 물질이 있어 우리 몸에 매우 유익한 것으로 알려져 있다. 물론 음식의 종류에 따라 권하는 포도주가 다르긴 하지만, 포도씨와 포도껍질에 유익한 성분이 많이 함유되어 있어 백포도주보다는 포도를 통째로 넣어 발효시킨 적포도주가 몸에 좋다고 한다.

우리나라 서민들이 즐겨 마시는 소주보다는 알코올 농도가 상당히 낮으니 회식 자리에서 술 권하기를 즐겨하는 우리나라에서, 술 못하는 사람들도 부담없이 마실 수 있는 주류가 포도주 아닌가 싶다. 물론 저가의 품질좋은 포도주라면 더욱 좋을 것이다. 많이 못마시는 술이지만, 이 참에 색·향·맛이 단연 으뜸이라는 장유포도주로 주종을 바꾸어 볼까 한다.

모씨장원,
5대가 지나도 망하지 않은 비결

4월 7일. 느즈막한 아침에 아들을 데리고 시외버스 터미널로 갔다. 연대에서 71km 거리의 서하(栖霞)시에 있는 모씨장원(牟氏庄園)을 답사하기 위해서였다. 간밤에 천둥 번개를 동반한 비와 우박이 내린데다가 잔뜩 흐려 있는 날씨탓에 망설이다가, 비를 맞으며 낯선 도시에서 헤매는 것도 좋은 추억이라고 생각하여 집을 나섰다.

오전 11시, 시외버스 터미널에 도착하니 서하로 가는 버스는 낮 12시 45분에 있다고 한다. 서하가 가깝지 않은 곳이고, 또 답사가 끝나면 저녁이 될 듯하여 안내원에게 서하에서 연대로 오는 마지막 버스 시간을 물었더니 5시 이전이라는 대답이다. 난감하였다. 잘못하면 마지막 버스를 놓칠 수도 있고, 그렇게 되면 어떻게 해야 할지 생각이 나지 않았다.

환불하고 내일 갈까 생각하고 있는데, 안내원이 다른 역으로 가면 지금 바로 서하로 가는 버스를 탈 수 있다고 한다. 몇 마디 하다가 결국 말이 통하지 않아 필담을 하였다. 내가 떠듬거리며 질문을 해도 상대방의 말이 너무 빨라 도무지 알아들을 수가

▲ 경독(耕讀)과 근검(勤儉)을 강조하였던 모씨장원

없었다.

우여곡절 끝에 연대시의 북마로(北馬路) 터미널로 가서 서하에 무사히 도착하였다. 터미널에서 멀지 않은 곳에 모씨장원이 있었다. 유명 관광명소가 아니라서 그런지 관광객은 그리 많지 않았다.

모씨장원은 한 마디로 말하면 대지주였던 모흑림(牟黑林, 1789~1870)과 그 후손들의 주택이다. 모씨장원은 중국에서 가장 정리가 잘된 전형적인 봉건 지주의 장원을 갖춘 곳이라고 한다. 전문가들은 모씨장원을 두고 '전통건축의 보배'라거나 '육백년 왕기가 있는 곳'이라고 높이 평가하고 있다.

모씨장원은 청나라 옹정(雍正) 연간인 1735년에 건립되었다. 모흑림의 조부인 모지의(牟之儀)가 아우와 함께 고진도(古鎭都)에 고루(古樓) 한 동을 건축하였고, 그후 1742년 고루 동북쪽에 초당 4칸을 지어 이름하기를 '소해초당(小懈草堂)'이라고 하였다. 이것이 초기에 지은 장원이었고, 모씨 가족과 가업의 번창으로 1935년까지 점점 확장하여 오늘날 우리가 볼 수 있는 모씨장원이 된 것이다.

모씨장원의 대문에는 '경독세업(耕讀世業) 근검가풍(勤儉家風)'이라는 큰 글씨가 있었다. 안으로 들어서니 대학생으로 보이는 여러 명의 아가씨들이 손에 작은 악기를 들고 연습을 하고 있었는데, 소리가 무척 특이하였다. 대나무로 만든 것인데, 큰 조각 2개, 작은 조각 5개로 묶여져 있었다. 그것을 손에 쥐고 움직이자 소리가 아주 높고 맑았다. 악기 이름이 뭐냐고 물으니 '쾌판(快板)'이라고 써 주었다.

모씨장원의 규모는 약 2만㎡가 된다. 동서의 길이가 158m이고, 남북의 너비가 148m 된다. 청(廳), 당(堂), 루(樓), 상(廂) 등이 모두 489칸이다. 동쪽의 일신당(日新堂), 서충래(西忠來), 동충래(東忠來)와 서북쪽의 보선당(寶善堂)과 서남쪽의 남충래(南忠來), 사고당(師古堂) 등 6개 부분으로 되어 있다.

각각에 속한 방, 침실, 객실, 소루와 동서에 있는 행랑채는 남북의 장방형으로 질서정연하게 배치되어 있었다. 사합원(四合院), 월량문(月亮門), 병문(屛門), 수장문(隨墻門) 등은 정원과 외부 통로의 적당한 곳에 설계되어 있었다. 이 구성에는 대체로 봉건 지주사회의 계급과 남존여비 사상이 반영되어 있다고 한다.

모씨장원은 질서정연하게 구성되어 있지만, 미로와도 비슷하여 안내표지판이 없으면 어느 길로 나가야 할지 모를 수도 있을 것 같았다. 이 장원 안에는 중화민국 초기에 건립된 약방이 있어서, 그 당시 약방의 모습을 가늠할 수도 있다.

또 모씨 일가의 장례문화를 알 수 있게 하는 빈의청(殯儀廳)도 있고, 부처를 모셔 둔 곳도 있다. 청나라 말기 모씨 집안의 딸들이 거처하였던 방에 놓여진 전시물들을 보니 굉장히 화려하여 누대에 걸쳐 얼마나 세도가였는지 알 수 있었다.

모씨장원의 기초를 닦은 모흑림이 평소에 즐겨 한 말은 '인불우무재(人不憂无財) 환불선용기재(患不善用其財)'라고 한다. 즉, 사람은 재물이 없음을 걱정하지 말고, 그 재물을 잘 운용하지 못하는 것을 근심하라는 뜻이다. 모흑림은 재물을 잘 운용하여 조상에게서 물려받은 1천 묘(畝)의 땅에서 무려 4만 5천 묘의 대토지 지주가 되었다. 모씨가 가장 번창하였을 때 토지는 6만 묘에 이르렀으며, 주택은 480여 칸, 소작을 하는 마을이 155개였다고 한다.

옛말에 부자는 3대를 넘지 못한다고 하였건만, 5대가 지나도 쇠락하지 않고 가업을 번창시킬 수 있었다는 것은 나름대로의 경영원칙이 있었기 때문에 가능하였던 것이다.

그 이유에는, 첫째 엄한 가정교육에 있었다. 유가사상으로 자손을 통솔하였고, 아무리 부유하여도 자손에게 일정 액수의 생활비를 주어 검소하게 쓰도록 제한하였다고 한다. 둘째, 관리인을 따로 두어서 전방위적으로 재물을 관리하였다. 오늘날로 말하자면 전문경영인을 고용하여 효율적으로 자산을 관리 운용하였던 것이다. 또한 경영에 있어 가장 중요한 것이 인사문제인데, 이들은 인재를 뽑는데 매우 엄격하여 3대에 걸쳐 인품이 훌륭한 사람을 먼저 기용하였으며, 사람을 썼으면 절대 의심하지 않고 전적으로 신뢰하였다고 한다. 셋째, 흉년에 백성들을 구휼

하는 등 선행을 널리 베풀었다고 한다.

　　모씨 가족은 위에서 말한 경영원칙을 철저히 지켜 누대에 걸쳐 대지주로 가문을 유지하였을 뿐만 아니라, 일찍이 명초 1370년부터 청나라 말기에 이르기까지 그 숫자를 헤아리기 어려울 정도로 많은 후손들이 정계에 진출하여 가문의 위세를 드러내었다.

　　모씨장원을 보면서 누대에 걸쳐 가문이 번창하는 데에는 우리가 배워야 할 나름대로의 철저한 원칙이 있음을 새삼 느꼈다. 대대로 명문 네트워크를 조성할 수 있는 저력! 그것은 바로 엄격한 자식 교육, 철저한 인사관리, 더불어 잘 살기 위한 기부행위인 것이다.

공원 관람은 무료,
오줌값은 유료?

━━━━ 육황정공원에서의 하루

4월 25일. 덕원이가 중국에 온 지 몇 주일이 되었는데도 영 감기가 낫지를 않았다. 앓을 만큼 앓아야 낫는 것이 감기라고 하는 말을 익히 들어 알고 있었지만, 그래도 불안한 마음에 근방에서 소문난 '육황정' 병원에 가서 진료를 받고 며칠 분량의 약을 받아 가지고 나왔다. 병원에서 나오다 보니 '육황정 공원'이라는 표지판이 있어서 내친 김에 공원을 한 바퀴 돌기로 했다.

연대시 지부구 남쪽 해발 88m에 위치하고 있는 육황정 공원은 생각보다 제법 규모가 컸다. 빽빽한 수목 사이로 오솔길이 보이고, 공원을 확장하려는지 여기저기 토목공사가 한창이고 대형 트럭이 뿌연 먼지를 일으키며 지나갔다.

육황정의 원래 이름은 옥황묘(玉皇廟)가 있었다고 하여 '옥황정'으로 불렸다. 그러다가 청조 광서(光緖) 19년(1893)에 옥황묘를 중수하면서 생육의 뜻을 지닌 '육(毓)'과 환경이 매우 아름다워 옥그릇과 같다는 뜻의 '황(璜)'자를 써서 육황정이라는 이름으로 개명하였다.

육황정 공원은 소봉래, 옥황묘, 옥황각 세 부분의 주요 건축물로 이루어져 있다. 소봉래는 소봉래 석방(石坊), 영추문(瀛樞門), 향약정(向若亭)과 소봉래각으로 구성되어 있다. 석방 위에 '소봉래(小蓬萊)'라는 세 글자가 쓰여 있다. 그 위에는 '관정(觀靜)'이라고 쓴 글씨가 있는데, 도가 수련을 하는 고요한 곳이라는 뜻이다.

양 옆에는 '관해(觀海) 청도(聽濤)'라고 써 놓았으니, 이는 소봉래에서 눈으로는 대해를 바라보고 귀로는 소나무가 바람에 흔들려 물결치는 듯한 소리를 듣는다는 뜻이리라. 석방 뒷면 중앙에는 '선산표묘(仙山縹緲)'라고 쓰여 있고, 역시 그 위에는 '파도(播濤)', 양 옆으로 '농월(弄月) 음풍(吟風)'이라고 적혀 있다.

석방 뒤에는 봉래각의 명문(銘文)이 새겨진 비문이 있다. 이곳에서 어떤 할머니가 이상한 소리를 계속 지르면서 손바닥을 마주치길래 처음에는 운동하는 것으로 알았다. 그렇게 하기를 한 동안 하더니 합장을 하고 다른 곳으로 갔다. 도가 수련의 한 방법이 아닌가 생각되었다.

그곳을 지나 '영추(瀛樞)'라고 쓴 둥근 문 앞에 이르렀다. 영추의 '영(瀛)'은 전설로 전해지고 있는 동해바다에 있다고 하는 삼신산의 하나인 영주(瀛洲)를 뜻한

▲ 신선세계로 들어가는 영추문

다. 곧 이 문이야말로 신선의 세계로 들어가는 문이라는 뜻이다. 이 문으로 들어가면 신선이 되고, 이 문을 나오면 인간이 된다고 한다. 신선이 되기가 쉽지 않은지 문은 굳게 닫혀 있었다. 문이 닫혀 있어 들어갈 수 없지만 옥황묘로 들어가면 내부가 통하게 되어 있다.

공휴일이 아니라서 그런지 관람객은 거의 없었다. 다만 영추문 옆의 의자에 앉아 꼭 부둥켜안고 입을 맞추는 청춘남녀만이 보였다. 아들 녀석이 큰소리를 질러도 부동의 자세로 있는 것을 보니 절절하긴 한가 본데 좀 민망하였다. 엉뚱한 아들은 "저 누나하고 엉아는 왜 저렇게 꼭 끌어안고 있어?"라고 하고는 그들 앞으로 가까이 가서 한참을 쳐다보기까지 했다.

그곳을 나와 다시 1911년 서세광(徐世光)의 '복지동천(福地洞天)'이라는 네 글자가 쓰여진 돌담을 지나 향약정이라고 하는 정자에 이르렀다. 작고 아담한 정자였다. 이곳에서 따끈한 차 한 잔 마시면 좋겠다는 생각이 들었다.

소봉래각 안에는 여조묘가 있다. 청나라 광서(光緖) 2년인 1876년에 건립된 것이다. 그해 큰 가뭄이 들자 백성들이 이곳에서 분향하고 기우제를 지냈는데 곧바로 비가 흠뻑 내렸다. 그래서 이때부터 백성들이 누각을 짓고 소원을 빌었다고 한다. 그런데 당시 진사인 농역도(龔易圖)가 집에 보관하고 있던 여동빈의 목조상을 가지고 와서 봉안하였기 때문에 여덟 신선의 하나인 여동빈을 모신 누각이 만들어진 것이라고 한다.

어지간한 중국의 명소에는 분향을 위해 항상 향을 판매하고 있다. 여조묘에서도 향을 사라고 하는 사람이 있었지만, 갈 때마다 매번 분향을 할까 싶어 안사겠다고 '뿌야오(不要)' 했더니 버럭 화를 내면서 사진을 찍지 말라는 것이었다. 황당하기도 하고 당황스러워서 얼른 그곳을 나왔다.

이어서 옥황묘를 둘러보았다. 옥황묘는 원나라 말년에 지어진 고건축물로 명나라, 청나라 양대에 걸쳐 중수한 것이니 거의 600년의 역사가 담겨 있다. 음력 정월 초9일이 옥황상제의 생일이라고 하여 매년 이 날에는 수만 명이 이곳에 운집하여 배례한다고 한다.

옥황묘를 들어서면 당나라 태종 때의 유명한 장군인 진경(秦瓊)과 위지경덕(尉遲敬德)의 형상을 한 사람이 양 옆에서 지키고 있는 것을 볼 수 있다. 두 장군은 밤마다 귀신에 시달려 잠을 자지 못하던 당태종을 구해 주었다고 한다. 그래서 지금까지도 사악함을 몰아내는 문의 신이 된 것이다.

옥황묘에는 천지만물을 주재하는 옥황상제를 모시고 있다. 옥황상제 좌우에는 금동옥녀(金童玉女)가 있고, 그 앞으로 남극선옹(南極仙翁)과 북극선옹(北極仙翁)이 있다. 옥황묘의 벽면에는 당나라 때의 천문학자가 그린 이십팔수 벽화가 색채도 선명하게 잘 보존되어 있다.

옥황묘 왼편에 12지신을 모셔둔 생초전(生肖殿)도 아이들에게는 신기한가 보다. 쥐신, 소신에서부터 돼지신에 이르는 열두 신상이 모셔진 이곳에서 아들은 자신이 뱀띠이니까 뱀신 앞에서 사진을 꼭 찍고 가야 한다고 포즈를 취하였다.

민수형은 용신, 할아버지는 소신, 할머니는 뱀신, 작은 삼촌은 쥐신이라고 하면서 각각의 띠신 앞에서 가족들의 이름을 부

▲ 12지신 앞에서 식구들의 띠를 헤아리는 아들

르는 아들을 보니 식구들과 이 답사를 함께 하였으면 얼마나 좋았을까 하는 생각이 들었다.

옥황묘를 나와서 육황정 공원의 가장 높은 봉우리에 있는 옥황각에 올랐다. 1988년에 건축한 것으로 16.9m의 3층 건물이다. 예전에 이 누각에 오르면 망망대해를 훤히 내려다볼 수 있었다고 하였는데, 올라와 보니 고층건물이 빼곡하게 들어선 연대 시가지만이 눈에 들어올 뿐이었다.

시내 한가운데에 있어 비교적 교통도 편리하고, 오랜 역사 전통을 간직하고 있는 육황정은 연대 시민들이 애호하는 공원의 하나이며, 연대를 방문하는 관광객에게 추천할 만한 명소라고 한다. 연인들이 호젓하게 산책하기에도 좋고, 책을 읽기에도 괜찮을 듯한 곳이다. 또 이른 새벽이나 해거름에는 운동을 해도 분위기가 맞을 것 같았다.

육황정 공원을 답사하고 나오자 공원 앞 넓은 공터에 임시로 설치해 놓은 대형 놀이기구에서 많은 아이들이 놀고 있었다. 공기를 빵빵하게 주입하면 미끄럼틀 등 다양한 형태로 변신하는 일명 '디즈니 바운스'라는 놀이기구이다.

많은 아이들이 신나게 노는 것을 보고 아들도 물 만난 고기 마냥 30분 가량 땀을 흠뻑 흘리며 즐겼다. 전혀 알지 못하는 아이들과 미끄럼을 타면서 서로 부딪쳐도 히히거리면서 방방 뛰어다녔다.

한참 놀다가 소변을 보러 간다고 아들이 가더니만 몇 분이 지나도 오지를 않아 화장실 있는 곳으로 가 보았더니 아들 녀석이 아랫도리를 붙잡고 오줌을 싸겠다는 시늉을 하고 있었다.

어떤 아주머니가 3원(1위안=약 120원)을 내라는 것을 중국말을 알아듣지 못하는 아들이 어쩌지를 못하여 그렇게 한참을 있었나 보다. 유료 화장실이었다.

'그래도 그렇지, 공원 관람은 무료이고 놀이터에서 노는 비용은 5원인데, 오줌 한번 누는 돈이 3원이라니. 원 참!'

어린애가 오줌을 누면 얼마나 누겠다고 돈을 받는지? 오줌 값이 이렇게 비싼 줄 오늘 처음 알았다.

연대산 공원에서 마술사를 만나다

━━━ 연대 지명의 유래를 알 수 있는 연대산 공원

연대에 안착한 지 벌써 두 달이 넘었지만 연대산 공원을 방문하기는 이번이 처음이다. '등잔 밑이 어둡다'는 속담이 있듯이 자기가 속해 있는 곳에 볼만한 것이 많이 있음에도 불구하고 가보지 못한 것이다.

중국에 와서 공자의 고향인 곡부가 있는 태안(泰安)이 고향이라는 학생들을 종종 만났다. 나는 좋은 곳에서 왔다고 하면서 몇 번이나 태산을 등반했느냐고 물으면 아직 한 번도 못 가봤다고 하였다. 이런 사람이 의외로 많았다. 하긴 나도 어린 시절을 보낸 제천의 그 아름다운 금수산을 여태껏 못 가 봤으니 할 말이 없기는 마찬가지다.

5월 6일. 일요일인데다가 노동절의 마지막 휴일이라서 그런지 공원에는 많은 사람들로 북적거렸다. 더구나 공원 안에는 신기한 마술의 세계를 보여주기 위해 대형무대가 설치되어 있었고, 화려한 복장의 마술사들이 무대 위를 왔다갔다하고 있었다. 마술을 보려면 약간의 시간이 남아 있어서 먼저 연대산 공원을 둘러보았다.

▲ 연대석. '제비'라는 예쁜 아가씨가 변한 돌이라고 한다

　　각국의 영사관 옛터를 관람하였다. 영사관 안에는 당시의 모습이 담겨진 사진과 실물들이 전시되어 있어서 과거의 연대 모습을 알 수 있었다. 공원 안에는 연대시가 왜 연대로 되었는지를 알려주는 바위가 있다. 충렬사라는 사당 앞에 놓여진 커다란 바위가 바로 연대석(燕台石)인데, 바위의 높이는 2m, 길이는 3m, 너비는 2m쯤 된다. 바위 윗면에 '연대(燕台)'라는 두 글자가 있다. 이 바위에는 다음과 같은 전설이 전해진다고 하여 아들에게 풀어 들려 주었다.

　　"옛날에 연대는 아주 작은 어촌이었어. 그런데 이 마을에 성실하고 용감한 총각이 살았어. 이 총각은 아주 신기한 눈을 가졌었지. 이를테면 깊은 바다 속에 있는 새우라든가 게라든가 하는 것들을 볼 수가 있었어. 마을의 어부들은 이 총각과 함께 고기 잡는 것을 아주 좋아했어. 아무렴, 좋아했겠지. 그렇지만 동해의 용왕님은 이 총각을 몹시 미워해서 죽이려고 했어. 바다 속에 있는 고기들을 총각이 죄다 잡아가니까 그렇지. 어느 날 용왕님은 총각과 싸우게 되었어. 그런데 총각이 아주 위급할 때 '제비'라고 하는 마음씨 착한 아가씨가 나타나 총각을 구해 주었어. 용왕님은 화가 나서 이 아가씨를 커다란 바위로 만들어 버렸어. 지금까지도 연대산 위에 커다란 바위가 있고, 그 위에 '연대'라고 쓴 글씨가 남아 있는데, 바로 그 증거야".

그러니까 '제비'라고 불리는 아가씨가 변한 돌이라고 해서 '연대(燕台)'라고 하였는데, 이것이 변해 지금의 '연대(煙台)'가 되었다는 것이다. 또 연대산에 제비가 내려앉은 바위라고 해서 '연대석'이라고 하는 설도 있다. 한편, 연대산에 봉화대가 있어서 밤낮으로 연기가 났기 때문에 '연대산(煙台山)'이라고 하는 설도 있다.

또한 이 바위에는 붉은 글씨로 쓴 시가 새겨져 있다. 1896년 최한동, 임병수 등 외지 학자들이 연대산을 등산하고 유람하면서, 산 아래 물가에는 외국 함대가 늘어서 있고, 산 위에는 각국의 영사관이 가득한 것을 보고 나라와 백성을 염려하는 마음이 절로 생겨 연대석 위에 시를 새긴 것이라고 한다. 시에는 중국에 대한 애국주의 사상이 표현되어 있다.

연대석 바위가 있는 충렬사를 나와, 비록 규모는 크지 않지만 이곳에서 가장 오래된 건축물인 용왕묘(龍王廟)를 보았다.

용왕묘가 건립하게 된 데에는 다음과 같은 이야기가 전한다.

　　명나라 말기 천후(天后) 연간에 연대에 해마다 큰 가뭄이 들자, 사람들이 기우제를 지내기 위해 산 정상에 세 칸의 모옥을 짓고 용왕에게 기도하였다. 용왕묘가 완성되던 그 날 많은 비가 내렸는데, 사람들은 모두 용왕의 영험함 때문이라고 믿었다. 이 때문에 지금까지 용왕묘에는 향화가 끊이지 않게 되었다.

　묘 중앙에는 용왕의 신위가 있고, 왼쪽에는 바람과 신을 주재하는 풍백우사(風伯雨師)가 있고, 오른쪽에는 번개와 우레 신인 뇌공전모(雷公電母)가 모셔져 있다.

　음력 8월 15일은 사해의 용왕이 모이는 날이라고 하여, 그 날 연대산에서는 바람과 비가 순조롭기를 빌고, 또 국태민안(國泰民安)을 기원한다고 한다. 옛날 농경사회에서 풍우의 적절한 조화만큼 중요한 것도 없었을 것이니, 이를 주재하는 신을 공경하고 숭배하는 것이 당연하였을 것이다. 용왕묘 안에는 노란 깃발을 든 직원이 한낮의 더위에 몰려드는 졸음을 못 이겼는지, 사람이 드나들어도 모른 채 잠들어 있었다.

　용왕묘 옆에는 연대산 등대가 있다. 원래 이 정탑은 청나라 광서(光緖) 31년인 1905년에 영국인들이 건립하였는데, 세월이 오래되어 사용할 수 없어서 1988년에 중건한 것이다. 모두 12층으로 되어 있다. 연대산 등대에 들어가려면 3원을 내고 걸어가든지, 5원을 주고 엘리베이터를 타야 한다. 재미있게도 엘리베이터 안에는 1과 6 두 개의 숫자 버튼만이 있다. 등대에 오르니

▲ 바닷가를 따라 조성된 연대시의 모습

연대시의 모습이 한 눈에 들어왔다. 특히 해변가를 따라 조성된 연대시의 모습과 멀리 연대항이 아름답게 보였다.

등대 옆에는 항일열사기념탑이 있다. 정면에는 '민족영웅 명수천고(民族英雄名垂千古)'라고 쓴 여덟 글자가 보이고, 뒷면에는 열사들의 이름이 적혀 있다. 1979년에 세운 것이라고 하는데 주변 경관에 비해 낡고 왜소하였다. 중국도 우리나라처럼 70년대만 해도 항일에 대한 열기가 남아 있었겠지만, 지금 어느 나라 젊은이들이 '항일'에 대하여 관심이나 있을까 싶은 쓸쓸한 생각이 들었다.

연대산 공원을 둘러보고 나서 빼곡히 앉아 있는 사람들을 비집고 들어가 앞자리에서 신기한 마술을 보았다. 텔레비전에서 명절 특집으로 보았던 마술의 세계를 눈으로 직접 보니 놀랍기만 하였다. 젊은 마술사가 시퍼렇게 선 칼날 위에 맨발로 올라서

서 찜질팩을 입으로 불어 펑 소리가 나게 터뜨렸다. 찢어진 찜질팩을 관중에게 던지자 아이들은 찜질팩이 맞는지 우르르 몰려가 확인하였다.

또, 불을 먹고 불을 내뿜는 사나이, 작은 상자 안에 처음에는 개를 집어 넣었는데 나중에는 개 대신 열 명도 넘는 여자들이 쏟아져 나오는 장면도 흥미로웠다. 마술이 눈속임이라고는 하지만, 눈 앞에 보이던 사물이 금세 없어졌다가 다시 나타나게 하고, 들어갈 때는 분명 개였는데 나중에 나오는 것은 여자라니 도무지 알 수가 없었다.

처음 보는 마술에 넋이 나간 아들은 계속해서 "없어졌다가 다시 나왔어", "여자가 안 죽었어", "어떤 엉아 입에서 불이 나왔어", "비행기가 나타났다가 사라졌어"라고 하면서 집으로 돌아오는 버스 안에서도 침이 마르도록 이야기를 했다. "커서 뭐가 되고 싶니?"라고 물으면 '마술사'라고 대답할지도 모르겠다.

부처님 오신 날, 금식을 하다

━━━ 죽림사(竹林寺)를 다녀와서

　며칠 전 지인이 전화를 걸어와 "부처님 오신 날이니 가까운 절에 가자"고 했다. 안 그래도 중국의 사찰에서는 부처님 오신 날을 어떻게 보내는지 궁금하던 차에 잘 되었다 싶었다. 중국은 한국처럼 휴일이 아니기 때문에 오전의 중국어 수강을 포기하고 절에 갔다. 5월 24일이다.

　택시를 타니 15분 정도밖에 걸리지 않는 가까운 곳에 아주 오래된 죽림사(竹林寺)라는 사찰이 있었다. 이 사찰은 금(金)나라 대정(大正) 2년인 1162년에 창건되어 800년의 유구한 역사를 가진 고찰이다. 그후 명나라, 청나라 때 중건한 바 있었으나, 내우외환으로 인해 폐허가 된 것을 최근에 다시 중건한 것이라고 한다.

　죽림사 입구에는 이 지역에서 많이 나오는 앵두와 꽃을 파는 상인들이 좌우 길가에 좌판을 벌이고 있었다. 순박한 얼굴이나, 앞에 펼쳐 놓은 물건으로 보나 전문적인 상인같아 보이지는 않았다. 부처님 앞에 꽃을 바치면 내세에 꽃처럼 아름답게 태어난다는 말을 듣고 한 다발 샀다.

벌써 법회가 시작되었는지 사람들은 많지 않았다. 입장료가 10원이었다. '아니, 부처님 보러 가는 데도 돈을 내야 하나? 더구나 부처님 오신 날 말이야. 가난한 중국 백성들에게 부처님은 너무 멀리 계시구나'라는 생각이 절로 들었다.

안으로 들어가서는 다시 분향을 하기 위해 향을 한 다발씩 샀다. 향은 10원부터 몇 백 원 하는 것도 있었다. 다발로 묶여진 향에 불을 사르고, 홀수로 향을 나누어서 제각기 소원을 빌었다. 중국 사찰은 한국처럼 연등을 걸지 않는 것 같았다. 걸려 있는 것이라고는 사시사철 볼 수 있는 빨간 등만이 몇 개 있을 뿐이었다.

천왕전(天王殿)에 들어가 다시 분향을 하고 절을 몇 번 하였다. 티베트 불교에 심취해 있는 지인은 절하는 자세부터 우리네와 달랐다. 더 엄숙하고 절도가 있는 모습이었다. 그는, 요즈음 중국은 티베트 불교의 영향을 받아 불교에 대하여 새롭게 인식하려는 움직임이 일고 있다고 하였다.

천왕전을 지나 대웅전으로 들어가는 곳에 걸인 노인이 반쯤 누워 구걸하는 모습이 보였다. 연대대학 학교 앞에서, 혹은 시내에서 종종 볼 수 있었던 노인이었는데, 어떻게 여기까지 왔는지 모르겠다. 동행한 지인이 지갑에서 1원을 꺼내 아들에게 주라고 하고는, 자신도 돈을 꺼내 동전 그릇에 넣었다.

'그래, 오늘은 바로 자비로우신 부처님이 오신 날이니 걸인에게 돈을 주어야 옳은 것인지 아닌지와 같은 따위의 질문은 접어두자'고 생각하고, 나 역시 동전 그릇에 돈을 넣었다.

대웅전 앞에 들어서니 몇 십 명 되는 신도들이 '나무아미타

▲ 합장을 하고 염불을 하는 죽림사 스님들

불'을 열심히 외고 있었다. 자리를 잡지 못한 신도들은 대웅전
밖에 서서 합장을 하고 있었다. 대형 분향대에는 여러 종류의 향
이 몇 십 개 꽂혀져 있고, 계속해서 많은 사람들이 분향했기 때
문에 경내는 자욱한 연기로 가득했다. 눈이 매워 눈물이 찔끔 나
올 정도였다. 매캐한 연기로 목도 조금 아픈 것 같았다.

한참 후에 주지 스님을 비롯한 스님들과, 그 뒤를 이은 일반
신도들이 합장을 하고 염불을 하면서 차례로 줄을 지어 대웅전
을 나와 천왕문까지 한 바퀴 돌고 다시 대웅전으로 들어갔다. 그
리고 천수경같은 경문을 반복해 외고 나서 주지 스님의 법문이
이어졌다.

그 사이 우리 일행은 아기 부처님을 성수로 목욕시키는 관
불의식을 행하였다. 욕불회, 관욕식 등으로도 불리는 관불의식
은 부처님이 세상에 태어났을 때 아홉 마리 용이 오색향수로 부

처님을 목욕시켰다고 하는 설화를 근거로 하여 행하는 의식이다. 1인당 2원씩 주고 하였다. 장미꽃과 같은 붉은 꽃잎을 띄운 물을 떠서 부처님 정수리에 부었다. 이것은 자비의 부처님이 이 세상에 온 것을 기뻐함과 동시에 속세에 더럽혀진 자신을 정화시키는 의식이라는 생각이 들었다.

대웅전에서 행해지는 의식을 사진에 담고 싶어 "사진 찍어도 되나요?" 물어보니 안된다고 하였다. 전에 답사 다니면서 '부처님 얼굴을 가까이에서 찍으면 불경스럽다' 혹은 '사진을 찍으면 나쁜 일이 생긴다'라는 말을 들은 적이 있다. 그래서 사찰에 들어가면 굳이 부처님 얼굴을 사진으로 찍고 싶은 생각은 들지 않는다. 그렇지만 오늘은 부처님 오신 특별한 날이라 사진으로 담아 두고 싶었는데, 약간의 아쉬움이 남았다.

죽림사를 다녀오니 밀린 숙제를 끝낸 듯 후련한 느낌이 드는 것은 왜일까? 잠시 동안이지만 일종의 자기 정화를 거쳤다는 안도감이 아닐까 싶다. 동행해 준 지인이 고마웠다. 그래서 점심을 대접하고 싶었다.

"점심 드시고 가시지요?"
"죄송합니다. 선생님! 다음에 하시지요. 저는 아침도 안 먹었습니다. 오늘 하루는 금식을 하려고 합니다."

하루 동안 금식을 하겠다는 지인의 말에 나는 뒷머리가 서늘해지는 느낌을 받았다. 오랜만에 느껴보는 전율이었다. 부처님이 세상에 오신 날을 기념하기 위해 개인적으로 치르고 싶은 일종의 의식같은 것이리라. 절을 찾아 분향하고 참배하는 외연적인 행위뿐만 아니라 자기 숙고(熟考)의 시간을 가지겠다는 뜻이리라.

무슨 기념일마다 시끌버끌하게 하루를 보낼 것이 아니라 그 날만큼은 하루 동안, 혹은 한 끼만이라도 금식을 하면서 자숙하는 시간을 갖는 것이 더 보람될 것이라는 생각이 들었다. 배부르고 편안한 가운데서는 '도심(道心)'이 생겨나지 않는다는 말을 상기하면서 말이다.

나보다 젊은 사람이 내실있게 사는 것을 보니 부끄러운 생각이 들었다. 공연히 숙연한 마음이 들어 처음 만난 사람을 대하듯 정중하게 인사를 하고 헤어졌다. 그리고 나도 한 끼 금식을 하면서 오늘 하루 자숙의 시간을 가졌다.

양마도? 말은 어디에 있을까

============ 여기도 진시황이…

얼마 전부터 연대대학 동문(東門) 앞에서 양마도(養馬島)로 직접 가는 오픈카를 운행한다는 말을 듣고 한번 가 봐야겠다고 벼르다가 토요일(6월 2일) 아침에 답사하기로 하였다. 오픈카는 하루에 한 번밖에 운행하지 않는데, 오전 8시 30분에 출발한다고 하였다. 하지만 10여 석의 좌석이 모두 채워지기를 기다리느라 오전 9시 즈음에 출발했다.

오픈카를 타고 바닷가 쪽으로 뻥 뚫린 대로를 달리는 기분은 자못 상쾌함을 넘어 후련하기까지 했다. 멀리 출렁이는 바다 위에 떠 있는 조각배들이 한 폭의 그림 같았다. 그러나 낭만적인 생각도 잠시뿐, 사방에서 불어오는 바람을 통째로 맞자니 너무 추웠다. 짧은 스커트를 입은 여학생

▲ 오픈카 타고 양마도로 출발!

에게 춥지 않느냐고 물어보니 괜찮다고 하는데, 팔과 다리에 소름이 오돌오돌 돋아나 있었다.

우리가 한국 사람인 것을 안 뒷좌석의 여학생들이 "안녕하세요"라고 인사를 하였다. 그래서 우리는 짧은 중국어 반, 한국어 반을 섞어 가면서 대화를 했다. 고향이 장춘이라고 하는 학생은 오랜만에 연대에 오신 아버지와 함께 친구들을 데리고 양마도에 놀러 간다고 하였다.

밝고 쾌활한 학생들은 오픈카 안에서 중국 노래를 부르다가 우리 동요인 〈곰 세 마리〉를 선보이기도 하였다. 오픈카는 양마대교를 지나 천마광장에 우리를 내려 주고는 오전 11시에 다시 연대대학 동문으로 출발한다고 한다.

양마도의 유래를 살펴보면, 서기 219년 진시황이 이 섬에 왔을 때 무성한 초원 위에서 말이 뛰노는 것을 보고서 '말을 키우기에 좋은 곳'이라고 여겨 이곳에 말을 기르라고 명령하였다고 한다. 그때부터 양마도(養馬島)로 불리게 된 것이다.

천마광장에는 양마도의 역사를 알 수 있는 여러 조형물들이 있었다. 제일 먼저 눈에 띄는 것은 비상하는 듯한 천마(天馬) 조형물이다. 양마도를 상징적으로 표현한 것이라고 할 수 있다.

또 그 옆에는 진시황의 일곱 준마가 그려져 있는 '진황칠준(秦皇七駿)' 조형물을 볼 수 있다. 진시황의 칠준마는 추풍(追風), 백토(白兎), 섭경(躡景), 분전(奔電), 비핵(飛翮), 동작(銅爵), 신부(神鳧) 등이라고 한다. 이중에서 추풍이 가장 뛰어난 명마이다. 그래서 추풍은 천리마의 대명사로도 쓰인다.

이곳에는 높이 5.4m의 진시황의 동상이 세워져 있다. 진시황 동상의 전면에는 진나라 역사가 쓰인 비문 여러 개가 마치 담장처럼 빙 둘러 있다. 중국에 온 이후 중국 전역에 흩어져 있는 진시황의 흔적을 여기서 또 확인한 셈이다. 이처럼 중국을 통일한 최초의 임금이 진시황이라고 설명해 주는 대학생들을 보고, 중국인들이 왜 그토록 진시황을 숭배하고 즐겨 말하는지 알 수 있을 것만 같았다.

천마 조형물 앞에는 붉은 기둥 28개로 만든 '이십팔수홍주진(二十八宿紅柱陣)' 조형물이 있다. 28수는 달의 공전주기가 27.32일이라는 것에 착안하여 28개의 구역으로 나눈 것이다. 다시 말하면, 하늘에 있는 스물 여덟 개의 별자리가 동서남북 방위마다 7개씩 배치되어 있는데, 해, 달, 별의 운행을 관측하는데 활용되었다. 28수를 붉은 기둥에 현대적으로 형상화한 것이 인상적이었다.

천마광장을 둘러보고 나와서 반대편에 있는 마을 쪽으로 걸어갔다. 바닷가에는 어민들이 파라솔 아래에서 각종 해산물을 팔고 있었다. 바다의 산삼이라고 불리는 해삼은 양마도의 특산물로 유명하다. 월마트 같은 곳에 가면 인민폐로 몇천 원에 달하는 고가의 건해삼도 많이 진열되어

▲ 바닷가를 따라 어민들이 해산물을 팔고 있다

있다. 커다란 해삼 한 마리를 가리키며 얼마냐고 물으니 100원이라고 한다. 너무 비싸다고 하자 상인들은 비싼 것이 아니라고 하였다.

다시 중국 학생들과 이런저런 이야기를 하면서 마을 쪽으로 한참 걸어 들어갔다. 이렇다할 표지판이라고는 아무 것도 없었다. 중국 학생들은 오픈카가 출발할 시간이 가까워졌으니 다시 돌아가자고 하였다.

마침 마을 쪽으로 들어가는 버스가 한 대 오는 것을 급히 세우고 우리는 그 차를 탔다. 학생들과 제대로 인사도 나누지 못하고 헤어졌다. 아들은 누나들을 따라가는 것이 좋은데, 왜 버스를 타느냐며 연방 투덜거렸다.

양마도에 왔으니 어떻든지 말을 타 보고 가야지, 여기까지 와서 그냥 갈 수는 없었기 때문이었다. 버스 안내양이 어디까지 가냐고 하기에 말을 타러 왔다고 하니 마을 안으로 굽이굽이 돌아가다가 내려주었다. 허름하고 낡은 농가들만 있을 뿐 지나가는 사람은 보이지 않았다.

경마장 건물이 눈에 들어왔다. 몹시 낡았다. 경기가 없는 날이어서 그런지 사람도 말도 보이지 않았다. 아들의 성화에 못 이겨 결국 다시 천마광장으로 돌아가기로 하였다. 아들은 낯선 시골마을이 맘에 들지 않았는가 보다. 그보다 길을 잃을까 봐 겁이 난 것 같았다.

"덕원아, 세상의 길은 모두 통하게 되어 있어. 저 길을 계속 따라가면 아까 누나들하고 헤어졌던 그 길이 나올 거야. 그리고 우리가 중국에 와서 약속한 것 있잖아. 안 먹어본 음식은 무조건 먹어본다, 또 안 가본 길은 무조건 가본다, 잊어버렸니?"

한적한 시골 길을 한참 걷다 보니 자전거를 탄 아저씨가 보였다. 무척 반가웠다. 아들에게 그렇게 말하였지만, 나 역시 사람이 보이지 않는 시골길이 익숙지 않아 안심이 되지 않았던 모양이다. 마을을 벗어나 시끄럽게 경적을 울리며 질주하는 자동차가 다니는 대로에 들어서자 그제야 안심이 되었다.

낯선 곳에 떨어져 있다는 두려움을 극복하기까지는 얼마나 많은 시간이 걸려야 하는 걸까? 내가 마주칠 다양한 길 위에서 느끼게 될 공포감은 언제쯤 사라질 수 있을까?

다시 천마광장으로 돌아왔다. 연대대학으로 직접 가는 노선이 없어서 버스를 두 번 갈아타고서야 집으로 돌아왔다. 드넓게 펼쳐진 푸른 초원 위에서 아들과 말을 타면서 실컷 놀다 오리라고 생각했던 계획이 수포로 돌아갔다.

초원도 보이지 않았고, 말 한 마리 보지 못하였다. 더구나 기대했던 진시황과 관련된 유적도 보지 못하였다. 다소 허탈한 느낌이야 있었지만, 낯선 곳으로의 여행은 늘 변수가 많은 법이려니 생각하였다.

연대시를 벗어나면 볼 만한 것이
무엇이 있을까?

이 것 이 중 국 이 다   제 3 부

낯선 곳에서
'해신' 장보고를 느끼다

━━━ 위해 적산법화원

4월 19일. 위해에 있는 유공도와 석도의 적산법화원을 답사하기 위해 일찍부터 서둘러 집을 나섰다. 위해에 도착하기 전에 버스 안에서 만난 대학생들에게 유공도를 가려고 한다고 하니 종점에 도착하기 전 시내에서 함께 내려주었다.

버스가 하차하는 곳은 호객행위를 하는 기사들로 시끄럽고 혼잡했다. 앞 다투어 어디를 가냐고 물어보는데 도통 알아들을 수가 없었다. 알아들을 수 있는 것은 유공도는 오늘 문을 열지 않으니, 위해 시내를 관광하고 내일 유공도를 다시 찾는 것이 좋겠다는 말이었다.

관광객이 많지 않은 목요일 오전이지만 배가 운행하지 않을 줄은 전혀 예상하지 못했다. 난감했다. 그렇지만 다시 연대로 돌아갈 수 없는 노릇. 두 번째 답사 지역인 적산법화원을 가기 위해 학생들에게 무슨 버스를 타야 하는지 물어 터미널에 도착했다. 다행히 그곳에서 석도(石島)로 가는 차를 탈 수 있었다. 목적지까지는 1시간 30분 가량 소요되었다.

법화원은 산동성 영성시 석도진 적산 기슭에 자리잡고 있는

사찰이다. 이 사찰은 산동성을 관광하려는 한국인에게 꼭 가볼
만한 관광 코스로 추천되는 곳이다. 왜냐하면 1200년 전 해상무
역로를 개척한 신라의 무역왕 장보고(張保皐)가 세운 사찰이기
때문이다. 근래 들어 장보고를 새롭게 조명하려는 학계의 노력,
장보고를 주인공으로 한 『해신』이라는 최인호의 소설과 역사 드
라마로 인해 이곳을 찾는 관광객이 부쩍 늘고 있다. 우리가 답사
한 날에도 세 팀의 한국 관광객을 만날 수 있었다.

　　장보고는 신라인으로 일찍이 입당(入唐), 이사도(李師道)의
난을 평정하는데 큰 공을 세워서 무령군소장(武寧君小將)의 지
위에까지 올랐다. 장보고는 이곳 적산을 중심으로 경제적 기반
을 마련하였으며, 법화원을 창건하여 당나라에 거주하는 신라인
들을 규합하는 구심점으로 삼았다.

법화원은 1년에 쌀 500섬을 소출할 수 있을 정도의 큰 규모였으며, 전문 경영인과 승려가 30명 상주하였던, 산동에서 규모가 가장 큰 사찰이었다고 한다.

　　여기에서 불교의식인 강경회(講經會)를 정기적으로 개최하였으며, 여름에는 금광명경(金光明經), 겨울에는 묘법연화경(妙法蓮華經) 등을 강론하였다. 사찰의 이름이 적산법화원인 것도 이에서 유래한 것이다. 더욱이 장보고는 바다를 오고가는 해상이기에 온갖 어려움을 수호해 줄 신으로 관세음보살을 숭상하였던 것으로 알려져 있다.

　　이 사찰은 당나라 목종 4년(824)에 장보고에 의해 창건되었다가 845년 회창법난(會昌法難) 때 파손되었다. 회창법난이란 842년부터 4년간에 걸친 당 무종의 불교탄압을 말한다. 이때 4만여 사원이 폐쇄되고 26만 명의 승려가 환속하였다. 이후 영성현에서 원인 스님이 저술한 『입당구법순례행기(入唐求法巡禮行記)』의 내용을 근거로, 1988년 7월에 법화원을 중건하여 오늘에 이르게 된 것이다.

　　『입당구법순례행기』는 엔닌, 즉 일본 승려 원인(圓仁)이 당나라의 불교 성지를 돌아보고 기록한 여행기이다. 이 책에 청해진대사 장보고가 세운 적산법화원 이야기가 소상하게 기록되어 있다. 원인 스님은 법화원에 2년 9개월간 체류하면서 불경을 구하는 등 많은 도움을 받았다.

　　장보고는 원인 스님이 법화원에 머물고 있다는 말을 듣고 예물을 드려 위로하였고, 이에 원인 스님은 무척 감격하였다고 한다. 일본으로 돌아가는 중에 적산명신의 도움으로 무사히 귀

국할 수 있게 되어 그후 일본에 적산선원(赤山禪院)이라는 사찰을 창건하였다.

적산명신(赤山明神)을 두고 어떤 사람은 장보고라 하고, 어떤 사람은 원인 스님이라 한다. 그런데 적산명신 앞에 세워진 비문을 보면, 적산명신은 저 멀리 진시황 때 이사(李斯)가 불사약을 구하러 갔다가 도중에 병이 나자 명신에게 기도하여 곧 병이 나았다는 기록으로 보아, 중국 백성들이 예로부터 숭배하던 신으로 보여진다. 어쨌든 법화원 앞에 위엄있게 좌정한 명신이 원인 스님이 아님은 틀림없다.

적산명신상 위에 올라서니 바람이 어찌나 세게 부는지 날아갈 것 같았다. 난간 끝을 겨우 잡고 내려다보니 사찰 아래로 마을이 아득하게 보이고 멀리 바다가 펼쳐져 있었다. 검푸른 바다 위에 수 십 척의 배들이 매어 있었다. 천여 년 전 산동성 일대뿐

▲ 공사중인 장보고 기념관

만 아니라 저 멀리 일본까지 누비며 활약하였을 장보고를 생각하니 나도 모르게 다리에 힘이 들어갔다.

적산명신상을 보고 내려와 장보고기념관으로 향했다. 장보고기념관에는 장보고의 입당 배경, 무녕군 종군(從軍), 적산법화원 건립, 청해진 창설, 해적 평정, 노예매매 근절, 해상 무역 활동, 해신으로서의 장보고의 모습 등이 있었다.

장보고기념탑은 1994년 최민자씨가 발기하여 건립한 것이다. 한국과 중국을 상징하는 두 개의 탑신이 연결되어 있는 기념탑은 두 나라의 우의를 상징한다고 한다. 적산법화원과 장보고를 기념하기 위해 만든 장보고기념관을 보면서 그 엄청난 규모에 입이 쩍 벌어졌다. 그렇지만 이것만으로 당시 중국과 일본을 오고가며 무역제국을 꿈꾸었던 장보고의 거대한 스케일을 가늠하기란 쉽지 않았다.

지중해가 청동의 발굽과 황금의 갈기가 휘날리는 명마들이 끄는 전차를 타고 바다 위를 달리는 포세이돈을 낳았다면 우리의 다도해는 장보고를 낳았다. 우리 민족에게 많은 배가 떠다니는 바다와 아버지의 땅, 그 신화를 남겨준 단 한 사람의 영웅 장보고. 그래서 나는 장보고를 감히 바다의 신, 해신(海神)이라 부른다.

— 최인호, 「해신」 중에서

1200년 전 좁디좁은 한반도를 벗어나 세계로 진출했던 해신 장보고, 오늘 그의 무한한 프런티어 정신을 닮고 싶다.

우와, 물고기가 머리 위로 휙휙 지나가요!

===== 아름다운 도시 청도

4월 20일, 오후 1시가 되어 청도역에 도착하였다. 청도역에서 바로 택시를 타고 잔교(棧橋)로 갔다. 금요일 오후라서 그런지 관광객은 많지 않았다. 우선 벤치에 앉아서 간단한 음식과 음료수로 허기진 배를 채웠다.

청도에 가면 볼거리의 하나로 꼽히는 것이 바로 잔교다. 길이 440m, 너비 8m의 다리가 바다 위에 떠 있고, 다리 끝에는 누각이 하나 있다. 누각에는 물결이 굽이쳐 돈다는 뜻을 지닌 '회란각(回瀾閣)'이라는 현판이 걸려 있다. 다리 밑에서는 무엇을 줍는지 많은 사람들이 봉지에 연방 무엇인가를 집어넣고 있고, 소라며 불가사리를 파는 상인도 눈에 띄었다.

다리 한가운데에 이르니 푸른 바닷물이 넘실대며 제법 거세게 철썩거렸다. 누각 끝에서 아득한 바다를 바라보는 맛도 괜찮았다. 그렇지만 사실로 말하자면, 긴 다리 위에 덩그러니 누각만한 채 있는 잔교를 왜 그리도 청도를 찾는 관광객에게 추천하는지 좀 실망스러웠다.

그러나 이 다리야말로 청도의 역사를 상징하는 것임을 알았

▲ 청도의 역사를 상징하는 잔교

다. 100여 년 전 작은 어촌에 불과했던 청도에, 열강의 침입에
위협을 느낀 정부가 1892년 군수물자를 수송하기 편리하도록
이 다리를 건설한 것이다.

그후 독일인 선교사 2명이 중국인에게 피살되었다는 구실
로 1897년 독일군이 무력으로 청도를 점령하였다. 그러다가 1차
대전 중에는 일본의 통치 하에 있다가 5·4 운동을 계기로 다시
중국 관할이 되었다. 그러니까 이 잔교야말로 100여 년 청도의
역사를 말해 주는 중요한 유적인 셈이다.

청도 하면 제일 유명한 것이 노산의 깨끗한 물로 빚은 '청도
맥주'이다. 청도 맥주의 상표를 자세히 보면 작은 누각이 있고,
그 앞에 넘실대는 물이 보일 것이다. 바로 이 잔교를 모델로 한
것이다.

잔교를 둘러본 후 다시 택시를 타고 도착한 곳은 해군박물

관이다. 1989년에 개관한 해군박물관은 중국 해군의 역사를 한 눈에 볼 수 있는 유일한 곳이다. 박물관은 실내전청(室內展廳), 무기장비 전시실, 해상 전함구(展艦區) 등 3개 부분으로 되어 있으며, 전체 규모는 4만㎡에 이른다.

실내전청에는 중국 해군의 역사를 보여주는 역사실과 해군 복장이 전시되어 있고, 60여 개국에서 중국 해군에 보낸 진귀한 예품 300여 건이 전시되어 있다. 그리고 밖에는 소형 선박, 비행기, 전차, 화포, 미사일, 탱크 등의 무기가 전시되어 있다. 각종 실물 121점이다.

아들 녀석은 전시되어 있는 무기에 올라앉아 이것저것 만져 보고, 제딴에는 포즈를 취하며 사진을 찍어달라고 해서 '찍사' 노릇 하기에 바빴다. 남자 아이들은 본능적으로 총이며 칼, 비행기, 탱크 등과 같은 것에 관심이 많은 것 같다. 전쟁의 산물을 보여줄 필요가 있을까 싶어 답사일정에서 빼버리려다가 세상의 빛과 그림자가 모두 삶의 스승이 된다는 이유를 달고 간 것인데, 아들 녀석은 역시 해군박물관에 전시되어 있는 각종 무기들을 보고 재미있어 하고 좋아하였다. 나 역시 사진으로만 보았던 전함과 잠수함을 실제로 접할 수 있는 기회가 되기도 하였다.

해군박물관을 나와 바닷가에 조성된 노신공원과 소청도공원이라는 곳에서 잠시 쉬었다. 전에 '해빈(海濱)공원'이라고 불린 이 공원은 중국의 대문호 노신을 기념하기 위해 '노신공원'으로 바꾸었다고 한다. 공원 이곳저곳에 노신과 관련된 글이 새겨져 있었다. 그중에는 이런 시구도 보인다.

몽롱히 취기어린 눈으로 술집에 올라
소리 지르며 방황하자니 비는 부슬부슬.
여러 장님들 보잘것없는 힘을 다하지만
강물은 멈추지 않고 만고에 흐르누나.
(醉眼朦朧上酒樓 彷徨 吶 喊雨悠悠
群盲竭盡 蚍蜉力 不廢江河萬古流)

　　노신의 「자조(自嘲)」라는 시이다. 또 노신의 그 유명한 '橫
眉冷對千夫指 俯首甘爲孺子牛'의 글귀도 보인다. "눈썹 치켜뜨
고 수천 사내의 손가락질을 차갑게 대하고, 고개 숙여 달갑게 어
린아이의 무등이 되어주리." 수천 사내는 적으로, 어린아이의
무등은 인민 대중을 의미한다. 이 짧은 시구는 노신의 정신세계
를 핵심적으로 보여준다고 할 수 있다.

　　아무튼 세계적으로 살고 싶은 도시의 하나로 꼽힌다는 명성
에 걸맞게 공원도 아주 깨끗하게 정비되어 있었다. 산책을 하는
사람, 바닷가를 배경으로 사진을 찍는 사람, 연인의 무릎을 베고
누워 있는 사람, 도시락을 먹는 사람들도 있었다. 그런데 하얀
물결이 바위에 부딪치는 것을 하염없이 바라보고 있는 어떤 할
아버지의 모습이 유독 눈길을 끌었다. 슬프고 아련한 생각이 밀
려 왔다.

　　또다시 답사한 곳은 세계에서 가장 크다는 해저세계였다.
해양생물관에서 900여 종의 각종 해조류, 산호, 조개류, 어류 등
을 보았다. 특히 거대한 고래의 골격을 전시한 것과 흑고래 표본
을 보고 바다 밑에 저렇게 큰 생물이 살고 있다고 생각하니 놀라

웠다. 이곳에는 흑고래 표본뿐 아니라, 거북이, 펭귄, 수달, 물개 등의 다양한 동물들이 박제되어 있다.

다음으로 들어간 곳은 82.4m에 달하는 해저터널이다. 터널 속으로 들어가니 대형 수족관 안에는 세계 각처에서 서식하고 있는 온갖 물고기들이 있었다. 완전히 바다속처럼 되어 있었다. 머리 위로 가오리, 상어, 망치, 이름도 알 수 없는 크고 작은 물고기 떼들이 휙휙 지나가고, 큰 거북이가 느릿느릿 헤엄치는 것을 눈앞에서 볼 수 있었다. 신기해서 한 바퀴 더 돌았는데도 벌어진 입이 다물어지지 않았다.

해저터널을 나오면 세계 최대의 산호초관, 담수생물관, 해양 생물특별관이 있는데, 이곳에서는 다채로운 색깔을 내는 아름다운 산호와 물고기들, 희귀한 어류, 각종 조개류 등을 볼 수 있다. 어른아이 할 것 없이 바다속 현장 체험의 좋은 경험이 될 것 같다.

아들 녀석은 환호와 탄성을 연발하며 애교까지 떨었다.

"와우! 엄마 물고기들이 머리 위로 휙휙 지나가요. 엄마가 세상에서 최~~고 좋아요."

"왜?"

"이렇게 멋진 곳을 보여주니까요. 엄마 사랑해요. 사진 많

▲ 우왜! 물고기들이 머리 위로 휙휙 지나가요

이 찍어서 방학 때 우리 가족 모두 오라고 해서 보여줘요."

몇 차례 답사를 다녔지만 이곳 해저세계에서 가장 높은 점수를 받았다. 아이는 아이인가 보다. 아이뿐 아니라 나 역시 이런 곳에 처음 왔다. 세상에 이런 진귀한 물고기들과 생물들이 바다에 살고 있는 것을 보니 신기하기만 하였다.

환상적인 해저세계를 나와 오늘의 마지막 답사 코스인 오사광장(五四廣場)으로 갔다. 오사광장에는 저녁 무렵이라 많은 사람들이 있었다. 하늘 높이 연을 날리는 사람도 눈에 띄었다.

광장의 이름을 '5 · 4'라고 한 것은 중국의 역사와 관련이 있다. 1919년 우리나라의 3 · 1 운동에 고무되어 두 달 뒤인 5월 4일 북경의 학생들이 제국주의와 봉건주의에 맞서 시위를 벌였는데, 이 날을 기념하기 위해 대형 조형물을 공원 한가운데 세운 것이다. 이것 역시 청도를 대표하는 상징이다.

산동성 동부의 아름답고 깨끗한 항구도시 청도를 반나절만에 대충 훑어보았다. 이곳에 오니 "바다는, 불이 켜져 있으면 고독을 알지 못하는 어린애의 램프와도 흡사하다"라는 프루스트의 글귀가 생각난다. 어린애에게 있어 등불이 고독과 좌절과 불안을 없애주는 역할을 한다면, 바다 역시 인간에게 등불과 같은 역할을 한다는 뜻이다.

인간은 육지에서 겪은 온갖 괴로움과 고독을 바다를 통해 해소하기도 한다. 그래서 사람들은 본능적으로 시원(始原)의 바다를 찾아 나서는 것이리라. 그런 면에서 삼면이 바다로 둘러싸

▲ 청도 시민들이 오사광장에서 휴식을 취하고 있다

여 있어 언제나 바다를 볼 수 있는 것도 청도 시민들의 특권인 것 같다.

그렇지만 내가 살고 있는 연대시보다 훨씬 깨끗하고 질서정연하고 아름다운 것이 너무 현대풍이라는 느낌이 든다. 아직 내게 각인된 중국의 모습은 낡고, 지저분하고, 역사의 흔적이 있어야 할 것만 같다. 그래서 뭔가가 빠진 듯한 느낌이다.

연대로 돌아오는 버스에서, 한국인들이 많이 거주하는 곳인 듯한 지역의 한 건물 앞에 '한국 특목고 입시설명회'라는 대형 현수막을 보았다. 갑자기 속세로 돌아온 듯 숨이 확 막혀 왔다.

당신은
오픈 마인드형 인간입니까?

4월 21일. 오후에 청도의 몇 곳을 유람하고 호텔에 투숙했다. 이튿날 체크아웃 하면서 호텔 직원에게 노산을 어떻게 가야 하는지, 버스는 몇 번을 타야 하는지 물었다. 그랬더니 "몇 사람이 갑니까?"라고 되물어 "두 사람이 갑니다"라고 하자, 노산까지 가는 버스는 없으며, 하루 동안 노산을 관광하는 여행단에 참가하면 볼 수가 있다고 하였다.

그리고 요금은 육백 원이라 했다. 이것저것 물어보았으나 말이 제대로 통하지 않아 할 수 없이 "잘 알았다" 하고는 호텔을 나왔다. 지도에는 내가 투숙한 곳에서 노산까지 뻥 뚫린 도로가 있는데, 버스가 없을 리 만무하다고 여겨 무작정 버스 타는 곳으로 갔다. 다행히 얼마 지나지 않아 노산행 버스를 탔지만 만원이었다.

아들 손을 꼭 잡고 타자, 버스 안내양이 사람들을 밀치고 앞으로 쭉쭉 가더니 고등학생쯤 되어 보이는 여학생 두 명이 앉아 있는 자리에 아들을 턱하니 앉혀 주었다. 한국이든 중국이든 노약자를 우대하는 것은 같은가 보다.

버스는 1시간 가량 달렸는데 정차하는 곳마다 기다리는 사람이 인산인해를 이루었다. 토요일이라 노산으로 가는 사람들이 무척 많았고, 대부분 젊은 사람이었다. 종점에 도착하자 택시기사가 몇몇 젊은이들과 함께 택시를 이용해 노산 입구까지 가라고 하였다.

택시를 타고 가면서 보이는 풍경은 바다와 하늘과 푸른 숲이 조화를 이룬, 참으로 멋진 한 폭의 그림 같았다. 인간이 이룩해 놓은 것이 아무리 위대할지라도 저같은 자연의 아름다움을 어찌 창출할 수 있을까? 인간의 예술행위란 다양하게 변주되는 자연을 끊임없이 모방하려는 행위에 지나지 않음을 다시금 실감했다.

노산 주변의 해안선은 총 길이가 87km이며, 주위의 섬은 모두 18개라고 한다. 해안선을 따라 도보로 여행하는 것도 좋을 것 같고, 하이킹을 해도 괜찮을 것 같았다. 날씨마저 산행을 도와주는 듯 더없이 따뜻하기만 했다. 그리하여 우리 모자는 노산 입구까지 택시를 타고 온 젊은이들과 함께 노산 등반에 나섰다.

옛날에는 노산을 뇌산(牢山), 노산(勞山), 오산(鼈山)이라 하였으며, '신선의 저택(神仙窟宅)' 혹은 '영험하고 신이한 곳(靈異之府)'으로 불렸다. 『제기(齊記)』에는 "태산이 비록 높다고 하지만 동해의 노산만 못하다(泰山雖云高 不如東海嶗)"라고 하여 노산의 산세와 기이한 경관을 으뜸으로 쳤다.

그래서인지 역대 많은 시인묵객들이 이곳을 찾아 자취를 남기기도 하였다. 일찍이 당의 이태백은 "내가 전에 동해바다에 가니 / 노산은 붉은 노을을 머금고 있었네(我昔東海上 嶗山餐紫

霞)"라는 명구를 남겼다.

한편, 노산을 도교의 성지로 삼는 까닭은 서한(西漢)의 장염부(張廉夫)가 노산에 와 암자를 지으면서부터라고 한다. 이곳에서 전파된 도교는 송, 원, 명, 청에 이르도록 쇠하지 않아 노산 또한 도교의 명산이 된 것이다. 지금도 비교적 온전한 도관이 23개가 남아 있다.

도관 가운데 우리가 처음으로 들른 곳은 팔하수(八河水)에 있는 상청궁(上淸宮)이다. 깊고 그윽한 산속, 하늘과 닿을 만한 곳에 상청궁이 자리하고 있었다.

상청궁에 들어서니 유구한 세월을 말해주듯 수령이 천 년이나 된 은행나무가 우리를 반겼다. 직경이 7m나 되는 이 은행나무는 청도에서 아주 유명하다고 한다.

상청궁은 태청궁과 더불어 주요한 도관이며, 태청, 옥청과 함께 '삼청선경(三淸仙境)'으로 불린다. 작고 아담한 상청궁은 송나라 초기에 건립되었다. 정전인 옥황전(玉皇殿)과 좌우에 칠진전(七眞殿), 삼관전(三官殿)이 있는데, 칠진이란 노산에서 수양을 한 도사 왕중양(王重陽)의 일곱 제자를 말한다. 여기에 구처기(邱處機), 유처현(劉處玄), 이지명(李志明) 등 유명한 도사들이 머물렀다고 한다. 구처기같은 사람은 김용의 『사조영웅전』에도 등장한다.

상청궁에서 잠시 휴식을 취한 후 한참을 가 다시 만난 도관은 명하동(明霞洞)이었다. 옛날에는 이곳을 상청궁별원(上淸宮別院)이라 부르기도 하였다. 명하동 입구에는, 청나라 때 우레를 만나 바위의 절반이 땅 속으로 들어간 것이 있는데, 그 바위에는

'천반주하(天半朱霞)'라고 쓰여 있다. 명하동에는 사람이 서서 안을 볼 수 있을 정도로 높다란 천연 석굴이 있다.

명하동에서 아래를 굽어보니 크고 작은 골짜기가 있고, 장엄한 노산의 풍광이 한 눈에 들어왔다. 태양이 뜨고 질 때 붉은 노을에 잠긴 노산의 모습이 마치 비단에 덮인 것 같다고 하여 '명하산기(明霞散綺)'라고 한다.

이런 곳에서 태양이 뜨고 지는 것을 볼 수만 있다면 얼마나 좋을까? 역시 인간 선경일 것이라 추측해 본다. 여기가 노산의 거봉과 남천문으로 향하는 길이기는 하지만 이쯤에서 하산하기로 하였다.

애초 노산을 등반하면서 오늘 안에 연대에 도착하려면 아무래도 무리한 산행은 어려울 듯싶어 케이블카를 타려 하였다. 그런데 택시를 같이 타고 온 젊은이들이 우리 모자에게 보여준 따뜻한 마음씨에 감동하여 케이블카를 타고 먼저 가겠다는 말을 하지 못하였다.

아들 녀석은 언제 케이블카를 타냐며 거푸 물어보았지만, 그곳으로 가는 길을 모르겠다고 둘러대기만 하였다. 사실 케이블카를 타고 내려가는 코스는 우리가 등반한 코스와 다른 곳에 있는 것 같았다.

노산에 대해 공부를 하지 않은 채 그저 케이블카를 타기만 하면 되겠거니 싶어서 물 한 병 이외에는 먹을 것을 준비하지 않았다. 상청궁에 이르기 전까지 좁은 길가에 즐비하게 늘어선 상인들이 많긴 하였지만 말이다. 과일을 사서 같이 나눠 먹으려고

하니, 젊은이들이 비싸니까 사지 말라고 하면서 자기들이 준비
한 것을 들어 보이면서 그냥 가자고 하였다.

중간 중간 휴식하면서 그네들이 준비한 과자와 간단한 음식
과 물을 나눠 먹으면서 짤막한 대화를 주고받았다. 두 사람은 고
등학교 동창이고, 다른 두 사람은 회사에서 만난 사람인데, 지금
은 모두 같은 직장에서 근무한다고 한다. 이마에 여드름이 빼곡
히 난 청년은 아들 녀석이 옆에서 무슨 장난을 쳐도 그저 웃기만
할 뿐이었다.

노산 정상까지 등반하지는 않았지만 산행은 산행인지라 그
네들도 무척 힘들었을 텐데 헉헉거리는 아들을 보고 안쓰러웠던
지 목마를 태워 주기도 하고, 양쪽에서 손을 마주 잡아 주기도
하였다.

일곱 살 난 아이를 혼자 데리고 산행을 하기란 만만한 일이
아니다. 처음에야 신이 나서 태산이든 백두산이든 거뜬히 올라
갈 수 있을 것 같지만, 금방 지쳐버린다. 비슷한 또래가 동행한
다면 서로 앞다투어 가겠지만, 아이가 혼자 갈 경우 옆에서 계속
잘 한다고 칭찬을 해
주어야 한다. 그것도
안되면 달콤한 말로
꾀어야 한다.

그런데 이번 노
산에서는, 비록 말이
통하지 않은 낯선 중
국인이었지만 그네들

▲ 노점에서 물건을 고르는 중국 젊은이

이 형과 누나처럼 업어 주고 손잡아 주고 하여서 쉽게 산행을 마칠 수 있었다.

노산을 내려와서 청도 시내로 가는 버스를 함께 탔다. 거기서도 젊은이들은 "이분들은 한국인이다. 중국말을 잘 못하니까 어디에서 이분들을 내려드리라"고 버스 안내양에게 거듭거듭 부탁하였다. 그리고 내가 연대에 잘 도착하였는지 안부전화까지 하였다.

고마운 젊은이들에게 달리 감사의 마음을 표하지 못한 것이 못내 아쉬웠다. 단지 내가 할 수 있는 것은 노산에서 함께 찍은 사진을 이메일로 보내 주는 것뿐이었으며, 연대에 오면 꼭 연락하라는 말뿐이었다.

노산에서 만난 중국 젊은이들을 보고 나도 저들처럼 낯선 외국인에게 친절하였던가를 새삼 돌이켜 보았다. 한국에도 이미 많은 외국인이 거주하고 있고, 하루에도 몇 번씩 마주치는 외국인이지만 그들에 대하여 무관심하였던 것이 사실이다. 피부색이 다르다는 선입견으로, 말이 통하지 않는다는 이유로, 바쁘다는 핑계로 그들에게 도움을 주지 못하였다.

역지사지(易地思之)라는 말이 있던가? 이방인이 되어보니 이방인의 고충을 이해할 것 같았다. 지적(知的)인 차원의 '오픈 마인드'만 외칠 일이 결코 아님을 또다시 자성해 본다.

중국 동쪽 끝에서 한반도를 바라보다

━━━ 위해 성산두(成山頭)와 신조산 야생동물원

중국은 지금 노동절 막바지 휴가를 즐기는 사람들로 어디를 가도 인산인해다. 공식적으로 5월 1일부터 7일까지 노동절 휴가 기간이기 때문이다. 이 기간을 노동절 또는 오일절 휴가라고 한다.

나 역시 처음으로 맞는 노동절 휴가를 의미있게 보내기 위해 서너 주 전부터 북경을 답사할 계획을 세웠다. 그러나 이곳에서 노동절을 보내 본 사람들은 이 기간에는 아예 어디에 갈 엄두를 내지 않는다고 한다. 말이 관광이지 가만히 서 있어도 인파로인해 저절로 몸이 옮겨가고, 다른 사람의 머리꼭지만 보게 된다고 한다. 더구나 북경은 요즈음 황사가 무척 심하니 아이와 함께가는 것은 무리라고 하였다.

그래서 북경행도 포기하고, 비교적 가까운 태산도 포기하고 한국에나 잠시 다녀올까 생각했지만, 이래저래 여의치 않아 결국 집에서 푹 쉬기로 하였다. 이틀 동안 허리가 꼬부라지도록 늘어지게 잠을 자고 쇼핑도 하고 영화도 보면서 시간을 보냈다.

휴가 3일째 되는 5월 3일 새벽밥을 먹고 집을 나섰다. 말대로 사람들이 그렇게 많은지 궁금했기 때문이다. 사실은 그보다는 무료하고 따분하여 집에서 시간을 보낼 재간이 없었기 때문이었다. 버스 터미널에는 아침 7시인 데도 많은 사람들로 붐볐다. 한 시간을 기다려서 겨우 위해 가는 버스를 탈 수 있었다. 위해에서 다시 우리가 답사하기로 한 성산두에 도착하니 오전 11시였다.

성산두(成山頭). 『사기』에는 '최거제동북우(最居齊東北隅)'라고 되어 있다. 지명에서 알 수 있듯이 이곳은 산동성 영성시 성산 가장 동쪽에 있다. 또한 바다의 일출을 가장 먼저 볼 수 있는 지역이라서 '태양이 뜨는 곳', '중국의 희망봉'이라고 불린다. "북경에 가면 성두(城頭)를 보고, 상해에 가면 인두(人頭)를 보고, 소주에 가면 교두(橋頭)를 보고, 위해에 가면 성산두(成山頭)를 보라"는 말이 있을 정도로 성산두는 위해에서 아름다운 곳으로 이름나 있다.

성산두는 최초로 중국을 통일한 진시황이 기원전 219년과 210년 두 차례 다녀갔다는 역사적 사실 때문에 더 유명하다. 그래서인지 동천문을 지나 성산두 관광구에 들어서면 먼저 볼 수 있는 것이 시황묘(始皇廟)이다. 이곳에 일주사(日主祠), 천후궁(天后宮), 시황전(始皇殿)이 있다.

옛날부터 성산두에는 해신이 살았다고 한다. 강태공이 주나라 무왕을 도와 천하를 평정한 후 이곳의 해신에게 제사했다는 기록이 『사기』에 전한다. 시황제도 여기에 와서 해신에게 절하고 제사하였는데, 이를 기념하기 위해 묘우를 건립한 것이라 한다. 관광객 중에는 분향을 하고 안내원이 치는 종소리에 맞춰 세

번 절하고 소원을 비는 사람도 있었다.

　일주사를 지나면 왼쪽에 시황제를 모셔둔 시황전이 있다. 진시황은 두 번째로 성산두를 방문하고 함양으로 돌아가는 길에 병사하였다고 한다. 그는 13세의 어린 나이에 왕위에 올라 중국 최초로 중앙집권적 통일국가를 건설, 강력한 전제군주가 된 인물이다. '분서갱유'와 '불로장생'이라는 말 속에 담긴 잔인하고 어리석은 군주의 모습에도 아랑곳없이 중화민족에게 끼친 시황제의 영향력은 대단한 것같다. 오늘날에도 시황제가 잠시라도 머문 곳은 거의 유명세를 타니 말이다.

　시황전 옆에는 속칭 해신낭랑을 모셔둔 천후궁이 있다. 천후는 북송 초기의 여인으로 남을 도와주기를 좋아했는데, 28살 때 바다에 빠진 사람을 구하기 위해 물에 뛰어들었다가 불행히도 숨졌다고 한다. 이 여인을 위해 세운 사당이 바로 천후궁이다. 천후궁 옆에는 청일전쟁 때 순국한 유세창을 모신 유공사가 있다.

▲ 진시황과 왼쪽 이사, 오른쪽 서복

　　시황묘를 나와 중국의 동쪽 끝을 가기 위해 주천애(走天涯) 문으로 들어갔다. 푸른 바닷물과 좌우의 기암괴석이 조화를 이룬 아름다운 풍광이었다.

장관(壯觀)을 카메라에 담아보려고 계속해서 셔터를 눌러보지만, 번번이 멋진 장면을 놓친 느낌이 드는 것은 왜일까? 한마디로 솜씨 탓이다.

40여분 정도 바닷가를 따라가니 계단 끝에 '진교유적(秦橋遺蹟)'이라는 표석이 보였다. 이곳은 시황제가 선약을 구하기 위해 만든 다리라고 한다. 여기에 다음과 같은 이야기가 전한다.

시황제가 사람을 시켜 밤낮으로 돌을 날라 바다를 메워서 다리를 만드는데, 이것을 본 동해바다 용왕이 감동하여서 다리 만드는 것을 도와주었다. 용왕이 하룻밤 사이에 몇 천 미터의 다리를 만들어 놓은 것이다. 이에 진시황도 대단히 감사하여 동해바다 용왕을 만나게 해 달라고 간청하였다. 그러자 자신의 화상을 그리지 않겠다는 전제 하에 만나게 했으나 시황제는 약속을 어기고 화공을 몰래 데리고 가서 그리게 한 것이다. 이를 알게 된 용왕은 이미 만들어 놓은 다리를 부숴버렸다. 그래서 지금은 네 개의 다리만 남아 있다.

진교유적 앞에는 진시황, 그 좌우에 이사(李斯)와 서복(徐福)의 동상이 거대하게 세워져 있다.

시황제를 도와 분서갱유를 단행하여 역사에서 부정적인 평가를 받고 있으나, 당대에 누구보다도 뛰어났던 정치가요, 문장가요, 웅변가요, 책사였던 인물이 바로 이사다. 『고문진보』에 실린 이사의 '상진황축객서(上秦皇逐客書)'만 보아도 그가 얼마나 뛰어난 문장가였는지 가늠할 수 있다.

손을 들어
저 멀리 바다를
가리키고 있는
사람은 동남동
녀 삼천의 무리
를 이끌고 불로
장생초를 구하
기 위해 바다를
건너갔다는 전

▲ 중국의 동쪽 끝이라고 표시한 '천무진두(天無盡頭)'

설적인 인물 서복이다.

깎아지른 절벽에 '천무진두(天無盡頭)'라는 붉은 글씨가 새겨진 곳이 바로 중국의 가장 동쪽 끝이다. 날씨가 화창하면 바다 건너 한국이 보인다고 하지만 아득한 푸르름만 비칠 뿐이었다. 그래도 중국의 동쪽 끝 바다에서 한국을 바라보고 있다는 사실만으로도 가슴이 저며오고 감격스러웠다.

푸른 바다를 바라보며 싸 가지고 온 약간의 간식과 음료수로 허기진 배를 채웠다. 그리고 한무제 유철(劉徹)이 성산두에 이르러 해신에게 제사하고 세웠다는 배일대(拜日台)를 찾았다. 표지판은 있어도 이곳까지 오는 사람은 보이지 않았다. 마른 풀더미 속에 작은 비석만이 덩그러니 있었다.

다시 한참을 올라가니 산봉우리 정상에 '진대입석'이라고 새겨진 비석이 보였다. 성산두 관광구와 시내가 한 눈에 들어왔다. 진시황이 이사에게 명하여 '천진두진동문(天盡頭秦東門)'이라 쓰게 하고, 산봉우리에 비를 세우게 하였다고 하는데, 오래

되어서 그런지 바위는 두 조각 나고 글자의 흔적은 전혀 보이지 않았다.

성산두 관광을 마치고 서둘러 내려와야 했다. 아들이 그토록 고대하던 '신조산야생동물원'으로 가기 위해서였다. 일곱 살인 덕원이가 능청스럽게도 얼마 전부터 "엄마, 중국에 와서 호랑이가 어떻게 생겼는지, 코뿔소가 어떻게 생겼는지 아무리 생각해도 생각이 안나. 다 잊어버렸어. 다음에는 동물원으로 답사가면 좋겠어"라고 말하는 것이 맘에 걸려 그러겠다고 약속했기 때문이다.

신조산야생동물원은 몇 개의 산 전체에 호랑이, 표범에서부터 토끼, 거북이에 이르는 다양한 동물들을 방목하고 있는 어마어마한 크기의 대형 동물원이다. 찬찬히 살펴 보려면 서너 시간은 걸릴 정도로 방대하다. 그중에서도 인상 깊었던 것은 바닷물을 막아 물개, 수달과 같은 해양 동물들을 키우는 발상이다. 바닷가라는 지리적 조건을 최대한 이용한 이런 발상과 저력은 도대체 어디에서 나오는지 궁금하였다.

위해에서 연대로 가는 마지막 버스를 타려면 시간이 없어 서둘러 동물원을 훑어보았다. 차를 놓치면 위해에서 1박을 해야 할 처지이다. 고소공포증이 있어 그네조차 높이 뛰지 못하는 나였지만, 마지막 짬을 내 청룡열차같은 놀이기구를 하나 더 탔다. 앞으로 중국에서의 수월한 답사를 위해 아들의 환심을 사려는 행위라고나 할까. 기숙사에 돌아와 그날 밤 추락하는 꿈에 시달리긴 하였지만 말이다.

부처님 손금,
인간과 다르긴 다르네

===== 용구시 남산대불

5월 12일. 연대에서 용구시까지는 버스로 1시간 30분 정도
걸린다. 용구시 버스 종점에 도착하기 전에 '남산대불(南山大
佛)'이라는 표지판을 보고 얼른 차를 세워 달라고 했다. 버스에
서 내린 곳은 시원스럽게 대로가 뚫려 있었지만 지나가는 차량
은 많지 않았다.

한참을 걸어가다가 택시를 탔다. 남산대불을 보러 간다고
하니 20킬로쯤 된다고 하는 것이었다. 그러면 버스를 탈 테니 내
려 달라고 하자, 남산대불까지 가는 버스는 없다는 것이다. '혹
시 중국말을 모른다고 나를 속이려는 거 아니야…'라는 생각으
로 잔뜩 의심에 찬 눈길로 이것저것 거듭해서 물어보고 나서야
안심을 했다.

몇 차례의 중국 여행을 통해서, 산동성 사람들은 외국인이
라고 하여 함부로 속이거나 터무니없는 바가지를 씌우지 않는다
는 것을 알게 되었다. 그러면서도 택시만 타면 자기방어를 위한
본능인지, 아니면 중국말을 모른다는 위축감에서인지 운전기사
에 대한 믿음이 서지 않는다. 친절하게도 택시기사는 돌아갈 때

는 어디에서 내려 몇 번 버스를 타면 버스 터미널에 갈 수 있다는 말을 여러 번 해주었다.

남산대불에 도착하여 표를 사고 한참을 걸어 들어갔다. 토요일 오전이어서 그런지 관광객은 많지 않았다. 천천히 산책을 하듯이 걸어 올라가면서 먼저 본 곳은 향수암(香水菴)이라는 절이었다. 명나라 천후(天后) 연간에 건축된 이 사찰은 본래 '향수암(向水菴)'이었는데 1999년에 중수하면서 지금의 이름으로 바뀌었다고 한다.

탈해문이라고 하는 산문전(山門殿)을 지나니 사찰 안에는 천왕전(天王殿), 대웅보전(大雄寶殿), 장경루(藏經樓), 백자당(百子堂), 응신당(應身堂) 등 많은 전각들이 질서있게 배치되어 있었다. 백자당 안에는 자식을 점지해 주는 송자관음보살과 백여 명이나 되는 천진한 어린아이의 조각상이 있었다. 자식 낳기를 희구하는 사람들이 여기 와서 기원하면 소원이 이루어진다고 한다.

이 사찰은 관광객은 물론 스님조차 보이지 않아 한적하기 이를 데 없었다. 불탑 끝에 매달린 풍경이 바람에 흔들리면서 댕댕 하는 청아한 소리를 내는 것을 듣고 있자니 마음까지 맑아지는 듯 했다. 중국에 와서 모처럼 절다운 절을 만난 것이다.

향수암을 보고나서 용구시가 자랑하는 남산대불을 찾았다. 남산대불은 청동으로 주조한 석가모니 좌불상으로 높이가 38.6미터, 무게가 무려 380톤이나 된다. 세계에서 가장 큰 청동 좌불상이라고 한다.

▲ 이것이 부처님 손바닥

　　남산대불에는 공덕당, 만불전, 불교역사박물관이 있다. 만불전(万佛殿) 안에는 9,999개의 청동으로 주조한 작은 전신(全身) 불상이 모셔져 있고, 그 앞에 불이 켜져 있는데 대단히 장엄하다.

　　나는 수 백 개의 계단을 하나하나 밟고 올라가서 거대한 좌불상의 옷자락을 만지작거리며 축원하였다. 우리네 할머니들이 불상 앞에서 그렇게 하였듯이, 가족의 건강과 사업 번창과 어린 아들의 건강을 빌었다.

　　남산대불의 계단 아래에는 커다란 부처의 손을 본떠 만든 조각상이 있었다. 부처의 손을 어루만지면서 수복과 사업성취, 평안과 부귀를 염원하면 뜻대로 이루어진다고 한다. 부처의 손바닥 중앙은 많은 사람들이 만진 탓으로 반질반질 윤이 났다. 가까이 가서 부처의 손금을 보니 우리네 인간의 손금과 너무도 달랐다. 재물복을 나타내는 선도, 명을 나타내는 선도, 성공을 나타내는 선도 보이지 않았다. 저것이 바로 초월자의 손금이구나 싶었다.

남산대불 옆에 위치한 남산선사(南山禪寺)를 한 바퀴 둘러보고 남산도원(南山道院)으로 이동했다. 남산도원 석방에는 '국태민안(國泰民安) 정통인화(政通人和)'라는 대형 글씨가 좌우로 새겨져 있다. 중국에서는 전통사찰이든, 도교사원이든, 유명한 관광지이든간에 어느 곳에서나 쉽게 볼 수 있는 문구가 바로 '국태민안'이다.

이곳의 규모도 역시 방대하다. 동서를 축으로 하여 삼성전(三星殿), 관성전(關聖殿), 원진궁(元辰宮), 재신전(財神殿), 탑원(塔院), 통현각(通玄閣), 경수궁(慶壽宮), 망학루(望鶴樓), 삼황각(三皇閣), 팔경궁(八景宮), 의성원(醫聖院), 서공묘(徐公廟) 등의 건축물들이 질서정연하게 배치되어 있다. 아들을 데리고 하나하나 둘러보면서 『삼국지』에 나오는 유비, 관우, 장비에 관한 일화나 각 사당과 전각에 모셔진 신들에 대해 짧막한 이야기를 해주니 재미있어 하였다.

팔경궁에 들어가니 공자, 노자, 팔선신 등을 모신 전각이 있었다. 안내원이 따라오라고 하길래 가보니 작은 동굴 앞에 철괴리가 철지팡이를 짚고 앉아 있는 동상이 있었다. 팔선인의 하나인 철괴리가 동굴에서 공부했다는 것을 보여주는 것 같은데, 동상의 손등, 등, 발, 술병이 반질반질하였다. 발을 만지면 재앙이

소멸되고, 손을 만지면 재물이 생기고, 호리병을 만지면 병이 나지 않는다는 문구가 적혀 있었다.

　아들 녀석은 복을 많이 받고 싶다고 하면서 동상의 여기저기를 한참 어루만졌다. 이렇게 어린 나이에도 복 받기를 염원하는데, 이 풍진 세상에 온갖 쓴맛을 본 어른들이야 오죽하겠나 싶었다.

　재신전(財神殿)에 모셔진 분은 비간(比干)과 범려(范蠡)였다. 범려는 월나라 왕 구천을 도와준 인물이면서 중국 최초의 갑부로 알려졌으니 재신전에 모셔진 것이 이해가 된다. 그렇지만 비간은 공자가 은나라의 세 성인이라고 했던 충신 아니던가? 폭군의 대명사로 일컬어지는 주왕(紂王)의 폭정을 간하다가 가슴을 찢겨 죽임을 당한 사람이 어째서 재신전에 모셔져 있는가?

　그 이유는, 비간은 충신이었으되 무심무향(無心無向)한 마음가짐과 공도(公道)를 지녔기 때문이라는 것이다. 즉, 재물을 모아 거부가 되기 위해서는 금전에 대한 특별한 경영원칙을 넘어선 무심한 마음 상태에 이르러야 된다는 것이다. 눈 앞의 작은 고기를 잡기 위해 아웅다웅하는 사람에게는 대어를 낚을 안목과 방법이 없다는 것을 상기해 보면 재신전에 비간과 범려를 함께 모셔둔 중국인의 발상이 참으로 원대하다.

남산도원에는 십여 채의 전각과 이십 여 채의 누각들이 다양한 종류의 수목과 조화를 이루어 거대한 공원처럼 조성되어 있었다. 솔냄새 짙은 작은 오솔길을 따라 느긋하게 산책을 하는 기분도 좋았다. 차와 다구를 준비해 가면 우아하게 차를 마실 만한 곳도 꽤 있을 것 같았다.

남산대불과 남산도원을 관람하는데 두어 시간을 걸었기 때문에 간이 차편을 이용하기로 하였다. 남산대불 정문에서 출발하여 남산약사옥불까지 가는데 왕복 26원이었다. 꼬불꼬불 포장된 도로를 올라갈수록 사방에서 바람이 어찌나 거세게 부는지 날아갈 것만 같아 한 손으로는 아들 손을 꼭 잡고, 한 손으론 카메라를 움켜잡아야만 했다.

산허리를 서너 개쯤은 족히 넘은 것 같았다. 이 길을 걸어서 올라갈 생각을 잠시나마 했던 것이 아찔하기까지 했다. 중국이란 나라는 도대체 땅덩어리가 얼마나 크길래, 아니면 얼마나 손이 크길래 이렇게 대규모 관광단지를 조성할 수 있나 싶은 생각이 들었다. 푸른 초원에는 잘 정비된 골프장도 눈에 들어왔다. 골프에 관심이 없어 잘 모르지만, 한국 사람들이 이곳 남산의 골프 클럽을 많이 이용한다는 얘기도 들었다.

남산옥불전에는 중국에서 제일 크고 가장 높이 조성된 약사옥불이 건립되어 있었다. 약사여래는 재앙을 없애주고 수복(壽福)을 더해주고 재물복을 가져다 준다는 부처로 알려져 있다. 옥불전에서는 오백나한과 사리탑, 불교와 관련된 각종 유물도 볼 수 있었다.

옥불전을 관람하고 나서 송조(宋朝), 춘추원(春秋園)을 차례로 둘러보았다. 춘추원은 춘추전국시대의 역사와 문화를 전시하기 위해 2003년에 조성된 곳이다.

곳곳에 공자, 노자, 맹자, 한비자 등 춘추전국시대 저명한 분들의 주옥같은 글이 새겨져 있다. 『논어』의 '인자안인(仁者安仁) 지자이인((智者利仁) — 어진 자는 어짊을 편안하게 여기고 지혜로운 자는 어짊을 이롭게 여긴다'라는 구절도 보였다.

다양한 인물들의 조각상과 고사성어를 그림으로 그려놓은 벽화, 알기쉽게 그려놓은 연대표 등이 있어서 중국 역사를 이해하고 공부하는데 유익한 장으로 활용될 것 같았다. 특히 청소년들이 견학하기에 좋을 곳으로 여겨졌다.

용구시에 위치한 남산관광구는 불교와 도교적 색채가 혼재되어 있는 곳이기도 하면서, 세계적 규모의 대형 골프장이 겸하여 있는 독특한 문화관광단지이다. 이같은 대형 문화관광단지를 '남산'이라는 기업이 단독으로 조성하였다는 말을 나중에 듣고서 더욱 놀랬다. 남산관광구를 돌아보고 내려오는 길에 아들은 이런 말을 했다.

"엄마가 왜 나를 데리고 답사를 많이 다니는지 알았어요."

"그래, 뭣 때문이라고 생각하는데?"

"밥 먹는 것도 공부고, 노는 것도 공부고, 잠자는 것도 공부라고 했잖아요. 답사도 공부니까 그렇지요. 답사를 하면서 많은 것을 볼 수 있으니까요."

헉! 작년에 답사 다닐 때만 해도 조금만 다리가 아프면 업어 달라고 떼를 쓰던 녀석이 어느새 커서 제법 신통한 말을 하니 대견스러웠다. 그래, 밥 먹는 것에서부터 공부 아닌 것이 어디 있겠는가? 정작 내가 한 말이지만, 자신은 매사에 공부를 제대로 하지 못하는 것 같아 어린 아들 보기가 민망하였다.

아들, 엄마 하고 코드가 통하네!

━━━ 제남 표돌천 공원

5월 18일. 이른 아침 서둘러 집을 나서서 기차역으로 갔다. 엊그제만 해도 있었던 기차역이 헐리고 다른 곳으로 이전을 했다기에, 하는 수 없이 오전 8시에 출발하는 제남행 버스를 탔다. 소변을 자주 보는 아들 때문에 5시간이나 걸리는 장거리를 잘 갈 수 있을까 염려했는데, 의자에 앉으니 화장실이 있다는 표시가 눈에 들어왔다. 다행이다 싶었다. 지루하게 5시간을 어떻게 갈까 생각했는데, 잠시 눈 붙이고, 책도 좀 보고, 영화도 조금 보다 보니 제남이었다.

버스에서 내려 우선 지도책을 하나 샀다. 그리고 표돌천 공원을 가려면 몇 번 버스를 타야 하는지 버스 안내양에게 물어보니 54번을 타라고 하였다. 30분 정도 버스를 타고 간 것 같다. 차창 밖으로 제남의 거리와 제남 시민들이 눈에 들어왔다. 깨끗하게 정비된 도로와 제법 말끔하게 차려 입은 시민들의 모습은 4년 전에 왔을 때의 그것과 많이 다른 것 같았다. 그 사이 제남이 크게 변한 것인지, 아니면 중국 생활 2개월만에 중국 사람들에 많이 익숙해져서인지 모르겠다.

▲ 표돌천의 '연비어약(鳶飛魚躍)'

　표돌천은 대명호, 천불산과 함께 제남시의 3대 관광지로 꼽
히는 곳이다. 입장료 40원을 내고 들어가니 먼저 눈에 들어온 것
은 '연비어약(鳶飛魚躍)'이라는 글씨였다. 솔개는 하늘을 날아
다니고 물고기는 물에서 뛴다는 뜻으로, 천지만물의 자연스런
운행을 표현한 것이다. 탁한 연못 속에서 빨간 금붕어들이 헤엄
치고 있는 모습은 4년 전과 조금도 다르지 않았다.

　이청조기념관으로 들어갔다. 이청조(李淸照, 1084~1151)는
송나라의 여류시인으로 제남 사람이다. 이안거사(易安居士)라
는 호가 있다. 기념관에 들어서자 1959년 곽말약이 이청조를 위
해 써 놓은 '일대사인(一代詞人)'과 '전송천추(傳誦千秋)'라는
글씨가 앞뒤로 새겨져 있는 것을 볼 수 있었다.

　녹음이 짙은 정원에는 이청조가 평소 좋아하였던 해당화,
파초 등의 화초들이 아름답게 꾸며져 있다. 이러한 곳에서 작품
활동을 하였을 이청조를 생각하니 은근히 부러웠다. 정원을 중

심으로 왼쪽 벽면에는 이청조의 시편이 석각되어 있었다.

기념관에는 이청조의 생애를 네 부분으로 나누어 조각으로 생동감있게 표현하여 놓았다. 그녀가 아름답고 뛰어난 시편을 많이 남겨 중국의 여류시인 중에 으뜸이 될 수 있었던 것은, 어려서부터 박학다재한 아버지와 글을 잘 하는 어머니의 영향을 많이 받았기 때문이라고 한다.

그녀는 10대에 이미 당대의 저명한 문인인 장뢰, 황정견으로부터 시적 재능을 인정받았다. 18살에 송대의 저명한 금석학자 조명성과 혼인을 하였는데, 남편과는 금실이 좋았고 무엇보다도 뜻이 통하는 사이였다. 그러나 금병(金兵)이 침략하여 강남으로 이주하는 와중에, 불행하게도 남편이 병사하고 만다.

그후 이청조는 장여주라는 사람과 재혼하였으나 결혼 3개월만에 남편이 탐관오리라는 것을 알고 이혼하고 만다. 이혼이란 당시에는 감히 상상할 수도 없었던 일이었으니, 대단한 여성이 아닐 수 없다. 이청조의 말년은 가난하고 처량하였으며, 매우 곤궁하였다고 한다.

> 호숫가에 바람 불자 물결 아득히 일고
> 가을 이미 저물어 붉은 꽃도 향기도 드물구나.
> 물빛이며 산빛이 내 곁을 스치는데
> 말로는 다 할 수 없어라, 한 없이 좋은 이 풍광을.
> (湖上風來波浩渺 秋已暮紅稀香少
> 水光山色與人親 說不盡無窮好)

이청조의 「원왕손(怨王孫)」이라는 시를 읽자니 문득 우리나라의 유명한 여류시인 허난설헌이 떠오른다.

난설헌 역시 당대의 명문가인 양천허씨 가문에서 태어났다. 부제학까지 지냈던 아버지 허엽과 당대의 문사였던 허성, 허봉, 허균 형제들의 영향을 받아 일찍부터 문명을 날렸다. 그녀의 작품은 중국에서 출판될 정도로 인기가 있었다. 그러나 결혼한 남편과 사이가 좋지 않았고, 자식을 가슴에 묻어야 하는 거듭된 불행을 겪어야만 했다. 여자로 태어난 것과 시를 지을 수 있는 자신의 재능을 한없이 원망하였던 난설헌은 27세의 젊은 나이에 한많은 인생을 마감하였다.

어찌 보면 이청조가 살았던 송나라보다 허난설헌이 살았던 조선시대가 여성의 삶을 억압하고 여성의 글쓰기를 인정하지 않았던 사회가 아닌가 생각이 든다. 그렇지 않다면 난설헌은 이청조보다 사회적 관념을 벗어나고자 하는 전투적 삶의 자세가 부족하였는지도 모르겠다.

아니, 그렇게 함부로 논단할 일이 아니다. 송나라나 조선 어느 시대이고 한 개인의 힘으로는 어찌할 수 없는 불합리한 사회구조 때문에 가슴을 치며 살아야 했던 사람들이 얼마나 많았겠는가? 또 지금 이 시대에도 여성, 인간을 억압하는 사회구조가 얼마나 많은가.

이청조기념관을 나와 요·순·우 세 임금을 모신 삼성전(三聖殿)과 순 임금의 두 부인인 아황(娥皇)과 여영(女英)을 모신 아영사(娥英祠)를 둘러보았다. 아황과 여영은 둘 다 요 임금의 딸이면서 순 임금의 부인이 되었고, 사후에도 언제나 같은 사당에 모셔져 있으니 두 사람의 운명이야말로 특이하다고 할 수 있다.

삼성전을 지나면 표돌천이 있다. 표돌천은 물이 소용돌이치면서 솟아난다고 하여 붙여진 이름이다. 수질이 깨끗하고 맑으면서도 수온은 일년 내내 18도를 유지한다고 한다. 이곳에는 강희제가 표돌천을 보고 감탄하여 '격단(激湍)'이라고 쓴 어필이 있다.

관란정의 좌우에는 명대의 호찬종(湖纘宗)과 청대의 왕종림(王鍾霖)이 쓴 '표돌천', '제일천'이라는 글씨가 새겨진 돌이 연못 안에 있다. 관정란의 '관란(觀瀾)'이라는 글귀는 맹자의 「진심장」에서 따온 말이다. 물을 보는 데는 방법이 있으니 반드시 여울목을 보아야 한다(觀水有術 必觀其瀾)는 뜻이다.

▲ 건륭제와 모택동이 표돌천을 감상하였다는 관란정

다시 말하면, 흐르는 물이 웅덩이에 차지 않으면 흘러가지 못하듯이, 공부를 하는 데에도 차근차근 밟아 나가야 한다는 것이다. 퇴계 이황 선생도 '관란'을 말씀하셨듯이, 공부하는 사람이 유념해야 하는 구절이다.

그러고 보니 표돌천 안에 쓰여 있는 한자를 따라가며 공부하는 것도 꽤나 유익한 여행이 될 것이라는 생각이 든다. 관란정은 건륭제가 표돌천을 감상한 곳이기도 하면서, 모택동이 왔을 때도 여기에서 표돌천을 보았다고 한다. 우리가 갔을 때는 표돌천이 소용돌이치기는커녕 잠잠하기가 이를 데 없었다. 빨간 금붕어만이 제 세상을 만난 듯 헤엄치고 있었다.

표돌천 공원에는 이청조기념관뿐만 아니라 명대의 저명한 문학가인 이반룡(李攀龍)의 장서가 있었던 백설루도 있다. 이반룡은 후칠자(後七子)의 한 사람으로, 조선 후기 우리나라의 문인들에게 영향을 미쳤던 작가다. 백설루는 1996년에 중건하였다. 이곳에는 이반룡의 동상과 그 작품이 전시되어 있다.

또 공원 안에는 저명한 화조화가 왕설도(王雪濤, 1903~82) 기념관도 있다. 기념관 안에는 그의 작품과 생전에 사용하였던 문방사우 등이 전시되어 있었다. 또 이고선(李苦禪, 1899~1983) 기념관도 있었지만, 모두 근대 인물인 데다가 아는 바가 없어서 대충 훑어보고 나왔다.

표돌천 공원의 서쪽에 위치한 만죽원(万竹園)을 둘러보았다. 대나무가 많이 심어져 있으면서, 각 정원은 석류원(石榴園), 옥란원(玉蘭園), 해당원(海棠園), 목과원(木瓜園), 행원(杏園) 등과 같이 꽃과 나무를 주제로 이름이 붙여져 있었다. 정원이 매우 많고 헷갈려서 왔던 곳을 두 번 간 곳도 있었다.

각종 서화나 기념품을 파는 곳도 많이 있었다. 한 가게에 들어서니 와 본 듯한 느낌이었다. 그러고 보니 4년 전에 들른 곳이었다. 붉은 모란이 너무 예뻐서 사고 싶었는데, 500원의 거금을 불렀기 때문에 안 샀던 기억이 남아 있다. 이리저리 둘러보아도 눈에 차는 그림이 보이지 않아 여러 곳을 다녔다.

아들이 덥다고 연방 푸념을 하길래 부채를 하나 사줄 테니 고르라고 하였다. 그리고 나는 열심히 그림을 뒤적였다. 한참 후에 아들이 부채를 하나 골랐는데, 붉은 모란이 화사하게 그려져 있는 둥근 부채였다.

"아니! 아들, 이거 엄마가 좋아하는 모란이잖아? 너도 이 그림이 맘에 드니?"

"응! 이쁘잖아. 엄마가 좋아할 줄 알았다니까."

중국에 온 이후 아들과 많은 시간을 보내고 함께 답사를 다녔지만 모자가 똑같이 붉은 모란을 좋아하는 줄은 몰랐다. 아들하고 코드가 같다는 생각을 하니 기분이 좋았다. 세상의 모든 자식은 부모가 낳았지만, 자식의 취향이 부모의 취향과 같지는 않다. 또 부모의 취향을 자식에게 전수할 수도 없고, 억지로 가르칠 수도 없는 노릇이다. 부모와 자식이 코드가 통하는 사이라면 더없이 행복하지 않겠는가?

모란이 그려진 부채를 하나 사고, 다른 곳에서는 모란이 그려진 작은 그림 한 점을 샀다. 100원 달라고 하는 것을 "나는 한국인이다, 나는 연대에서 왔다" 등등의 짤막한 대화를 하니, 모란 그림 석 점을 100원에 가져가라고 하였다. 내일 천불산에 가야 하기 때문에 안된다고 하고는 30원에 한 점을 샀다. 4년 전에 사지 못했던 모란을 아주 싼 값에 구입한 것이다.

아들에게는 특별한 기념품을 하나 사주었다. 아들의 사진을 찍어 표돌천이 있는 그림 위에 덧씌우고, 그것을 다시 코팅한 것이다. 아들은 자기 사진이 들어간 기념품을 보고 신이 나서 펄쩍 펄쩍 뛰었다. 표돌천 공원 앞에 있는 천성광장을 한 바퀴 돌고 다시 대명호로 가는 버스에 올랐다.

오픈카 타고 호수 한 바퀴

===== 제남 시민들의 휴식처, 대명호 공원

　　대명호는 도시 한복판에 있는 커다란 천연호수로 제남의 관광명소의 하나이다. 대명호는 시내의 진주천, 탁영천, 왕부지 등의 여러 샘물들이 흘러들어와 형성되었으며, 공원의 총면적 86 헥타르 중 46헥타르가 호수일 정도로 넓다.

　　30원 입장료를 내고 공원으로 들어갔다. 호숫가를 따라 늘

▲ 제남 시민의 휴식처 대명호

어진 버드나무가 인상적이다. 제남은 집집마다 샘물과 버드나무가 있다는 말이 있을 정도로 샘물과 버드나무가 많은 곳이다. 호숫가에는 산책을 즐기는 제남 시민들이 제법 많았다. 시원한 호수 바람이 불어와 아주 상쾌했다.

대명호는 '뱀이 보이지 않고, 개구리가 울지 않으며, 장마에도 물이 불어나지 않고, 오랜 가뭄에도 마르지 않는' 특이한 호수라고 한다. 물이 있는 곳에 개구리와 뱀이 있는 것은 당연한데 그렇지 않다는 것이다.

옛날 건륭제가 제남에 왔다가 이곳 호수에서 쉬고 있는데, 뱀이 기어 다니고 개구리가 시끄럽게 울었다. 그래서 심기가 불편한 황제가, 뱀은 굴 속으로 들어가고 개구리는 울지 말라는 지엄한 명령을 내렸다고 한다. 뱀, 개구리같은 미물이 어찌 중국 황제의 명령을 거역할 수 있겠는가? 그때부터 지금까지 대명호에는 뱀과 개구리가 보이지 않는다는 이야기가 전해지고 있다.

호수를 한 번 둘러보는 데도 두어 시간이 걸릴 정도로 넓다. 다리가 아파서 10원을 주고 오픈카를 이용하였다. 빽빽한 나무숲과 기이한 수석이 푸른 호수와 조화를 이룬 아름다운 공원이었다. 일렁이는 푸른 호수를 보고 있자니 정지용의 「호수」라는 시가 생각났다.

얼굴 하나야
손바닥 둘로
폭 가리지만
보고 싶은 마음

호수만하니

눈감을 밖에.

호수 주위를 따라 볼 만한 것이 꽤 있었다. 연못 한가운데에
세워져 있는 월하정(月下亭)이라는 아담한 육각 정자를 보았다.
달을 감상하기에 좋은 곳이라고 하여 붙여진 이름이다. 호수와
달은 그야말로 잘 어울리는 한 쌍이다. 시적 감흥을 불러일으키
는 좋은 소재가 되기도 한다. 더군다나 연못에 정결하게 피어 있
는 하얀 연꽃이 흥취를 더하는 듯하였다.

조금 걸어가니 북극각(北極閣)이 있었다. 이곳은 제남시의
최대 도교사원이다. 원나라 지원(至元) 17년인 1280년에 건립하
였다가 1420년에 중수한 바 있다. 상고시대 때 사방신의 하나였
던 진무(眞武)를 제사지내고 있다. 진무는 현무(玄武)라고도 하
는데 북쪽을 주관한다. 색깔로는 검은색이고 오행에서는 '水'에
해당한다. 그래서 수신이 되기도 한다.

누각 안에는 검은 낯빛의 진무 조각상이 위엄있게 앉아 있
었다. 그리고 뒤편의 계성전(啓聖殿)에는 진무의 부모 조각상이
모셔져 있다. 진무는 수련을 하고 신선이 된 이후에도 부모를 잊
지 못해 이곳에 부모를 모셔다 놓고 효성을 다하여 봉양하였다
고 한다.

당송팔대가의 한 사람인 증공(曾鞏)을 기념하기 위해 건립한
남풍사(南豊祠)에 들렀다. 증공은 원래 강서 사람이다. 그가 송
나라 때에 제주(齊州 : 지금의 제남)자사가 되었는데, 당시 백성
을 위해 많은 치적을 쌓았기 때문에 백성들이 증공을 위해 건립

한 것이다. 중공의 조각상과 관련 글들이 전시되어 있다.

오픈카는 대명호의 서남문에서 동문으로만 운행하기 때문에 다른 곳을 볼 수가 없었다. 돌아 나오면서 연못에 수련이 가득한 우하청(雨荷廳)에 잠시 들렀다. 연꽃은 아직 피지 않았지만 못에 가득한 연을 보는 것만으로도 마음이 넉넉해졌다.

내가 아는 분 중에 '하우당(荷雨堂)'이란 아호를 가진 독실한 불교 신자가 계시다. 연잎에 빗방울이 방울방울 맺힌 것처럼 한없이 맑고 정갈한 분이다. 어떻게 지내시는지 갑자기 보고 싶어졌다.

명나라 때 산동의 병부상서였던 철현(鐵鉉, 1366~1402)을 기념하기 위해 청나라 건륭 57년인 1792년에 건립한 철공사(鐵公祠)에도 잠시 들렀다. 사당 안에는 들어갈 수가 없어서 주위만 둘러보는 것으로 대신했다.

대명호를 관광하면서 가장 아쉬웠던 점은 역하정(歷下亭)을 보지 못한 것이었다. 호수 한가운데 있는 역하정에 가려면 배를 이용하여야 하는데, 시간이 늦어 배를 운행하지 않는다는 것이었다.

두보는 이 정자에서 '바다 서쪽에 있는 역하정 고풍스러워 / 제남의 명사들 많이 모였구나(海右此亭古 濟南名士多)'라는 시구를 남겼는데, 확인하지 못한 것이 못내 아쉬웠다.

새벽 5시에 일어나 5시간의 버스를 타고 제남에 들러 표돌천과 대명호를 관광하고 나니 몸은 천금만큼 무겁고 힘들었다. 아무래도 내일 천불산에 올라 가려면 천불산 가까운 곳에서 숙박을 하는 것이 좋겠다 싶어 천불산행 버스를 탔다. 대명호에서 대략 한 시간 정도 간 것 같았다.

천불산 입구에 내려 작은 빈관에 들어가 하룻밤 숙박하는데 얼마냐 물으니 백 원이라고 한다. 지난번 청도에서 멋모르고 450원이라는 거금을 주고 하룻밤 잔 것을 생각하면 아주 싼 가격이다. 물론 침대 하나와 텔레비전만 달랑 있는 허름한 방이었다. 그래도 따뜻한 물이 나오니 다행이었다.

없는 게 없는 중국

===== 위조지폐를 만나다

　제남의 허름한 빈관(賓館)에서 하룻밤을 잤다. 이튿날 일찍 눈이 떠졌다. 5월 19일이었다. 숙박비에 아침밥까지 포함된다고는 하였지만, 여덟 시까지 기다릴 수가 없어서 짐을 챙겨 빈관을 나왔다. 간단히 요기할 곳을 찾았지만 이른 시간이라 문을 연 식당이 보이지 않았다. 가다 보면 뭔가 요기할 것이 있으려니 생각하고 그냥 올라가기로 하였다. 공원에는 이미 많은 시민들이 아침 운동을 하고 있었고, 부지런한 사람은 벌써 정상에 도착하였는지 야호 소리도 들린다.

　천불산(千佛山)은 제남의 3대 명승지의 하나다. 천불산은 옛날에는 역산(歷山)이라고 하였는데, 상고시대 순임금이 일찍이 역산 아래에서 밭을 갈았다하여 지금의 이름이 붙었다. 제남에서는 순정가(舜井街), 순옥로(舜玉路), 순경(舜耕)중학 등과 같이 순임금과 관련된 지명을 쉽게 볼 수 있다.

　천불산 입구에서부터 거대한 18나한 조각상이 우리를 반겼다. 나한은 석가모니 부처님의 제자들이다. 나한의 얼굴 표정이 재미있다. 좀 더 올라가 길이 10m, 무게 50톤이 되는 와불(臥佛)

을 만났다. 오른팔로 머리를 받치고 두 발을 가지런히 모으고 누
워 있는 부처님이다. 가슴에는 '만(卍)'자가 새겨져 있다. 이목
구비가 크고 선명하게 표현되어 있다.

　와불 옆에는 제남시와 우리나라 수원시의 자매도시 체결 10
주년을 기념하고, 두 도시의 교류증진을 위해 화성을 상징화한
'우정의 문' 기증 바윗글이 있었다. '우정의 문'이라고 쓰인 건
축물도 있었다. 솔직히 좀 기분이 상했다. 수원시에서 2003년에
기증하였다고 하는데, 바위는 쩍쩍 갈라지고, 바위에 새겨진 글
씨체는 촌스러웠다. 화성을 닮았다고 하는 '우정의 문'은 너무
왜소하여 초라하기까지 하였다. 천불산에서 우리의 흔적을 만난
것은 반가운 일이지만, 이렇듯 초라한 모습은 없느니만 못하다
는 생각이 들었다.

　신선한 아침 공기가 폐부에까지 스며들었다. 조금 올라가니

관음보살을 모신 관음원(觀音園)이 있다. 입장료 15원을 내고 들어가 보았다. 분수처럼 물이 솟아오르는 연못에, 한 손에 약병을 든 관음보살이 우뚝 서 있다. 연못 사방에 크고 작은 관음보살들이 노란 가사와 붉은 가사를 걸친 채 정좌하고 있다. 허원수(許願樹)라고 하는 나무에는 소망을 담은 붉은 천이 마치 빨간 붕대처럼 감겨져 있다.

중국 속담에 '집집마다 미타가 있고, 집집마다 관음이 있다'고 할 정도로 중국에서는 관음사상이 성행한다.

천불산은 해발 285m 정도 된다. 높지 않기 때문에 케이블카를 이용하지 않고 걸어서 올라가기로 하였다. 돌계단이 이 삼백 개 정도 되는 것 같았다. 이미 등산을 마치고 내려오는 사람들도 있었고, 단체로 등반을 하는 학생들도 있었다.

높지는 않지만 걸어 올라갈수록 숨이 턱턱 막히고 다리가 흐느적거리는 것 같아 자꾸 쉬고 싶어졌다. 그렇지만 아들은 힘이 나서 돌길을 팔팔 뛰어다녔다. 정상으로 올라가는 팻말도 보이지 않고, 대부분의 사람들이 모두 이쯤에서 하산하는 것 같아 우리도 산을 내려왔다.

산을 내려오면서 수나라 개황(開皇) 연간에 창건하였다는 흥국선사(興國禪寺)를 관람하였다. 창건될 당시에는 천불사로 불렸다가 당나라에 와서 흥국선사로 개칭되었다. 사원 안에는 대웅보전(大雄寶殿), 관음당(觀音堂), 미륵전(彌勒殿), 천불애(千佛崖), 용천동(龍泉洞), 극락동(極樂洞), 대화정(對華亭) 등의 건축물들이 있었다. 사원 한편에서는 한창 보수공사가 진행중이어서 어지러이 자재들이 널려 있고, 분향하기 위해 태운 향 연기로 경내가 자욱하였다.

특히 인상적인 것은 바위에 새겨진 수많은 불상들이었다. 수(隋) 문제(文帝) 양견(楊堅)이 자기 어머니를 위하여 많은 불상을 조각하였다. 그 때문에 이 산을 '천불산'이라고 하고, 불상을 새긴 벼랑을 '천불애'라고 하였다. 천불애에 조각된 불상들은 수·당의 석각미술을 알 수 있는 중요한 자료가 된다고 한다.

홍국선사를 나와 바로 앞에 있는 역산원(歷山院)으로 들어갔다. '역산원'이라고 쓴 세 글자는 건륭제의 글씨를 집자한 것이다. 역산원에는 요·순·우 임금을 모신 삼성전(三聖殿)과 순임금을 모신 순사(舜祠)가 있고, 일람정(一覽亭)이라는 작은 정자도 있다. 또 문창제군(文昌帝君)을 모신 문창각(文昌閣)이 있다. 문창제군은 문장을 주재하는 신이다. 중국뿐만 아니라 우리나라와 같이 대학입시에 목을 매는 학부모들이 숭배할 만한 신인 것 같다. 태산의 여신인 벽하선군을 모셔둔 곳도 있다. 그러고 보니 천불산이야말로 유·불·도가 혼재되어 있는 곳이다.

다시 송·원 때에 지어진 것이라고 하는 노반사(魯班祠)에 들렀다. 노반은 춘추시대 노나라의 인물인 공수반(公輸般)으로, 뛰어난 장인이었다. 그가 운제(雲梯)와 같은 새로운 기

▲ 수나라 양견이 어머니를 위해 조각하였다고 하는 불상

계를 많이 발명하였기 때문에 후세 사람들이 그를 신격화하여 사당에 모시고 있다. 공수반이 노나라 사람이기 때문에 이곳에 모셔진 것으로 보인다.

천불산을 걸어 올라갔고, 또 천불산의 주요 관광지를 둘러보았기 때문에 하산하는 것은 좀 편한 방법을 이용하기로 하였다. 케이블카를 탈까, 활도(滑道)를 탈까 망설이다가 아들의 제안대로 활도를 탔다. 활도는, 우리말로 옮긴다면 '미끄럼틀길' 정도가 될 것 같다. 아들을 앞에 태우고 뒤에 바짝 붙어서 잠시 전진, 정지 등의 기능을 연습해 보고 바로 출발했다. 브레이크를 놓으면 무서운 속도로 질주할 것 같아 속도를 늦추면서 천천히 가는데 정말 재미있었다. 어릴 때 비료 포대를 엉덩이에 깔고 눈이 온 비탈길을 달렸던 기억이 스쳐 지나갔다. 속도를 늦추지 않으면 아슬아슬한 쾌감을 맛볼 수 있다.

신나게 활도를 타고 내려와 음료수를 마시려고 가게에 들어갔다. 물과 음료수를 사고 50원짜리 지폐를 주인에게 건네주었다. 주인은 지폐를 받아 들고 아래 위를 훑어보더니 "지아더(假的)"하는 것이었다. 그리고 돈을 받지 않겠다고 하였다. 음료수를 내려놓고 옆가게로 가 다시 그 돈을 주었더니 역시 가짜라고 하는 것이다.

"이런! 가짜 돈이라니!"

참으로 황당했다. 중국에 와서 이상하게 여겼던 것의 하나는, 물건을 사려고 돈을 내면 주인들이 꼭 돈을 비쳐 보는 것이었다. 위조지폐가 많이 있어서 진위를 확인하기 위해서라는 것을 나중에 알았다.

'세상 천지에 없는 게 없는 곳이 중국이라고 하더니만, 가짜 돈까지 있네.'

화가 치밀어 '도대체, 중국이란 나라는!'이라 내뱉으려다가 그만두었다. 우리나라에서도 위조지폐를 만든 범인들이 잡혔다느니 하는 뉴스가 떠올랐기 때문이었다. '그래, 중국도 십 수 억이 사는 나라니 별별 사람들도 있겠지'라고 생각하며 접어두기로 하였다.

천불산을 내려오는데 여러 가지 놀이기구를 타는 곳이 있었다. 참새가 방앗간을 그냥 못 지나간다고, 아들은 이것저것 타고 싶어 하였다. 우선 문어 그림이 그려져 있는 놀이기구를 하나 탔다. 상하좌우로 마구 흔들어대는 놀이기구 안에서 아들은 고래고래 소리를 질러댔다.

아들은 재미있다고 하면서 이번에는 회전목마를 타자고 하였다. 말을 타는 아이들이 아주 많았다. 3분에 10원이었다. 주머니에서 100원을 꺼내 주었더니 잔돈이 없다고 하면서 100원짜리 밑에 접혀진 50원짜리를 달라고 하는 것이었다. '이건, 가짜 돈인데요'라는 말이 입에서 나오기도 전에 아저씨는 내 손에 있는 구겨진 50원을 가지고 가는 것이었다. 뭐라고 할 틈도 주지 않고 거스름돈 30원을 받아 들고 말에 뛰어 올랐다.

가짜 돈을 발견하고 속으로 중국인들을 싸잡아 욕하다가 그것을 슬그머니 다른 사람에게 넘겨 준 셈이 되었다. '아이구, 이건 아닌데…'라는 생각이 자꾸 들고, 아저씨에게 미안해서 말을 계속 탈 수가 없었다. 아들의 사진을 찍어준다는 핑계로 말에서 내렸다. 천불산을 내려오는 내내 마음이 편치 않았다. 그 아저씨도 나처럼 가짜 돈임을 알고 분노할 것이 분명할 텐데 말이다.

나중에 조선족이 운영하는 가게에서 위조지폐인지 아닌지를 확인할 수 있는 방법을 확실히 알게 되었다.

첫째, 지폐를 15도 정도 기울여서 작게 '50', 혹은 '100'이라고 쓴 숫자의 색깔이 변하는지 본다. 둘째, 한 장의 지폐를 양쪽에서 똑같이 마주 보게 하였을 때 지폐 끝에 있는 도안이 일치하는지 본다. 셋째, 지폐의 뒷면에 모택동의 그림이 비치는데, 이목구비, 특히 눈이 선명한지 확인한다. 넷째, 손으로 모택동의 윗옷 깃을 만졌을 때 까칠까칠한지 확인한다.

위와 같이 되어야 진짜 돈이라는 것이다. 이와 같은 방법은 100원과 같은 다른 지폐에도 똑같이 적용된다.

『명심보감』에 "한 가지를 경험하지 않으면 하나의 지혜가 늘어나지 않는다"고 하였는데, 그 말이 꼭 맞는 것 같다. 위조지폐 때문에 위조지폐를 확인할 수 있는 방법을 알게 되었으니 말이다.

진시황의 방사
서복을 찾아서

===== 용구시 서공사와 기모도

6월 9일. 날씨가 더워지면 답사하기가 힘들어질까봐 이른 아침부터 준비를 서둘렀지만 아들은 세상모르고 단잠에 빠져 있다. 그리 멀지 않은 곳이라, 굳이 깨우지 않고 일어날 때까지 기다려서 아침밥 먹고 용구시로 출발했다.

용구시는 이번이 두 번째 답사가 된다. 짧은 기간 동안 여러 곳을 여행해야 하니 가능하면 같은 곳을 두 번 답사할 계획은 없었지만, 한 달 전에 남산대불만 보고 서복(徐福) 관련 유적지를 답사하지 못한 것이 마음에 걸려 다시 찾은 것이다.

버스가 용구시에 들어서자 안내양에게 '서복고리(徐福故里)'로 간다고 하니 세워 주었다. 길가의 주민들에게 물어보니 3km 즈음에 있다고 하였다. 그리 멀지 않은 곳이라 생각하여 아들과 함께 걷기로 하였다. 30분 정도 걸은 것 같았다. 천천히 걸었는데도 등에서 땀이 나고 팔과 얼굴이 화끈화끈 달아올랐다. 오전이었지만 벌써 뜨거운 햇볕이 내리쬐고 있었다.

아들이 자꾸 힘들다고 투덜거리기에 자전거를 타고 가는 아주머니한테 뒷자리에 아들을 좀 태워달라고 말하고는 얼른 앉혔다. 그리고 나는 뛰어가겠노라고 하니 아주머니가 웃으면서 "우리 집은 여기서 가까운데요"하는 것이었다. 하는 수 없이 아들을 내려주고 '잘 가라' 하니, 아주머니께서 자전거를 타고 웃으면서 지나가는데 정말 조금 가다가 골목 안으로 쏙 들어가는 것이었다.

머쓱해져서 멀리 들판을 바라보는데 황금빛으로 뒤덮여 있었다. 누렇게 익은 밀이었다. 그러고 보니 누런 밀을 얼마만에 보는 것인가! 추운 겨울을 견디고 파랗게 올라온 청밀에서 강인함과 청순함을 느낄 수 있다면, 누렇게 익은 밀에서는 겸허함이 느껴지는 듯하였다.

큰 길로 들어서자 상점 이름에 '서복'이라는 글자가 자주 눈에 띄는 것으로 보아 그리 멀지 않은 것 같았다. 상점에 들어가 아이스크림을 사고 주인에게 '서복고리(徐福故里)'를 물어보니 아주 멀리 있다는 것이다.

하는 수 없이 택시를 잡아탔다. 몇 분만에 서복고리에 도착하였지만 문은 굳게 닫혀 있었다. 아무도 없었다. 택시기사의 말을 제대로 알아들은 것이라면, 이곳은 5월 15일과 8월 15일에만 문을 연다고 한다. 그러니 이곳을 보고 싶으면 8월 15일이나 가능한 것이었다. 1시간 30분 버스를 타고 다시 40분 넘게 걸어왔는데 허탈하였다.

다시 택시를 타고 용구시 서북쪽 기모도(屺姆島)라는 곳으로 이동했다. 시내를 벗어나 비포장도로를 덜커덩거리면서 10여 분을 달렸다. 오고가는 차량도, 사람도 보이지 않았다. 뽀얗게 올라오는 먼지 속에 '서복고리'라는 간판이 또 눈에 들어왔다. 기모도는 서복이 태어난 곳이라고 하니 관련 유적이 있을 것이라는 생각이 들었다. 입장료 10원을 내고 택시와 함께 들어갔다. 바닷가에 작은 공원이 조성되어 있었고, 그곳에 내가 찾던 서복의 동상이 있었다.

서복은 진나라 때의 방사(方士)이다. 그는 불로장생을 소원하는 진시황을 위해 동남동녀 삼천을 이끌고 영약을 찾으러 떠났으나 중국으로 다시 돌아오지 않았다는 전설상의 인물이다. 이렇듯 전설의 인물로만 알려졌던 서복이 최근의 연구를 통해 실존인물이었으며, 진시황이 불로초를 찾아나선 것도 실제로 있었다는 주장이 제기되었다. 이에 따라 서복의 고향으로 추정되는 곳이 여럿 있는데, 그중 하나가 용구시라고 한다.

서복의 동상 뒷면에 새겨진 '서복조상제기(徐福雕像題記)'에 따르면, 서복은 '제군 황현 서향인(齊郡黃縣徐鄕人)'이라고 되어 있다. 용구시가 바로 예전 진시황 때 제나라의 황현이었다. 서복의 고향이 여기가 맞는다면, 서복은 아득히 먼 옛날 이곳에서 삼천 명이라는 어마어마한 탐사부대를 이끌고 바다 멀리 삼신산을 향해 출항했을 것이리라.

서복의 고향이 맞는다면 그에 대한 예의가 너무 박하다는 생각이 든다. 공원에 조성해 놓은 것이라고는 동상 외에는 이렇다 할 만한 아무 것도 없었기 때문이다. 관광객이 많지 않아서 그런지 더욱 쓸쓸하였다.

바닷가에는 관광객을 태우고 기모도를 한 바퀴 유람할 준비가 되어 있는 배들이 대기하고 있었다. 그리고 어민들이 나란히

줄지어 서서 어망을 손보고 있었다. 검게 그을린 얼굴과 투박한 손만 보아도 평생을 바다와 함께 씨름하며 살았을 것이 틀림없어 보이는 사람들이었다.

어떤 분이 하얀 이를 드러내고 웃으며 배를 타라고 했다. 20분 정도 유람하고 20원이라고 하였다. 구명조끼같은 것은 보이지 않았다. 바람이 조금 거센 것 같아 안전한가 물어보니 자신 있게 괜찮다고 하기에 배를 타기로 하였다. 그런데 아들이 모래 장난하느라 정신이 팔려 결국 배를 타지 못하였다.

다시 택시를 타고 시내로 돌아와 여러 가지 물건을 파는 광장에서 내렸다. 아들 여름 신발 한 켤레, 유희왕 카드, 딱지, 선글라스, 장난감 등을 사고 나와 노점에서 냉면 한 그릇을 사 먹었다. 오이와 향채를 썰어 넣은 것이었는데 생각보다 맛있었다. 가격은 3원이었다.

식당 주인은 우리에게 일본 사람인지, 한국 사람인지 물었다. 한국 사람이라 하니 "한국 사람과 일본 사람은 생긴 것이 아주 비슷한데 한국 사람이 조금 더 예쁘다"고 하였다. 그 말을 듣고 나는 "아니다. 한국, 일본, 중국 사람의 모습이 서로 비슷한데, 특히 한국 사람과 중국 사람이 더 예쁘다"고 하니 식당 주인이 재미있다며 웃었다.

적당히 배가 부르니 기분이 다시 좋아져서 용구 시내를 조금 걸었다. 과일가게에 들러 이제 막 나오기 시작하는 살구, 여지, 복숭아를 한 봉지 사 걸어가면서 먹었다. 당나라 현종의 총애를 한몸에 받았던 양귀비라는 여자가 좋아했던 과일이 '여지'라 설명하면서 아들에게 먹어보라고 권했으나 별로 맛있어 하는 표정이 아니었다. 여지는 막 출하되는 시기라 조금 비싼 편이었다. 2월에 와서 먹었을 때보다 달고 과즙이 많아서 훨씬 맛이 있었다.

　여행이 주는 즐거움의 하나는 바로 그 나라에서만 먹을 수 있는 음식과 각종 과일을 맛보는 것이 아닐까 싶다. 그런데 아들은 이런 내 마음을 모르고 한국에서든, 어느 나라에서든 먹을 수 있는 초콜릿, 사탕, 아이스크림같은 것에만 관심을 두니 답답하기만 하다.

　답사는 예상외로 너무 일찍 끝났다. 정작 보려고 했던 서공사(徐公祠)는 문을 닫았고, 기모도에는 서복 동상만 덩그러니 있었기 때문이다. 뭔가를 놓친 느낌이었지만 오늘처럼 뽀얀 먼지를 뒤집어쓰고 시골길을 걷고, 사람들을 만나 이야기를 나누고, 낯선 이들의 표정을 읽는 것도 의미있는 일이라 생각한다.

　나와 아들이 중국 답사를 시작하면서 찾고자 했던 것은 역사 속의 화석화된 인물만이 아니라 오늘을 살고 있는 낯선 타국인의 생생한 삶의 현장이니 말이다.

몇 천 번이나 붓을 빨았을까?

===== 서성(書聖) 왕희지를 찾아서

6월 15일. 오전 6시 30분에 연대대학 기숙사를 나와 택시를 타고 버스 터미널에 도착했다. 임기시로 향하는 버스는 8시에 출발했다. 안내양에게 몇 시간 걸리느냐 물어보니 7시간 30분이라고 대답한다. 연대에서 임기까지 460km 가량 된다고 해도 7시간이 넘게 걸릴 줄은 몰랐다. 갑자기 숨이 턱 막혔다. 그렇다고 내릴 수도 없는 노릇이었다.

차 안에서 아들과 카드놀이 하다가, 또 간식거리로 싸 가지고 간 과자와 음료수를 먹다가, 또 깜빡 졸다가, 다시 깨어서 책을 보다가, 다시 창 밖을 보았다. 이렇게 하기를 서너 차례 하고 나니 임기시에 도착하였다. 오후 3시 40분이었다.

늘 하던 대로 버스 터미널에서 임기시 지도를 하나 사 들고 첫 번째 목적지인 '왕희지고거(王羲之故居)'로 향했다. '시는 이태백이요, 글씨는 왕희지'라는 말이 있듯이, 왕희지는 서법에 있어서 가히 동양 최고라고 칭할 만한 인물이다.

왕희지(王羲之, 303~61)는 낭야(琅琊) 사람이다. 낭야군이 지금의 임기시이다. 왕희지는 우군장군(右軍將軍), 회계내사(會

▲ 왕희지의 서법을 칭송한 국내외 유명 서예가들의 석각이 즐비하다

稽內史)라는 벼슬을 지냈기 때문에 '왕우군(王右軍)' 혹은 '왕회계(王會稽)'라고 불리기도 한다. 왕희지는 해서, 행서, 초서 등모든 서체에 능통하였다. 그래서 후대인들은 왕희지를 두고 '서성(書聖)'이라고 칭하는데 주저하지 않는다. 대표적인 작품에「난정서(蘭亭序)」가 있다.

　우리가 찾은 왕희지고거는 바로 왕희지가 유년 시절을 보냈던 곳이라고 한다. 연초록의 버드나무가 실처럼 늘어져 연못가에 그림자를 드리우고 있고, 곳곳에 기암괴석이 있어 길손의 눈길을 끌었다. 풍광 그 자체가 한 폭의 그림이었다.

　먼저 묵화헌(墨華軒)을 지나갔다. 국내외 유명 서예가들의 석각(石刻) 80여 개가 한 자리에 모여 있었다. 대개 왕희지의 글씨에 대하여 찬탄하는 내용이 주를 이루었다.

그 중에는 한국의 서예가 김인규(金仁奎)라는 분의 작품도 있었다. 문화해설가가 몇몇 중국인들을 데리고 설명을 하다가 나를 보고 '김인규'라는 분을 아느냐고 물었다. 나는 서예에 대하여 문외한인지라 이 분에 대해 아는 바가 없어서 조금 미안하였다. 이 분이 쓴 글은 '행주좌와연화대 처처무비극락원(行住坐臥蓮華臺 處處無非極樂園)'이었다. 즉 '연화대에서 행주좌와(行住坐臥)하노라니 곳곳이 모두 극락원이로다'라는 뜻이다.

묵화헌을 보고 나서 다리 하나를 건넜다. 조그마한 다리지만 여기에도 사연이 있다. 다리 양쪽에는 임기시가 낳은 일곱 명의 유명한 효자에 대한 고사가 적혀 있었다.

이를테면, 병든 계모가 잉어를 잡숫고 싶어 하자 효성이 지극했던 왕상(王祥)이 잉어를 얻기 위해 한겨울 꽁꽁 언 얼음 위에 눕자, 지극한 효성에 감동하여 잉어가 얼음 속에서 뛰쳐나왔다고 하는 고사가 있다. 왕상은 효자의 대명사로 알려져 있는데, 바로 왕희지의 백증조부가 된다.

다리를 지나면 낭야서원(琅琊書院)이 보인다. 명나라 때에 처음 건축되었다고 하는 이곳에서는 왕희지의 「난정서(蘭亭序)」, 「낭야첩(琅琊帖)」 등과 같은 유명한 글을 볼 수 있다. 물론 진품은 아니다.

서원 앞에는 책을 펴서 말렸다고 하는 쇄서대(曬書台)가 있다. 여러 차례의 전란을 거쳐 폐허가 된 것을 기록에 근거하여 1991년에 다시 중건했다.

서책은 오랫동안 폐쇄된 공간에 보관하게 되면 좀이 슬거나 습기가 차서 눅눅해지기 쉽다. 그래서 책을 오래도록 보존하기 위해 햇볕에 쏘이는 일을 하였는데, 이것을 '쇄서(曬書)' 혹은 '포서(曝書)'라고 한다. 대개 7월 7일 경에 많이 하였다.

쇄서대 앞에는 어린 시절 왕희지가 글씨 연습을 하고 벼루를 씻었다고 하는 세연지(洗硯池)라는 연못이 있다. 세연지 앞 아담하고 작은 누각에는 '세연지(洗硯池)' '진왕우군세연지(晉王右君洗硯池)'라고 쓰여진 두 개의 비석이 있다.

연못의 물빛이 검다. 사람들은 왕희지가 어린 시절 벼루를 씻고 붓을 빨았던 곳이라서 지금까지도 물빛이 검다고 말한다. 정말 그럴까? 그러나 의심하고 싶지 않았다. 평범한 사람에 불과했던 왕희지라는 이름 석자에 '서성(書聖)'이라는 칭호가 붙기까지 얼마나 많은 동안 먹을 갈았을까? 또 얼마나 많은 시간 공들여 붓을 놀렸을까? 또 세연지에서 몇 천 번이나 붓을 빨았을까? 당대는 물론 후세 사람들로부터 '성(聖)'으로 불리게 된 저력이야말로 연못의 검은 빛이 반증해 주는 것이 아닐까 하는 생각이 들었다.

쇄서대 뒤편의 낭야수성(琅琊首聖)은 왕희지의 동상을 모셔둔 곳이다. 왕희지가 붓을 들고 의자에 앉아 있다. 향로가 있었지만 분향을 권하는 사람은 보이지 않았고, 왕희지와 관련된 책자와 「난정서」가 쓰여진 부채를 판매하는 여직원이 있었다. 우리가 한국 사람이고, 두 사람이 여행을 한다고 하니까 무척 신기한 모양이었는지, 여러 사람이 이것저것 물어보았다.

한학에 조예가 깊고 옛것에 관심이 많은 시어머니를 위해 「난정서」가 쓰여진 부채를 하나 샀다.

▲ 왕희지가 벼루를 씻었다고 하는 세연지

353년 3월 3일, 회계산 산음에서 당대의 뛰어난 시인이었던 사안(謝安), 지둔(支遁) 등 42인이 모여 제사를 올리고, 구곡(九曲)의 흐르는 물에 술잔을 띄우고 한 잔에 시 한 수씩 지었다. 이때 지은 시집의 서문을 왕희지가 썼는데, 이것이 바로 고금의 명필이 된 「난정서」이다. 그러나 왕희지의 글씨를 애호하던 당태종이 죽으면서 「난정서」도 함께 묻혔기 때문에 오늘날 전하는 것은 모두 모본이라 한다.

부채 뒷면에는 시인들이 모여 구곡에 술잔을 띄우고 시를 짓는 장면이 그려져 있다. 시어머니는 소시적 당신의 아버님과 친구분들이 사랑방에 모여 한시 짓는 것을 자주 보았고, 옆에서 시중을 들은 경험이 있어서 어지간한 사람은 알아듣지도 못하는 한시나 어려운 구절도 척척 외우곤 하신다. 그러니 「난정서」가 그려진 부채를 틀림없이 맘에 들어하실 것 같다.

천천히 거닐자니 이곳이 점점 마음에 들었다. 이제 막 제색

깔을 띤 초록의 윤기있는 나무며 잔디, 붉은 단풍과 곳곳의 기암괴석이 잘 정돈된 조경도 그렇지만, 일단 규모가 그다지 크지 않다는 것이 맘에 든다. 규모가 작으니 아기자기한 맛이 있고 작위적으로 조성해 놓았다는 느낌이 덜 들었다. 조용하고 아늑하여, 정신을 집중하여 글씨를 쓰기에 더없이 적당하고 아름다운 곳이라는 생각이 절로 든다.

어디선가 거위가 꽥꽥 거리는 소리가 들렸다. 아지(鵝池)라는 곳이었다. 연못가에 서너 마리의 거위들이 뒤뚱거리면서 먹이를 쪼아 먹고 있었다. 왕희지는 특이하게도 거위를 몹시 좋아하였는데, 다음과 같은 이야기가 전한다.

하루는 어느 도사(道士)의 집에 거위가 많다는 말을 듣고 왕희지가 그 집에 가서 거위를 갖고 싶다고 하자, 도사는 "도덕경을 써 주면 거위를 주겠다"고 제안하였다. 사실 도사는 평소 저명한 왕희지의 글씨를 소장하고 싶었는데 기회가 주어지지 않자, 왕희지가 거위 애호가라는 이야기를 듣고 일부러 거위가 많다고 소문을 낸 것이었다. 왕희지는 도덕경을 그 자리에서 써 주고 거위를 둥지째 가지고 왔다.

때문에 왕희지의 글씨를 '거위와 바꾼 글씨'라고 하거나, 도덕경을 '환아경(換鵝經)'이라고도 한다. 이런 고사의 영향으로 우리나라 선비들도 시를 짓고 노닐던 정자에 '환아정(換鵝亭)'이라는 이름을 곧잘 쓰곤 하였다.

이곳에는 왕희지와 관련된 볼거리 외에도 보조선사(普照禪

寺)라는 큰 규모의 사찰이 있다. 이 사찰은 낭야왕씨의 고택이었는데, 왕씨 일가가 남쪽으로 이주하면서 불사로 만들었다고 한다. 당나라 때에는 개원선사(開元禪寺)라고 불렸다가 후에 지금의 이름으로 개칭되었다고 한다.

오후 5시가 지나 사찰을 둘러 보았는데, 마침 저녁 예불을 드리던 중이었는지 스님 두 분과 신도들이 불경을 읽고 있었다. 간단히 삼배를 하는데 스님이 자꾸 힐끔힐끔 쳐다보았다. 이 사찰 외에도 청일전쟁 때의 영웅이라고 하는 좌보귀(左寶貴)를 모신 좌공사(左公祠)가 있다.

이곳을 둘러보고 있자니 몇 해 전 붓글씨를 배운다고 큰 맘 먹고 붓이며 벼루를 장만했지만, 결국 시간에 쫓겨 두어 달 쓰다가 그만 둔 붓을 다시 잡고 싶다는 강렬한 욕구가 일어났다. 사는 것이 좀 안정되고 시간이 주어지면 진득하니 앉아서 묵향(墨香)을 맡을 그 날이 오기를 기대해 본다.

죽간(竹簡)에도
특유의 책 냄새가 날까?

━━━━ 임기시 죽간박물관

6월 16일. 임기시의 두 번째 답사지인 죽간박물관을 찾았다. 아침을 콩국, 계란 후라이, 기름에 튀긴 빵[油條]으로 간단히 해결하고 길을 나섰다.

거리 곳곳에서는 아침식사를 하는 사람들이 눈에 띄었다. 어떤 식당 앞에는 길게 줄을 서서 기다리는 사람들도 있었다. 중국인들은 대부분 아침을 빵이나 면류로 대신한다. 아침 일찍 일어나 가족들의 식사를 챙겨야 하는 한국 어머니들이 매식하는 중국인들을 보면 무척 부럽다고 생각할 것 같다.

박물관은 지난 밤 숙박한 빈관에서 그다지 멀지 않은 곳에 있어서 운동 삼아 걸어갔다. 중국인들은 대개 오전 8시부터 일을 시작한다. 우리가 박물관에 도착한

▲ 중국인들이 아침 식사를 하고 있다

것은 8시 20분 경이었다. 토요일 아침 일찍부터 관람할 사람이 없을 것이라고 생각하였는지 전시실은 굳게 닫혀 있었다. 직원이 열쇠를 들고 부랴부랴 달려와서 문을 열고 전시실에 불을 켰다. 환기가 안된 특유의 퀘퀘한 냄새가 났다.

은작산죽간박물관은 1972년 4월 은작산에 있는 서한묘(西漢墓)를 발굴할 때 출토되었던 진귀한 죽간 병서(兵書) 7,500여 개와 그곳에서 출토된 유물들을 전시해 놓은 곳이다. 1989년에 개관하였다.

중국인들은 은작산에서 죽간이 출토된 것을 두고 '신중국 30년의 10대 고고(考古) 발현의 하나'라고 평가하거나 '중국 20세기(100년) 100대 고고(考古) 발현의 하나'라고 높이 평가하고 있다. 그곳에서 출토된 것을 보면,「손자병법(孫子兵法)」233편,「손빈병법(孫臏兵法)」222편,「위료자(尉繚子)」127편,「육도(六韜)」228편,「안자(晏子)」237편 등과 도자기, 목기, 복숭아씨, 밤톨 등이었다.

이중에서「손자병법」과「손빈병법」의 죽간 출토는, 그 동안 두 인물의 실존 여부와 이들이 썼다는 병법의 진위 여부가 깨끗하게 해결되었다는 중요한 의미를 담고 있다. 또한 당시의 정치, 경제, 군사제도 등을 파악할 수 있는 좋은 자료가 된다.

손자와 손빈은 분명히 다른 인물이다.「손자병법」은 중국 춘추시대 말기 군사전문가인 손무(孫武)가 지은 병서이고,「손빈병법」의 저자는 전국시대 군사전문가인 손빈(孫臏)으로 제나라 사람이다. 그는 손무의 후예라고 한다.

손빈의 이름인 '빈(臏)'은 정강이뼈의 뜻을 가지고 있다. 손빈은 제나라의 군사(軍師)가 되기 전에 두 다리가 잘리고 이마에 글자를 새겨 넣는 형벌을 받았다고

▲ 임기의 죽간박물관 내부

하는데, 이러한 이유로 그의 이름에 빈(臏)이 들어갔다고 한다. 손빈은 위나라를 포위하여 조나라를 구한다는 '위위구조(圍魏救趙)' 등과 같은 유명한 전술을 만들어 냈다.

그가 저술한 「손빈병법」은 그후 천 여 년 동안 사라졌다가 1972년 서한묘(西漢墓) 발굴 때 다시 세상에 빛을 보게 된 것이다. 그래서 그 동안 논란이 되었던 손무와 손빈은 각기 다른 두 사람임이 입증된 것이다.

은작산에서 출토된 죽간은 유리병에 넣어 보관하고 있었다. 그리고 유리병에서 나온 죽간을 그대로 본떠 모조 죽간을 만들고, 다시 그 죽간에 대한 해설서가 나란히 붙어 있다. 유리병에 들어있는 죽간이 진품이냐고 직원에게 물어보니 진짜 서한묘에서 출토된 것이라고 하였다.

죽간(竹簡)은 말 그대로 대나무에 글씨를 쓴 것이다. 오늘날 우리가 사용하는 종이가 나오기 이전에 사용했던 필기방법이다. 대나무를 쪼개어 벌레가 먹지 않도록 불을 쬐어 기름을 뺀다. 그

리고 거기에다가 글씨를 새기는 것이다. 얇고 좁다란 대나무에 깨알같은 글씨가 쓰여져 있는데, 시종 변함없이 글씨체가 똑같다는 것이 경이롭다.

문득 이런 생각이 떠올랐다.

죽간도 많이 보게 되면 종이처럼 손때가 묻을까? 한 장 한 장 책장을 넘길 때마다 서걱서걱 소리가 날까? 그래서 가을바람이 주는 서늘함만큼이나 읽는 이의 가슴을 서늘하게 할 수 있을까? 죽간에서도 책을 만든 사람의 품격이 느껴질까? 햇살이 따사로운 여름 한낮에 책을 펴 놓고 '쇄서(曬書)'를 했을까? 책이 가득한 서고에서 맡아지는 특유의 책 냄새가 날까? 그래서 책을 다 읽지 않아도, 내 책이 아니라도 충만감을 느낄 수 있을까?

상식으로부터 자유로울 수 있을까?

===== 몽산(蒙山)과 임기

　죽간박물관을 관람하고서 세 번째 답사지인 몽산(蒙山)으로 가기 위해 버스 터미널로 향했다. 몽산은 산동성 10대 절경의 하나에 속할 정도로 산수가 아름답다 한다. 더군다나 공자같은 성인도 감탄했으며, 이백, 두보, 소식과 같은 시인묵객들이 자취를 남긴 곳이기도 하다.

　택시를 타고 가며 이것저것 물어보니, 몽산은 임기 시내에서 3시간 정도 걸린다고 하며, 비교적 가까운 곳이라 여겼던 제갈량기념관은 임기시에서 기남(沂南)으로 갔다가 그곳에서 다시 기념관으로 가야 한다고 하였다.

　하루에 두 곳을 모두 답사하기는 어려울 것 같아 몽산을 가기로 했다. 버스 터미널에서 몽산으로 가는 표를 사기 위해 무려 일곱 번이나 옮겨가며 물어본 것 같았다. 임기 사람들이 하는 말을 한 마디도 알아듣지 못해 더 시간이 걸렸다. 지금껏 답사하면서 임기처럼 방언이 심한 곳은 처음이었다.

　아들은 슬슬 짜증을 내기 시작하였다. "엄마, 오늘 거기 꼭 가야 돼. 다음에 가면 안돼?"라고 하였지만, 몽산이든 제갈량기

녑관이든 가야 했기에 결국 표를 사들고 버스에 올랐다. 2시간 30분만에 평읍(平邑)이라는 곳에 도착하였다. 60원을 달라고 하는 택시기사와 흥정하여 45원을 주고 몽산까지 가기로 하였다. 평읍이라는 곳도 시골이지만 몽산으로 가는 길은 더 시골이었다. 요즈음이 마늘과 양파, 감자가 많이 나오는지 여기저기 출하하기 위해 내 놓은 물건들이 많이 쌓여 있었다. 검게 그을린 시골 사람들이 더러 길가에 앉아 과일을 팔고 있었다.

　몽산에 도착하니 오후 1시였다. 매표소 직원은 몽산을 등반하고 하산하기까지는 5시간 30분 정도 걸린다고 하였다. 예상했던 케이블카는 없었다. 정상까지 올라갔다가 내려오는 차량을 이용하면 1인당 200원이면 된다고 하였지만, 안타깝게도 오후에는 운행을 하지 않는다고 하였다. 낭패가 아닐 수 없었다. 오전이라면 모르지만 오후 1시에 등반하기에는 무덥고, 하산하면 저녁이 될 것 같아 산행은 포기해야 했다.

　나는 산악인도 아니요, 산을 무척 좋아하는 사람도 아니지만, 산을 눈 앞에 두고 올라가지 못하고 돌아서려니 마음이 여간 섭섭한 것이 아니었다. 산은 정상에 올라보아야 하고, 바다는 철썩거리는 물에 발이라도 담가 보아야 제맛인데 못내 아쉬웠다. 몽산에 올라 공자님을 떠올리고, 소식(蘇軾)의 시를 읊조려 보려했던 계획은 다음 기회로 미루어야 했다.

　다시 임기 시내로 돌아왔다. 버스 터미널 근처의 재래시장을 둘러보고 서점으로 향했다. 임기 시내에는 택시뿐 아니라 오토바이를 개조하여 뒷좌석에 두 사람이나 네 사람 정도 태울 수 있도록 만든 탈것이 많이 있었다. 택시보다 안전하지는 못하지만 가까운 시내를 운행하기에는 가격이 저렴해서 이용하는 사람이 많았다. 차비는 4원 정도이다.

순박해 보이는 한 할아버지가 손님을 기다리고 있었다. 우리를 향해 환하게 웃고 있었다. 그 분의 오토바이를 이용하려고 가까이 갔는데, 속이 메스껍고 구역질이 나려고 하였다. 세상에 태어나서 단 한 번도 양치질을 해 보지 않은 것 같은 치아를 보았기 때문이었다. 누런 치아를 보지 않고 말을 하려 하는데 도무지 불가능하였다. 입을 막고 제일 가까운 서점으로 가자고만 하고 얼른 오토바이 뒷자리에 앉았다.

인류는 건강을 위해 소금으로 이를 닦거나 요지로 이빨을 쑤시는 등의 작업을 이미 수 천 년 전부터 해왔는데, 이 분은 왜 하지 않았을까? 내가 살아온 잣대로, 내가 알고 있는 상식으로 이 분을 판단하기에는 너무나 순박한 얼굴이었다.

여행을 거듭할수록 '상식은 상식이 아니다'라는 생각이 들 때가 많다. 상식과 습관, 타성으로부터 자유로울 수 있을 때 이방인의 실존도 인정되는 법이라는 생각이 들었다.

서점에 들러 아들이 좋아하는 공룡 그림책과 만화 시리즈를 샀다. 아직 중국말을 할 수는 없지만, 그림과 만화를 보고 키득키득 웃는 아들이 재미있다.

서점을 나와 다시 오토바이를 개조한 탈것을 이용해 기몽호(沂蒙湖)라는 큰 호수로 갔다. 오토바이를 운전하는 솜씨가 대단하다. 아슬아슬하게 자동차 옆을 스쳐 지나가는가 하면, 신호등을 무시하고 질주해도 경적을 울리며 경고하는 자동차도 없다. 자전거 뒷자리에 올라앉은 것처럼 엉덩이가 들썩들썩 덜커

덩덜커덩 하였다.

시내를 관통하여 흐르는 기몽호는 호수가 아니었다. 누가 이렇게 커다란 물줄기를 호수라고 하겠는가? 지난번 제남에서 본 대명호와 비교가 안될 정도로 컸다. 그렇지만 크기만 할 뿐 달리 볼 만한 것은 없었다. 땅거미가 슬금슬금 내려앉기 시작하자 기몽호 공원에 있던 사람들이 하나 둘 돌아가는 것을 보고 우리도 택시를 타고 어젯밤 묵었던 빈관으로 돌아왔다.

저녁은 양고기 꼬치, 닭고기 구이, 당면과 시금치가 들어간 두부탕, 물에 삶은 땅콩 한 접시로 하였다. 아들은 양고기 꼬치가 맛있다며 열 개도 넘게 먹었다. 옆 자리에 앉은 남자들은 윗옷을 벗은 채 맥주를 한 박스 옆에 놓고 마시고 있다. 그리고 연방 가래침을 발밑에다 퉤퉤 뱉었다. 비위가 상할 법도 하겠지만, 이런 광경도 이제 많이 익숙해져서 나와 아들은 개의치 않고 양고기 꼬치를 맛있게 먹었다.

임기시에서 이틀 밤을 보내고 연대로 돌아왔다. 몽산 아래까지 갔으나 정상을 보지 못하였던 것도, 제갈량기념관, 안진경 고리(故里), 순자묘(荀子墓)를 둘러보지 못한 아쉬움이 많이 남는 답사였다.

밤기차 타고 태산으로

━━━ 고색창연한 대묘(岱廟)

지금보다 젊었을 때, 마음이 심란할 때마다 아무 것도 돌아보지 않고 밤기차를 타고 어디론가 훌쩍 떠나고 싶었다. 그러나 소심하고 겁이 많았던 내게 밤기차는 늘 동경의 대상일 뿐이었다. 그런데 이제야 비로소 7살 아들을 앞세우고 밤기차를 타고 떠나게 된 것이다.

11월 16일. 오후 9시 50분 연대역 출발. 목적지는 태산. 기차는 좁고 딱딱한 6인실 침대의 3층. 중국에서는 경좌보쾌와(硬座普快臥)라고 한다. 연대에서 태산까지는 성인 86원, 어린이 66.5원. 물론 4인실, 2인실, 각 침대의 층수에 따라 요금과 조건이 다르지만, 먹고 자는데 많은 비용을 투자하지 않는 나같은 여행객에게 6인실 침대차는 나쁘지 않다.

기차는 요금이 저렴하면서도 안전하기 때문에 중국 서민들이 애호한다. 대부분의 사람들이 커다란 푸대 자루를 한쪽 어깨에 메고, 온갖 박스를 손에 들고 가거나, 여행용 가방을 서너 개씩 밀고 간다. 추운 겨울이라 두꺼운 군용잠바를 걸친 사람들도 많았다.

검표를 하고 기차에 올라 우리 침대를 찾았다. 3층인데 올라가는 층계도 없다. 스파이더맨이 되어 2층을 밟고 간신히 3층 침대에 올라갔는데 똑바로 앉아 있을 수가 없다. 천장이 낮기 때문이다. 꼭 시골집 다락방에 누워 있는 것 같았다.

털잠바를 입고 이불을 덮었는데도 여전히 추웠다. 술 냄새, 담배 냄새, 거기에다가 사람 냄새까지 겹쳐서 쾌적한 환경이 아니었다. 그러나 이미 잠잘 시각을 훨씬 넘긴 터라 아들 녀석은 맞은편 침상에서 곧장 잠이 들었다. 아들이 뒤척일 때마다 혹 밑으로 떨어질 수도 있겠다는 걱정에 모로 누워 불침번을 서야 했다.

역에 정차할 때마다 몇 분씩 불이 켜져 있는 것을 제외하고는 안도 밖도 컴컴한 어둠의 세계다. 어디론가 훌쩍 떠나고 싶었던 때가 그 얼마나 많았던가. 사실 떠나고 나면 별것 아닌데도 말이다. 떠날 수 있다는 생각과 그로 인한 흥분만으로도 여행은 성공한 셈이다.

내게도 낯선 곳에 존재하고 싶은 열망이 이렇게 꿈틀대고 있는 줄 미처 몰랐다. 때로 떠날 수 있다는 것만으로도 행복하다는 생각이 드니 말이다. 이제는 한국에 돌아가서도 떠나고 싶을 때 언제고 배낭 하나 덜렁 메고 집을 나설 수 있을 것 같았다.

11월 17일 오전 6시 30분 태산역 도착. 태산역에서 17일 오후 23시 37분, 연대로 돌아가는 기차표 예매. 7시에 택시 타고 기차역 근처 KFC로 이동. 30분을 추위에 오들오들 떨면서 가게 문이 열리기를 기다렸다가 햄버거, 생선살 튀김, 야채탕, 쥬스, 커피로 아침을 해결. 턱없이 비싼 값으로 아침을 먹었다는 생각이 들지만, 진한 커피 한 잔으로 내 몸의 감각이 깨어나는 것 같아 그런대로 만족함. 8시 20분에 대묘(岱廟)로 이동.

　　대묘(岱廟)는 중국의 고대 제왕들이 태산에 와서 봉선을 거행하던 곳이다. 옛날에는 동악묘(東岳廟) 혹은 태묘(泰廟), 태산궁(泰山宮)이라 불렀다. 대묘의 첫 관문인 요참정(遙參亭)을 지나면 거대하면서도 웅장한 기품이 느껴지는 대묘방(岱廟坊)이 나온다.

　　청나라 때인 1672년에 건립하였다고 하는데, 높이가 11.3미터라고 한다. 지금까지 중국을 답사해 본 중에 가장 멋있는 건축물이 아닌가 싶다. 기둥에 새겨진 용무늬, 꽃무늬 등이 어우러져 웅장함과 화려함의 극치를 이룬다. 기둥에는 '峻極于天 贊化体元生萬物 帝出乎震 赫聲濯靈鎭東方'이라는 글귀가 붉은 글씨로 새겨져 있다.

▲ 고대 제왕만이 드나들었던 정양문

다시 대묘의 정문인 정양문(正陽門)으로 들어갔다. 이 문은 평소에는 열리지 않다가 제왕들이 태산에 제사지내러 올 때만 열린다고 한다. 또한 제왕만이 중앙의 문을 통과할 수 있고, 여느 사람들은 양쪽으로 난 문을 이용한다고 한다. 제왕의 존엄을 상징적으로 드러내기 위한 붉은 색과 검은 벽돌이 조화를 이루었다.

이곳에서 검표를 하는데, 표를 어디서 사야 하는지 몰라 두리번거리고 있자니 안내원이 친절하게 알려주었다. 이제 정양문은 제왕만이 드나들 수 있는 문이 아니라 관람표(20원)를 가진 사람이라면 사시사철 언제든 통과할 수 있는 보통문이 되어 버렸다.

안으로 들어가니 측백나무가 양쪽 길을 호위하고 있었다. 곡부의 주공묘와 추성의 맹묘에서 보았던 풍경과 흡사하였다. 오른쪽 정원으로 들어가니 '선화중수태악묘기비(宣和重修泰岳廟記碑)'라는 커다란 거북 비석이 있는데, 뒷면에 '만대첨앙(萬代瞻仰)'이라는 붉은 글씨가 인상적이었다. 정양문에서 왼쪽 정원에 있는 거북 비석 뒷면에는 '오악독종(五嶽獨宗)'이라고 쓰여 있다. 중국의 큰 산 다섯 개 중에서 태산이 으뜸이라는 뜻이다.

한 관광객이 거북이의 두 콧구멍을 손가락으로 막고 사진을 찍는 것을 본 아들은, 배낭에서 면봉을 꺼내 거북이의 콧구멍을 쑤시려고 하는데 키가 닿지 않아 펄쩍펄쩍 뛰기만 하였다. 답사 간다고 가방 챙기라 하니까 설사약, 코 감기약, 물수건, 휴지, 중국어사전(엄마가 중국어를 모르기 때문에 엄마를 위한 배려), 손톱깎이세트, 카드, 장난감 등등을 챙긴 것을 보고 웃음이 나왔는

▲ 대묘의 연리백. 의연하고 당당한 멋이 풍긴다

데, 언제 면봉까지 챙겼는지, 못 말리는 아들이다.

거북 비석을 보고나서 한백원(漢柏院)으로 들어갔다. 들어가는 대문에 '병령문(炳靈門)'이라는 현판이 걸려 있는데, 병령은 천불(千佛) 또는 만불(萬佛)을 뜻하는 티베트어를 음역한 것이다. 여기에 한무제가 손수 심은 2100년이 넘는다는 측백나무가 있다. 이름은 한백연리(漢柏連理) 또는 연리백(連理柏)이라고 한다.

연리라는 말로 알 수 있듯이 측백나무 두 그루가 마치 한 나무에서 뻗은 것처럼 자라고 있는데, 다정한 연인같기도 하고, 우애좋은 형제같기도 하였다. 예전에 산동성 지역에는 측백나무가 없었는데, 한무제가 이곳에 측백나무를 심은 이후로부터 많이 퍼졌다고 한다.

공묘, 맹묘, 주공묘에서도 측백나무의 아름다움에 빠져 카메라 셔터를 쉴 새 없이 눌렀는데 대묘의 연리백도 참 아름다웠다. 벌거벗은 나목이 어찌 이리도 의연하고, 당당하고, 옹골찬 기상을 내뿜을 수 있을까? 차라리 빛이 난다고 해야 걸맞을 것 같다. 사춘기 때 나무가 좋아서 '나 죽어 한 그루 나무가 되리'라 시를 끄적인 적이 있었는데, 이제 나무가 될 수 있다면, 나무 중에도

빛을 발하는, 의
연함과 당당함
을 잃지 않는 측
백나무가 되고
싶다는 생각을
해본다.

연리백 맞
은편 정원에는
비림(碑林)이
조성되어 있다.

▲ 명나라 때의 장흠이 쓴 '관해'

중국의 역대 비문 90여 기가 세워져 있는데 꽤 볼만 하다.

그 중 명나라 때의 장흠(張欽)이 쓴 '관해(觀海)', 송나라 미
불(米芾)이 쓴 '제일산(第一山)' 등의 글귀가 보이고, 그외에도
'궤위산(蕢爲山)', '등태관해(登泰觀海)', '수종한시(樹種漢時)'
등도 있다. '관해(觀海)'라는 말은 『맹자(孟子)』의 "바다를 구경
한 사람과는 강물을 가지고 이야기하기 어렵다(觀於海者 難爲
水)"는 구절에서 따온 것으로, 견문과 학식이 넓은 것을 비유할
때 쓴다.

많은 비문이 마모가 심해 알아보기 어려웠지만, 비림을 거
닐면서 한 두 글자만 마음에 익혀도 족할 듯싶다. 태산과 관련
된 유명한 성어(成語)를 감상하고 싶다면 한백정(漢柏亭)을 찬
찬히 둘러보는 것도 괜찮을 것 같다. 물론 새롭게 조성하여 고
색창연한 맛은 없다.

배천문(配天門)을 둘러보고 동어좌(東御座)에 오면, 태산에

서 현존하는 가장 오래된 석각을 보게 된다. 그것은 진시황의 아들인 이세(二世) 황제가 태산에 봉선을 하고 이사(李斯)에게 명하여 세우게 한 비석이다. 원래는 태산의 정상인 옥녀지(玉女池) 근방에 있었던 것이라고 한다. 현재 더 이상의 마모를 방지하기 위해 유리 안에 비석을 넣어 보존하고 있다.

본래 222개의 글자가 있었는데, 지금은 10개 정도만 알아볼 수 있다. 동어좌에 들어가 사진을 찍으려고 하니 10원을 내야 한다고 하였다. 이렇듯 신성한 대묘에서도 중국인들의 뛰어난 상술을 확인할 수 있다. 역시 중국은 중국이라는 생각이 들었다.

대묘에서 가장 북쪽에 위치하고 있으면서 중심축이 되는 건축물은 천황전(天貺殿)이다. 천황전은 태산신에게 제사지내는 신부(神府)다. 대충 훑어 보아도 보통의 건물이 아님을 짐작

▲ 태산신에게 제사지내는 곳인 천황전. 중후하고 품위있어 보인다

할 수 있다. 곡부에 있는 공묘의 대성전, 북경 자금성의 태화전과 함께 동방의 삼대 건축물이라고 한다. 이중팔작지붕 사이에 '송천황전(宋天貺殿)'이라는 붉은 현판이 멀리서도 눈에 띈다. 문이 모두 붉은색으로 되어 있어 위엄있으면서도 중후한 느낌이 들었다.

　송대 건축물이 이렇듯 중후하면서도 안정감있고 품위가 있는 줄 미처 몰랐다. 건축물의 훼손을 막기 위해 지붕과 기둥을 제외하고는 모두 얇은 그물망을 쳐 놓았다.

　천황전 안에는 '동악태산지신(東嶽泰山之神)'이라 불리는 신이 모셔져 있었다. 태산의 정기를 받기 위해, 안전한 태산 등반을 위해 태산신에게 목례를 하고 나왔다.

　밤기차를 타고 달려온 보람이 있었다. 중국의 허다한 유물과 유적들이 무참하게 파손되어 지나온 역사의 숨결을 더듬기 어려웠고, 또 새로이 복원하고 신축하였다고 하는 건축물들은 하나같이 세계적인 크기만 자랑할 뿐 멋스러움을 느끼기 어려웠는데, 대묘는 명성에 걸맞게 품격과 고색창연함을 유지하고 있으니 말이다.

천하 명산 태산엔 단풍이 없더이다

━━━ 걸어서 중천문까지

대묘를 2시간 남짓 둘러보고 곧바로 태산으로 향했다. 태산의 첫 관문인 대종방(岱宗坊)은 대묘에서 도보로 15분 정도 거리에 있었다. 아침 10시 40분 경. 아직 산을 오르기 전인데도 다리에 힘이 쭉 빠진다. 아들 역시 마찬가지인가 보다. 아들이 "엄마, 산을 먼저 가고, 그리고 나서 시내 구경을 하면 더 좋았잖아"라고 투덜거리기 시작했다.

아들 말도 일리는 있었다. 차라리 기차역에서 꾸물거리지 말고 곧바로 태산을 오르고 나서, 돌아오는 길에 대묘를 둘러보는 것도 나쁘지 않았을 것이라는 생각이 들었다. 나이가 7살인데 이제 답사 코스에 대한 코치까지 하다니, 저 나름대로 노하우가 생긴 것이라 생각하니 코웃음이 나왔다.

태산 등반은 이번이 두 번째가 된다. 대부분의 패키지 여행이 그렇듯이 하루 동안에 태산, 곡부를 관광하려면 천외촌(天外村)에서 버스로 중천문까지 이동, 남천문까지는 케이블카를 타고, 남천문에서 다시 걸어서 정상까지 돌아보는 것이 일반적이다. 그런데 이번에는 아들과 단 둘이 등반하는 것이니만

▲ 공자등림처(孔子登臨處), 공자도 천하 명산인 태산에 올라 자취를 남겼다

큼 태산의 일부만이라도 걸어서 올라가리라는 생각에 대종방을 출발 기점으로 정한 것이다.

일천문(一天門)을 지나니 곧바로 역대 시인묵객은 물론이요, 공자도 태산 등반을 하였다는 것을 표시한 공자등림처(孔子登臨處)에 이르렀다. 좌우 비석에는 '제일산(第一山)'과 '등고필자(登高必自)'라는 붉은 글씨가 새겨져 있다. 높은 곳에 오르려면 반드시 낮은 곳에서부터 출발한다는『중용』의 '登高必自卑'가 아니던가. 천하의 명산인 태산을 오르는 것도, 세상의 허다한 일을 완성하는 것도 모두 겸손하게 자신을 낮추는 데에 있다는 말을 되새기면서 한 계단씩 밟아 올라갔다.

만선루(萬仙樓)에서 표를 한 장 샀다. 중국의 명소 중에는 올림픽을 개최한다는 명목으로 조금 단장을 하고 입장료를 대폭 인상한 곳이 많이 있다고 하던데, 성인 127원이라니… 우와! 비싸다. 중국은 아이들 키가 120센티미터가 넘으면 반표를 받고, 그렇지 않으면 무료이다. 아직 120센티미터가 안되는 아들은 대부분 무임승차다. 어떤 매표소 앞에는 키 자를 그려 놓고 검표원이 아이들 키를 직접 재보는 곳도 있다.

만선루 검표소 바로 오른쪽에 은진동(隱眞洞)이라는 작은 동굴이 있고, 그 동굴에 왕령관(王靈官)이라는 수호신이 있다. 이 신에게 절을 하면 가는 길이 평안하다고 한다. 정말 그렇게 될까 물을 필요는 없다. 믿고 안 믿고는 전적으로 마음에 달려 있으니 말이다.

다시 20분쯤 걸어가니 이번에는 두모궁(斗母宮)이라는 도교 사원이 나왔다. 두모궁은 옛날에는 용천관(龍泉觀)이라고 불렸다. 여기에 팔이 여덟 개 달린 두모낭랑(斗母娘娘)이 모셔져 있다. 두모는 북두칠성의 어머니다. 궁 안에는 크고 작은 향과 검게 그을린 향로만이 적막하게 있을 뿐 참배객은 보이지 않았다.

두모궁 앞의 600년 된 느티나무가 볼 만 하였다. 일명 '와룡괴(臥龍槐)'라고 하는데, 느티나무에서 뻗어 나온 커다란

▲ 북두칠성의 어머니 두모는 도교에서 받들고 있는 신의 하나이다

나무줄기가 땅바닥을 가로질러 건너편 나무에까지 닿아 있었다.

여기서 잠시 쉬었다. 아들은 힘이 빠져 못 가겠다면서 연방 가방 안의 초콜릿과 귤을 꺼내 먹는다. 그리고 투덜거린다.

"엄마, 여기가 그렇게 유명한 곳이야? 좋긴 하나도 안 좋네. 아무 것도 없잖아!"

태산은 중국에서 제일 유명한 곳이고, 이곳에 올라갔다 온 사람은 모두 훌륭한 사람이 되었다고 약간 과장을 섞어서 말해 주었더니, 제딴에는 뭔가 재미있는 것이라도 있는 것으로 생각 하였는가 보다. 끝이 보이지 않는 돌계단 외에는 아무 것도 없으 니 그럴 만도 하다.

아들에게 산행이 주는 의미를 뭐라고 설명해야 하나? 인생 은 묵묵히 산을 오르는 것과 같은 것이라고 말해 주면 이해할까? 지나오면서 1원을 주고 산 놀이감도 이미 망가져 버렸으니, 아 들의 마음을 달래줄 또 다른 장난감을 손에 쥐어주고 '잘 한다!' 격려의 말을 아끼지 말아야 계획한 대로 중천문까지 갈 수 있을 것 같았다.

돌계단은 상당히 지루하다. 발도 아프다. 중국의 산은 왜 흙 길이 없는지 모르겠다. 그런데 이러한 돌계단을 뾰족한 구두를 신고 산행을 하는 선남선녀도 있다. 그것도 남자는 양복을 말쑥 하게 차려 입고 넥타이까지 매었다.

중국에서 가끔 "중국 사람들은 강의할 때는 체육복 입고 강 의하고, 산에 갈 때는 양복 입고 간다"는 말을 듣는다. 정말 중국

선생님들은 강단에 설 때 복장에 신경을 별로 쓰지 않는 것 같다. 집에서 입던 옷 그대로 입고 온 듯한 분도 있고, 체육복에 운동화 차림도 가끔 볼 수 있다.

▲ 태산의 유명한 먹거리인 전병. 싸고 맛이 있다

아마도 중국인들이 산행을 하는데 광나는 구두에 양복을 빼 입고 가는 이유는 특별한 날이라는 생각 때문이 아닐까 생각해 본다. 우리나라도 70, 80년대 놀이문화가 일반화되지 않았을 때, 꽃피는 봄이나 단풍든 가을에 관광버스 한 대 대절해서 동네 사람들이 여행을 다녔을 때, 지금 본 중국 사람들처럼 옷장에서 가장 멋있다고 생각하는 옷을 입고 갔을 터이니 말이다. 그래도 뾰족한 구두에 나풀거리는 치마를 입고 헉헉대는 등산객을 보면 쿡쿡 웃음이 나온다.

산길 중간중간에 간단하게 먹을 수 있는 먹을거리가 준비되어 있는 곳이 많이 있다. 태산의 유명한 음식은 대미전병(大米煎餠)이다. 동그란 철판에 쌀가루 반죽을 얇게 펴고, 그 위에 계란을 하나 깨뜨려 역시 얇게 펴서 익힌다. 그리고 중국 장을 얹고 가늘게 썬 파 하나 얹어 둘둘 말면 끝이다. 간단한데 비해 제법 먹을 만하다. 정상에서는 조금 비싼 5원, 산 아래에서는 2원 정도 한다. 전병을 먹으면서 산을 내려오는 젊은이들도 눈에 띄었다.

이제 호천각(壺天閣)만 지나면 바로 목적지인 중천문(中天

門)이다. 사방이 산으로 둘러싸여 있어서 마치 항아리에서 하늘을 보는 형세라고 하여 '호천'이라는 이름이 붙었다. 호천각 입구 좌우에 쓰인 글귀를 보며 잠시 다리를 쉬었다.

이 산에 오르니 절반이 이미 호천
천 겹으로 된 정상엔 복지(福地)가 더 많을 터.
(登此山一半已是壺天 造極頂千重尚多福地)

정상으로 올라갈수록 진풍경이 많다고 하니, 기대를 하며 힘을 내어 중천문으로 향했다. 배낭을 메고 카메라 가방을 둘렀는데도 그다지 힘이 들지는 않았다. 아마도 날씨 탓인가 보다. 한여름에 땀을 뻘뻘 흘리며 등산하는 것도 나쁘지 않지만, 초겨울 등산도 괜찮다는 생각이 든다.

드디어 목적지인 중천문에 도착했다. 이미 앞서 도착한 등산객들은 자세를 잡고 사진을 찍느라 바쁘다. 우리도 기념사진을 한 장 찍었다. 해발 847미터. 대종방에서 출발하여 2시간 20분만에 중천문에 오른 것이다.

잠시 쉬면서 사방을 둘러보았다. 식당과 상점들, 그리고 재신전 건물이 들어서 있어 좋은 전망대를 찾기 어려웠다. 게다가 날씨도 약간 흐려 있어 산세가 선명하게 들어오지 않았다. 도보로 남천문까지 올라가는 코스를 택하지 않고 케이블카를 타기로 하였다. 비용은 성인 45원이다.

케이블카는 미끄러지듯 천천히 남천문을 향해 올라갔다. 태산의 모습이 보이기 시작한다. 하얀 바위들이 선명하게 눈에 들

어온다. 역시 태산은 바위산이다. 그런데 가을을 넘어 겨울 초입
인데도 단풍은 보이지 않는다. 태산에 오르면서 한국에서처럼
아름다운 단풍을 기대하였는데, 여기는 온통 상록수뿐이다. 그
저 허허롭고 다소 황량한 가을산일 뿐이다.

　가을은 단풍이 있어야 가을답다. 아니, 단풍이 있어야 조락
의 장엄함이 빛난다. 생을 마감하는 그 처절한 빛깔. 천하의 명
산이라 하는 태산에 단풍은 없었다. 어쩌면, 조락의 한계를 극복
했기 때문에, 역대 제왕들이 신성시하여 봉선하던 천하의 명산,
신산(神山)이 되었는지 모른다. 그렇더라도 나는 지금 단풍든
만추의 정취를 느끼고 싶다.
　케이블카로 10분 정도 태산의 풍경을 내려다 보노라니 남천

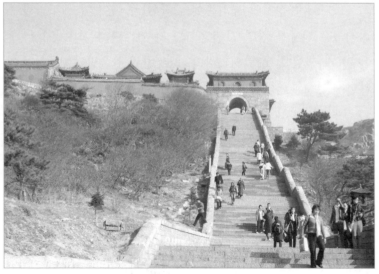

▲ 천가에서 벽하사로 올라가는 돌계단

▲ 당나라 현종 때 새긴 마애석각

문에 도착하였다. 남천문에서 벽하사에 이르기까지 600미터의
길이 마치 천상의 거리같다고 하여 붙여진 '천가(天街)'는 몇 해
전이나 변함이 없었다. 다만 날씨가 추워져서 그런지 손님을 기
다리기 위해 군용 털잠바를 걸친 사람들이 다를 뿐이었다. 여기
서도 날씨가 뿌옇게 흐려 산 아래 풍경이 눈에 들어오지 않았다.
아들이 천가에서 기념품을 사고 싶다고 하여 물건을 고르라고
하니, 나무로 만든 뱀과 나무칼을 골랐다. 아들에겐 이것이 태산
의 명품으로 보이는가 보다.

　태산 정상을 코 앞에 두었기에 옥황상제의 딸이며 태산의
여신인 벽하원군을 모신 벽하사(碧霞祠)를 대충 둘러보고 대관
봉(大觀峰)에 이르렀다. 커다란 바위 표면에 깨알같이 노랗게 새
긴 석각과 크고 작은 글씨들이 눈에 들어왔다. 참 거대하였다.

노란 글씨는 당나라 현종 때 새긴 것으로 당마애(唐磨崖)라고 불리며, 글자가 모두 1,008자라고 한다.

인간의 많은 행적이 역사에 기록되어 전하고, 또 구전으로 전하고, 또 이렇게 굳은 바위에 새겨진 채 천여 년을 전하고 있다. 바위를 뚫어 자신의 존재를 알리려 하는 인간의 의지도 대단하지만, 그를 버티고 있는 바위의 본성도 참으로 견고하다. 붉은 글씨로 크게 쓴 '치신소한(置身霄漢)'처럼, 여기부터는 내 몸이 하늘의 은하수에 닿을 만큼 속진과 멀어져 있을 것이라 생각을 하며 또 오른다.

다시 몇 분을 걸어서 '오악독존(五嶽獨尊)'이라 쓴 바위 앞에 아들을 세우고 사진을 한 장 찍었다. 이 바위야말로 태산 등반을 하였다는 증거물이 아니겠는가. 뒤이어 오는 사람들도 기

▲ 태산의 정상인 옥황정. 소원을 담은 수많은 열쇠가 잠겨 있다

넘사진을 찍기 위해 줄을 서서 기다리고 있다.

아! 드디어 여기는 해발 1,545미터, 태산의 정상인 옥황정(玉皇頂)이다. 여기가 태산의 주봉이다. 우리나라 산 정상은 대개 해발 몇 미터라고 쓰인 팻말 외에는 아무 것도 없고, 정상에 올라 '야호'를 외쳐야 등반의 마침표가 되는데, 여기는 정상이라는 생각도 들지 않고 야호를 외칠 곳도 적당하지 않다. 물론 요사이는 산에 사는 짐승들을 위해 고함이나 괴성을 지르면 안 되지만 말이다. 옥황정은 그다지 높다는 생각이 들지 않는다. 여기에 세워진 옥황묘 때문이 아닌가 싶다.

자욱한 향화 속에 잠겨 있는 수천, 아니 수만 개의 열쇠도 몇 년 전이나 똑같은 모습이다. 중국인들은 소원을 담아 열쇠로 잠가 놓으면 그 소원이 이루어진다고 믿고 있다. 그렇지만 열쇠 값이 장난이 아니다. 아들의 성공과 부를 위한 열쇠는 100원, 자손을 위하고 복을 누리기 위한 열쇠는 60원, 좋은 인연과 평안을 위한 열쇠는 30원이다.

아들 녀석도 열쇠에 소원을 담아 달아놓고 싶다고 하였지만 못들은 척 경내를 둘러보았다. 열쇠는 한국인의 사유방식과 거리가 멀다. 열쇠는 구속과 제약의 상징이지 소원을 이루어지게 하는 표상은 아니기 때문이다.

공자는 일찍이 태산에 와서 "태산에 오르니 천하가 작게 보인다(登泰山小天下)"라는 유명한 말을 남겼다. 6천 개인지, 7천 개인지 정확하게 알 수 없는 돌계단을 하나하나 밟고 정상에 올라 천하를 내려다보면서 공자가 느꼈던 자부심과 의기를 나 역시 느껴 보려 가슴을 활짝 펴고 파란 하늘을 올려다 보았다.

▲ 공자는 이곳 태산에 올라 세상이 작게 보인다고 하였다.

정상에서 바라보는 하늘은 더없이 파란 바다빛이다. 금방이라도 쏟아질 것만 같다. '웅치천동(雄峙天東)', '공자소천하처(孔子小天下處)'라고 쓴 비석 앞에 잠시 앉았다.

앉은 자리 탓일까, 문득 이젠 세상을 바라보는 나름의 안목이 있어야 할 나이에 접어들었다는 생각이 스친다. 유치한 몽상도, 어쭙잖은 객기(客氣)도, 몽환적 담론도, 줏대없이 부화뇌동하여 세상과의 동질감을 애써 찾으려 하는 소심함도 다 버리고 싶다는.

이제 천천히 하산할 일만 남았다. 올라가기가 힘들지 내려가는 일은 비교적 쉽다. 그래도 다리가 후들거렸다. 남천문까지 오니 오후 3시. 산속은 해가 빨리 진다더니 지는 해에 스산한 바람까지 불어 중천문까지 걸어서 내려갈 엄두가 나지 않는다. 중천문에 이르기도 전에 어둠에 갇힐 것만 같고, 아들도 자꾸만 케이블카를 타자고 조르는 바람에 케이블카를 타고 내려갔다. 그리고 중천문에서 천외촌으로 향하는 버스를 타고 시내로 들어왔다.

아들과 함께 태산에 올라 보리라는 평소의 바람을 이루었으니, 다음에 좀 더 자라면 그때는 필히 도보로 태산 정상에 올라 장엄하게 떠오르는 일출을 보고 내려오리라, 아들과 손가락을 걸고 약속을 했다.

상해, 항주, 소주, 남경에는 무엇이 있을까?

다섯 마리 용이
보존될 수 있었던 비결

━━━ 전통과 현대가 어우러진 상해의 예원(豫園))

　7월 12일. 나와 덕원이는 연대에서 밤 9시 25분에 출발하는 버스를 타고 상해로 향했다. 그 동안 주로 산동성을 답사하였지만, 이번 여행은 산동성을 벗어나서 중국 최대 도시일 뿐만 아니라 국제적인 도시로 유명한 상해를 시발점으로 하는 것이니만큼 조금 긴장이 되었다.

　길을 잘못 들어서면 어쩌나, 내 말을 사람들이 못 알아들으면 어쩌나 하는 걱정은 진작에 훌훌 털어버렸다. 길을 잘못 들어섰으면 무조건 택시를 타고 지도에 있는 곳으로 가자고 하면 되고, 말귀를 못 알아듣겠으면 "미안합니다만 제가 못 알아들으니 좀 한자로 적어주세요"라고 하면 되기 때문이다. 별것 아닐 수 있지만 이 역시 그 동안 답사하면서 체득한 여행의 노하우이며 늘어난 배짱이다.

　아들은 침대 버스를 처음 타본다고 하면서 신이 나서 혼자 키득키득 웃다가 잠이 들었다. 대형 버스 안에는 좌우와 중앙에 다섯 개씩 침대를 배열해 놓았고, 차 뒤편으로 네 개 정도의 침대가 놓여 있었다. 겨우 몸을 좌우로 뒤집을 수 있을 정도의 좁은 침대였다. 화장실은 없었다. 중국처럼 광활한 나라에서는 이런 침대차가 많이 필요하겠구나 싶었다.

지루한 시간을 보내다 어렴풋이 잠이 들었다가 다시 경적 소리에 놀라 깨 보니 상해에 도착했다. 빗방울이 제법 굵게 떨어져서 상점에 들러 우산을 샀다. 그리고 주인에게 예원(豫園)을 어떻게 가야 하는지 물어보자, 옆에 있던 할머니 한 분이 따라오라고 하면서 전철 타는 곳까지 데려다 주었다. 전철을 두 번 갈아타야 한다고 하였다. 상해의 첫 인상은 친절한 할머니로 기억될 것 같다.

드디어 상해의 첫 번째 답사 코스인 예원(豫園)에 도착했다. 고색창연한 아름다운 정원을 만나기 전에 옷가게, 음식점, 찻잔, 도자기, 골동품 등 온갖 상품을 진열해 놓은 100여 개의 상점들을 한참 지나갔다.

▲ 복룡(伏龍)이라 불리는 용으로 길이가 55미터이다

30원짜리 입장표를 사 들고 예원으로 들어갔다. 입구에 들어서자마자 커다란 바위에 누렇게 새겨진 '해상명원(海上名園)'이라는 글귀가 보였다. 강택민이 쓴 것이다. 중국 전역에 가장 많이 자취를 남긴 사람은 단연 강택민이 아닐까 하는 생각이 들 정도로 유명한 관광지 곳곳에서 그의 필체를 볼 수 있다.

예원은 효자로 이름이 났던 반윤단(潘允端)이 그의 부모를 기쁘게 하기 위해 조성한 일종의 개인 정원이었다. 명나라 가정(嘉靖) 연간인 1559년에 공사를 시작하여 무려 18년의 세월이 흐른 1577년에 완공되었다. 물론 예원 전체가 완공된 것은 아니었다. 그런데 워낙 긴 세월 동안 공사를 진행하다 보니 완공될 즈음 반윤단의 부모님은 이미 돌아가셨고, 반윤단 자신도 예원에서 몇 년 살지 못하고 병으로 죽었다.

예원에는 삼수당(三穗堂), 대가산(大假山), 득월루(得月樓), 옥영롱(玉玲瓏), 청도각(聽濤閣), 내원(內園), 지당(池塘) 등 40여 개의 명청시대 건축물들과 볼거리들이 질서정연하게 배치되어 있다. 예원이야말로 강남 고전의 원림 가운데 으뜸이라고 하는데, 다른 곳을 가보지 않아 어떠한지 비교할 수 없지만, 18년간 공을 들여 조성한 반윤단의 효심과 뛰어난 안목을 느끼기에 충분하였다.

예원 하면 가장 널리 알려진 것이 용벽(龍壁)이다. 당장에라도 비상할 듯한 용의 형상이 담장 위에 새겨져 있는데, 오늘날의 건축미학으로 보아도 신선하고 파격적이다. 용은 고대신화에 나오는 신이한 동물로 구름을 일으키고 비를 만들 수 있다고 한다. 용은 황제의 상징이기도 하다. 그래서 용안이니 건룡포니 하는 말이 있게 된 것이다. 따라서 백성들의 정원에 용의 모양을 조각하면 지존인 황제의 권좌에 대한 도전으로 인식되어 참형을 면치 못하였다.

반윤단이 기획하여 만든 예원에는 모두 다섯 마리의 용이 있다. 그런데 화를 당하지 않고 지금까지 보존될 수 있었던 이유는 무엇일까? 반윤단의 생각을 의심한 황제가 급기야 호출하기에 이른다. 이때 반윤단은 "폐하, 원래 용의 발톱은 다섯 개이온데, 신이 만든 정원의 저 동물의 발톱을 보십시오. 세 개이옵니다"라고 말하여 위기를 모면하였다고 한다.

과연 세 개의 발톱만이 있었다. 반윤단은 당대에는 위기를 모면하였지만, 이후 반씨 집안은 점차 쇠락하게 되었는데, 그 이유의 하나가 바로 용을 조각했기 때문이라는 뒷이야기가 무성한

▲ 옥수랑(玉水廊). 물 위에 떠 있는 긴 수랑(水廊)이다

것을 보면 용은 필시 보통 사람이 가까이 할 동물이 아님은 분명한 듯하다. 담벼락 위의 용의 모양은 소의 머리, 말의 얼굴, 사슴의 뿔, 잉어의 수염, 개의 이빨, 매의 발톱, 물고기의 비늘을 종합하여 만들어진 것이라고 한다.

예원의 두 번째 특징적인 것은 아름다운 정원 곳곳에 있는 기암괴석이다. 그중에서도 반윤단의 서실로 쓰였던 옥화당(玉華堂) 앞에 우뚝 솟아 있는 석봉인 옥영롱(玉玲瓏)이 가장 특이하다. 이것은 강남 삼대 명석(名石)의 하나이다. 높이 3.3미터에 무게는 1천여 근이 나간다. 돌에 72개의 구멍이 숭숭 나 있는데, 밑에서 연기를 피우면 다른 구멍으로 연기가 나오고 물을 부어도 다른 구멍으로 물이 나온다고 한다.

전하는 말에 의하면 옥영롱은 900여 년 전 송대 때 나왔다 한다. 송나라 휘종은 천하의 기이한 수석을 수집하여 놓았다. 그런데 수도를 변경(汴京)으로 옮길 때 유실된 기암괴석의 하나가 옥영롱이라고 한다. 돌의 윗면은 크고 아랫면은 작은데, 그 모습이 영지초와 닮았다고 하는 이도 있고, 소녀가 서 있는 모습같다고 하는 이도 있다.

내가 보기에는 이도 저도 아닌 것 같은데 아들은 몬스터와 닮았다고 하였다. 왜 그러냐고 하니까 "그냥 그렇게 보인다"고 할 뿐이었다. 역시 세상은 자신이 아는 만큼, 느끼는 만큼 보인다는 말이 맞다. 아들의 입장에서 저 괴상한 돌을 보고 몬스터 같다고 하는 것이 정확한 표현일 것이다.

예원이 가지고 있는 세 번째 특징적인 것은 바로 현판과 주련에 쓰인 좋은 글귀들이다. 현판과 주련은 대부분 당대의 유명 서예가들의 글씨이고, 글귀들은 대부분 경전과 저명한 시인의 시구에서 따온 것이다.

우선, 예원 입구에서 오른쪽으로 석벽을 돌면 '봉회로전(峰回路轉)'이라는 글귀가 보인다. 이것은 청대 서예가인 과정문(過庭聞)이 쓴 것이고, 글귀는 중국 초당 때의 시인 진자앙(陳子昂)의 '구불구불한 길은 청산으로 이어지고 / 산봉우리 구비 돌자 석양이로구나(路轉靑山合 峰回白日曛)'에서 따온 것이다.

이곳에서 출발하여 구불구불 이어지는 길을 따라 예원의 진면목을 확인할 수 있다. 또 나무로 된 건축물인데도 못을 전혀 사용하지 않은 삼수당(三穗堂) 안에는 '삼수당(三穗堂)', '영대경시(靈臺經始)', '성시산림(城市山林)'이라는 큰 현판을 볼 수 있다.

삼수당은 원래 낙수당(樂壽堂)으로 불렸다. '낙수'는 오래 즐겁게 산다는 뜻이 담겼으니, 반윤단의 효심을 읽을 수 있다. '삼수'는 세 개의 벼 이삭이라는 뜻으로 풍성한 수확과 길운을 뜻한다. 한나라 때 채무(蔡茂)란 사람이 태극전(太極殿) 위에 하나의 벼에 세 개의 이삭이 나와 있는 것을 보고 뛰어올라 벼를 잡았는데, 그후 벼슬이 승진되었다고 한데서 나온 말이다.

'영대경시'라는 말은 「시경(詩經)」에서 따온 말이다. 영대는 옛날 주나라 문왕이 만든 대(臺) 이름이다. 또 '성시산림'은 원림을 가지 않아도 산수 자연의 그윽한 아취를 느낄 수 있다는 뜻을 지니고 있다. 우리나라 선비들도 조그마한 정원이라도 있으면 이런 현판을 걸곤 하였다.

삼수당 뒷편에는 앙산당(仰山堂)이 있다. '앙산'이라는 말도 「시경」에서 따온 것이다. 즉 '높은 산을 우러르고 / 큰길을 따라가네(高山仰止 景行行止)'라는 시구의 줄임말로, 덕이 있는 자나 큰 스승을 사모하고 모범으로 삼아 행동하겠다는 뜻이다.

만화루를 뒤로 하고 회랑을 따라 왼쪽으로 가다보면 점춘당(点春堂)이 있다. '점춘'이라는 말은 소동파의 시구 '취점춘연(翠點春姸)'에서 따온 '푸른빛의 아름다운 봄'이라는 뜻이다. 이곳이 봄빛을 완상하기에 가장 좋은 곳이기에 붙여진 이름이 아닌가 싶다.

한국에서 온 단체 관광객을 많이 만났다. 대전에서 온 고등학생들이라고 하였다. 내 고등학교 시절에는 제주도 가는 것도 대단한 여행이었는데, 요즘 학생들은 많은 문화적 혜택을 받고 자란다는 생각이 들었다. 그런데 인솔하는 가이드가 "이곳은 반윤단이 아버지의 회춘을 위해 젊은 여자를 간택하던 곳이었다"고 설명하는 것을 들었다. 원래 '춘(春)' 자에 젊음, 회생의 뜻이 담겨 있긴 하지만, 봄빛을 감상하기에 적당한 곳이 아니라 젊은 여자를 간택하던 곳이라고 하니 공연히 '점춘'이라는 말이 아깝다는 생각이 들었다.

점춘당은 청나라 말기 비밀결사체인 소도회(小刀會)의 본부로 쓰였던 곳이기도 하다. '반청복명(反淸復明)'을 주창한 이들은 결국 청나라 군대에 의해 진압되었는데, 이곳에는 소도회와 관련된 자료들이 전시되어 있다.

점춘당 맞은편에 있는 작은 누각은 반윤단이 친척과 친구들을 기쁘게 하기 위해 마련한 일종의 연극무대이다. 이곳에 1961년 곽말약이 와서 남긴 시 한 수가 쓰여 있다.

만화루(萬花樓)에는 다음과 같은 주련이 보인다.

계수나무, 난꽃 향기 그윽타

물은 흘러가고 산은 고요하구나.

꽃 피고 버드나무 어여뻐라

날씨 화창하고 바람도 시원쿠나.

(桂馥蘭芬 水流山靜

花開柳媚 日朗風淸)

이렇게 예원에 있는 수많은 현판과 주련과 석벽에 새겨져 있는 글귀들에는 고상한 뜻과 아취가 있었다. 또 그 글귀들은 작은 연못과 괴석, 수십 종의 수목들과 조화를 이루도록 기획된 한 편의 작품이었다.

번화한 현대도시 상해에서 가장 전통적인 곳으로 예원이 꼽히다 보니 이곳에는 언제나 많은 사람들로 북적이는 것 같다. 찬찬히 꼼꼼하게 정원을 두루 살펴보려면 하루가 꼬박 걸릴 것이다. 다음에 또 오게 될 기회가 있다면, 꼭 겨울에 오겠다는 생각을 하면서 미련을 남긴 채 예원을 나왔다.

18년에 걸쳐 완공한 대정원에서 몇 년 살지 못하고 죽은 주인공 반윤단을 생각하면서 "만드는 자 따로 있고, 누리고 즐기는 자 따로 있다"는 말이 떠올랐다. 비록 자신이 만든 정원에서 마음껏 즐거움을 누리지는 못하였다지만 수백 년이 지난 지금 예원을 찾는 발길이 끊이지 않고 반윤단의 이름을 되뇌는 것만으로도 충분한 보상이 되지 않았을까 싶다.

촉촉이 내리는 빗속을 걸으며 예원 상가를 구경하였다. 빨대로 빨아먹는 만두도 사 먹었다. 모양만 특이하지 별맛은 없었다. 쇼핑을 귀찮아 하는 내게도 예쁘고 앙증맞은 물건들이 눈에 쏙쏙 들어왔다. 예원을 보러 왔다가 예원 상가에서만 하루를 보냈다는 말이 틀리지 않을 정도로 화려하였다.

아니나 다를까, 아들은 또 장난감 가게를 그대로 지나치지 못하고 카드를 사고 싶다고 하였다. 얼마냐 하니 30원이라고 한다. 입이 쩍 벌어졌다. 연대에서는 5원이면 살 수 있는 것이었다. 어이없어 하니까 계산기를 갖다 대고 얼마에 사고 싶은지 말하라고 하는데, 아들을 달래어서 그냥 나왔다.

듣던 대로 예원 상가의 물가가 장난이 아니었다. 또 답사 첫날 기념품을 사면 며칠이 될지 모르는 여행에 짐만 되기 때문에 아이쇼핑하는 것으로 만족하며 다음 코스로 이동했다.

그곳에서
가슴이 먹먹하고 서글펐다

===== 상해 임시정부청사, 노신공원의 윤봉길 기념관

예원(豫園)에서 나온 우리는 택시를 잡아타고 '대한민국임시정부청사'로 갔다. 10분이 걸리지 않아 도착하였다. 주소는 중국 상해시 마당로(馬當路) 306농(弄) 4호이다. 대로에서 멀지 않은, 일반 가정집이 즐비한 곳에 있었다. 대문을 들어서니 좌우에 건물이 들어서 있고, 오른쪽에 대한민국 임시정부청사와 관련된 몇 개의 안내판이 보였다.

1층 매표소에서 15원에 입장권을 사고 들어가니 안내원이

▲ 1926년부터 1932년까지 사용하였던 대한민국 임시정부청사

비닐 덧신을 신으라고 전해 주었다. 청사 안의 청결을 유지하기 위해서인 듯하였다. 2층에 들어서자 오랜 세월 누렇게 된 태극기와 김구, 이동녕, 홍진 선생 등 임시정부 요인들의 사진이 걸려 있는 것을 보았다.

순간 가슴이 먹먹했다. 나 역시 한국인이라는 생각이 들면서, 아들 녀석이 컸을 때에도 저 태극기를 보고 가슴이 먹먹할 수 있을까 싶은 생각이 스쳤다. 화장실, 부엌 등이 있었고, 당시에 사용하였던 선풍기, 전화기 등과 같은 생활용품들도 전시되어 있었다.

3층에는 김구 선생과 윤봉길 의사 두 분이 찍은 사진이 보이고, 김구 선생 집무실과 회의실에는 당시의 문서들이 벽에 걸려 있었다. 도산 안창호 선생이 쓰신 '애기애타(愛己愛他)'와 석오 이동녕 선생이 쓰신 '광명(光明)'이라는 글귀도 보였다. 다시 1층으로 와서 비디오를 감상했다.

지금 본 대한민국임시정부 청사는 1926년부터 1932년까지 사용하던 곳이다. 32년 홍구공원(虹口公園)에서 윤봉길 의사의 폭탄 투척 의거가 있은 후 임시정부는 부득이 상해를 떠날 수밖에 없었다고 한다. 애초 별로 기대하지 않았지만, 실로 이렇게 협소한 곳이 대한민국의 임시정부청사였다고 하니 가슴이 짠하고 서글펐다.

머나먼 타국에서 필설로 다 표현할 수 없는 숱한 고생을 하면서 오직 조국의 독립을 위해 헌신하였던 저 분들이 있었기에 오늘의 대한민국이 있고, 내가 있고, 아들이 있는 것이 아닌가.

속에서 울분같은 것이 끓어올랐다. 저 분들이 그토록 외쳤던 것이 대한민국의 독립이었건만 지금 우리는 진정 독립을 한 상태인지? 우리 역사는 저 분들과 그 후손들을 제대로 예우하고 있는 것인지? 여전히 친일파 후손들이 부끄러움을 모르고 거리를 활보하고 있는 현실을 생각하니 가슴이 답답하기만 하였다.

몇 년 전 어느 대학에서 교양강좌를 맡았을 때 일이 생각난다. 고등학교를 갓 졸업한 새내기 대학생들에게 정체성 확립과 자아탐구라는 주제에 부합되는 과제로 '나의 멘토' 즉 나의 스승, 내 인생의 길잡이에 대하여 기술해 보라는 과제를 내 준 적이 있었다.

중학교 때인지, 고등학교 때인지 잘 기억나지 않지만, 세계적인 위인들의 사진을 하나하나 복사해서 작은 핸드북을 만들어 한 동안 책가방 속에 넣어 다닌 적이 있었다. 훌륭한 분들을 닮고 싶어했던 사춘기 시절의 일이었다. 물론 학교 숙제는 아니었다. 그때 제일 먼저 올라와 있던 인물이 김구 선생이었다.

나의 학창시절을 회상하며 학생들의 보고서를 받아보고 실망을 금치 못하였다. 학생들의 멘토에 김구 선생의 이름은 눈을 씻고 보아도 없었다. 그들의 멘토는 서태지, HOT, 터보, 강동원 등의 연예인이 주를 이루었다. 물론 학생들의 사유와 문화를 이해하고, 본받고 싶은 연예인이 많다는 것도 인정한다. 그러나 긴 인생의 스승이요 길잡이 역할이 될 인물이 연예인에만 국한된다면 너무 서글픈 일이 아니지 않은가. 시간이 흘러도 대중으로부터 잊혀지지 않는 분이 '나의 멘토'인 것을.

"네 소원이 무엇이냐?" 하고 하나님이 물으시면, 나는 서슴지 않고 "내 소원은 대한 독립이오" 하고, 대답할 것이다. "그 다

음 소원은 무엇이냐?' 하면, 나는 또 "우리나라의 독립이오" 할
것이요, 또 "그 다음 소원이 무엇이냐?" 하는 셋째 번 물음에도,
나는 더욱 소리를 높여서 "나의 소원은 우리나라 대한의 완전한
자주 독립이오" 하고 대답할 것이다.

동포 여러분! 나 김구의 소원은 이것 하나밖에는 없다. 내 과
거의 70 평생을 이 소원을 위해 살아왔고, 현재에도 이 소원 때문
에 살고 있고, 미래에도 나는 이 소원을 달하려고 살 것이다. 독립
이 없는 백성으로 70 평생에 설움과 부끄러움과 애탐을 받은 나
에게는 세상에 가장 좋은 것이 완전하게 자주독립한 나라의 백성
으로 살아보다가 죽는 일이다.

— 김구, 『백범일지』

자주독립을 그토록 소원하셨던 김구 선생을 생각하면서 임
시정부 청사를 나와 노신공원으로 향했다. 노신공원은 예전에
홍구공원이라 하였다. 1932년 4월 윤봉길 의사가 폭탄을 투척한
곳이 바로 이곳이다. 윤 의사는 현장에서 즉시 체포되어 몰골을
알아볼 수 없을 정도로 난타를 당하고, 그 해 12월 총살형으로
순국하였으니 당시 나이 25세였다.

노신공원에 들어가니 '매정(梅亭)'이라는 표지판이 보였다.
표지판이 안 보이더라도 시끄럽게 떠들며 지나가는 한떼의 한국
사람들을 보고 따라가면 그곳이 바로 매정이다. 한국인들이 노신
공원에 오는 이유는 노신을 보러 오는 것이기보다는 매헌(梅軒) 윤
봉길 의사 기념관이 이곳에 있기 때문이다. 입장료는 15원이다.

윤봉길 의거 현장임을 알리는 석물 앞에서 아들이 듣도록
큰 소리로 내용을 읽어 주었다. 다 읽고 아들을 돌아보니 내 뒤

에 열 명이 넘는 한국인 단체 관광객이 손뼉을 치면서 수고했다고 하는데 좀 멋적었다.

기념관 안에는 윤봉길 의사의 흉상과 각종 사진, 문서들이 전시되어 있었다. 여태 윤 의사가 던진 것이 도시락을 위장한 폭탄으로 알고 있었는데, 도시락에는 거사가 끝난 후에 자결하기 위한 폭탄이 들어 있었고, 실제 투척한 것은 물통으로 위장한 폭탄이었음을 여기 와서 알았다.

앉은 자세로 두 팔이 묶이고, 두 눈은 하얀 천으로 가리운 채 이마에 총알구멍이 커다랗게 난 윤봉길 의사의 마지막 순국 장면을 찍은 사진은 오래도록 잊지 못할 것 같다. 누군가 "용서할 수는 있을지언정 결코 잊어서는 안된다"는 말이 떠올랐다. 그래, 잊어서는 안되지. 안되고 말고. 쉽게 잊어버리면 우리의 역사는 또다시 수렁에 빠지게 된다. 그래서 잊지 않기 위해 역사 교육이 절실히 필요한 것이다.

너희들도 만일 피가 있고 뼈가 있다면 반드시 조선을 위하여 용감한 투사가 되어라. 태극의 깃발을 높이 드날리고 나의 빈 무덤 앞에 찾아와 한잔 술을 부어 놓으라. 그리고 너희들은 아비 없음을 슬퍼하지 말아라. 사랑하는 어머니가 있으니. 어머니의 교육으로 성공하기를.

윤봉길 의사가 강보에 싸인 두 아들에게 보낸 유서를 떠올리며, 김구 선생이, 윤봉길 의사가 내 아들의 멘토가 되어 넓고 깊게, 그리고 열정적으로 살기를 바라며 노신공원을 나왔다.

우리나라에도
보행자 전용도로가 더 많아졌으면

▬▬▬▬ 상해 시내를 유람하다

상해의 메인스트리트로 알려진 남경동로에 들어섰다. 양쪽 길을 따라 형성된 고층빌딩은 끝없이 이어졌고, 백화점, 음식점, 옷가게 등이 전혀 중국답지 않게 화려하였다. 무엇보다 이 길이 많은 사람들로부터 사랑받는 것은 차량통행이 금지되어 있는 '보행자 전용도로'라는데 있다. 자전거도 보이지 않았다. 차가 있다면 남경동로를 오고 가는 꼬마기차가 있을 뿐이다.

비가 내리는 데도 많이 사람들이 거리를 메우고 있었다. 우리도 그 무리에 합류하여 천천히 걸어가면서 시내를 구경하였다. 간간이 한국말을 하는 젊은이들도, 코가 삐죽하고 얼굴이 흰 서양인도 많이 눈에 띄었다. 맥도널드, KFC 같은 햄버거 가게는 한 눈에 보아도 십여 개가 넘는 것 같았다.

일찌감치 저녁을 해결하려고 식당에 들어갔다. 무슨 음식이 맛있는지 통 알 수가 없어서 저녁을 들고 있는 사람들을 휘둘러 보고서 제일 먹음직스러워 보이는 테이블로 갔다. 그리고 "미안합니다만, 이 음식 이름이 뭐예요?" 하자, 저녁을 들던 중국인들이 웃으면서 이름을 가르쳐 주었다.

여행자란 무엇이든 궁금하면 물어볼 수 있다는 특권이 있고, 또 상대방도 너그럽게 받아주는 아량이 있어서 좋다. 그래서 여행자는 다소 뻔뻔해 보이더라도 용감하고 씩씩해야 여행길이 편안하다. 쇠고기를 잘게 다져 국수처럼 가늘게 만들어서 튀긴 음식이었다. 바삭바삭하였지만 기대만큼 맛있지

▲ 시내를 오고가는 꼬마 기차

▲ 번화한 상해 시가지

않았고 좀 짰다. 대신 양고기 꼬치를 배불리 먹었다.

자리가 없어서인지 우리 테이블에 합류하게 된 중국인 노부부는 무척 세련되어 보였다. "상해 사세요?"라고 물으니 그렇다는 것이다. 역시 도시 물을 먹은 사람이라 그런지 말쑥하였다. 그들은 어눌한 내 말을 듣고 "중국 사람이 아니예요?" 하는데 웃음이 터져 나왔다. 화장도 하지 않은, 새까맣게 그을린 얼굴이 촌에서 갓 올라온 사람같으니 말이다.

한참을 걷다가 다리가 아플 때쯤 되니 보행자 도로가 끝이 나고 차가 왕래하는 대로에 접어들었다. 번화한 남경로에 차가

다니지 않는 것이 마음에 들어 첫날 빗속에 남경동로를 거닐었고, 날이 갠 이튿날 다시 와서 왕복으로 꼬마기차를 타고 시내 구경을 하였다. 꼬마기차는 한 번 타는데 2원이다. 우리나라에도 대형 쇼핑센터나 문화시설이 밀집해 있는 거리에 보행자 전용도로가 많이 생겼으면 좋겠다는 생각이 들었다.

이제 밤에 가볼 만하다고 추천받은 포동(浦東)으로 향했다. 포동은 상해시를 가로지르는 황포강의 동쪽으로, 남경동로에서 걸어 10분 정도의 거리에 있었다. 포동 주변은 고층 건물들이 빼곡하게 들어선 신개발지구로, 야경을 보러 오는 사람들로 북적거리는 곳이다.

아들이 다리가 아프다고 하여 택시를 타려 했지만, 비가 와서 그런지 빈 택시를 만날 수가 없었다. 그냥 민박집으로 돌아갈까 하다가 언제 다시 상해에 올까 싶어 예정된 코스를 강행하기로 하였다. 빗방울이 점점 굵어지고 바람까지 제법 불어서 우산을 받쳐 들고 포동 강변에서 야경을 보아야 했다. 비 오는 야경이라, 카메라에 많이 담을 수 없어 마음에 그려 두었다.

아들을 위해 상해 외탄 관광 수도(隧道)를 탔다. 포동 강변에서 강 건너 동방명주탑이 있는 곳까지 터널을 통해 지나가는 것인데, 터널 앞으로 4차원의 세계처럼 보이도록 광선을 쏘고, 아이들이 좋아할 만한 인형을 세워 놓기도 하였다. 아들은 캄캄한 터널을 지나가는 것이 무섭다고 하더니, 와! 함성을 지르기도 하였다. 통과시간은 10분 정도였다.

터널을 나와 동방명주탑으로 향했다. 동방명주탑은 1991년에 시공하여 1994년에 완공된 방송송신탑이다. 상해의 명소중에 '동방명주탑에서 바라보는 야경'을 으뜸으로 치는 사람이 많다기에 얼마나 대단한지 확인하기 위해 갔다.

빗속에 야경이 잘 보일까 의심스러웠지만 여기까지 와서 발길을 돌리자니 못내 서운하여 올라가기로 하였다. 입장권을 사려는 관광객이 줄을 이어 있었다. 부산에서 왔다는 한국 아줌마 부대도 만났다.

▲ 야경이 아름다운 상해 동방명주탑

과연 높기는 높았다. 468미터로 중국에서 가장 높은 건축물이며, 세계에서 세 번째로 높다고 한다. 현대 도시인 상해의 상징이 될 만하였다. 엘리베이터를 타니 263미터의 전망대까지 순식간에 도착하였다.

안타깝게도 어렴풋이 반짝이는 불빛만 보일 뿐 휘황찬란한 상해야경은 볼 수 없었다. 최소한 10년 안에는 동방명주탑을 능가할 고층 건축물이 들어서지 않을 것이라는 사람들의 말을 믿고, 또다시 다음을 기약하며 하루의 여독을 풀어줄 민박집으로 향하였다.

이보다 더 좋은
파트너이자 보디가드가 있을까

━━━ 용화사와 손문 고택

중국 답사를 시작한 이후 민박집을 이용하기는 이번이 처음이다. 민박집이 호텔보다 안전한지에 대한 확신이 서지 않았기 때문이었다. 떠나기 전에 인터넷 검색을 꼼꼼히 해 보니 상해에 교포가 하는 민박집이 수십 개 있었다. 민박집을 평가해 놓은 댓글을 보고 숙박할 곳을 정하였다. 가정집같은 편안함을 주면서 여행지에서 대부분 못 챙겨 먹게 될 아침을, 그것도 한식으로 얻어먹을 수 있다는 것만으로도 만족할 수 있었다. 도미토리룸이라 하여 한 방에 침대가 6개 있는 방에서 잤다. 지난밤, 같이 잔 사람 중에는 생면부지의 남자도 있었다.

여행은 사람을 쿨(cool)하게 만든다. 여행자에게 '혼숙'이란 단어는 별로 어색하지 않다. 그저 하루 종일 고단했던 몸을 뉘울 수 있고, 내일 있을 여정을 준비하는 침대 하나만 있으면 족하기 때문이다.

황산 꼭대기에서 하룻밤을 자고 일출을 보고 내려왔다면서 벅찬 감동을 전하는 남편, 김해에서 흙을 만진다는 그의 도예가 아내는 여행길에서 잠깐 만나 서너 시간 대화를 나누었지만 다시 만나고 싶은 사람들이었다. 그들 역시 우리처럼 배낭 여행족이었다. 그들은 엄마 따라서 씩씩하게 여행을 잘하는 아들이 대견하다며 자신들이 복용하는 비타민 세 알을 아들에게 먹이라고 주었다.

7월 14일. 두부찌개로 든든하게 아침을 먹고 민박집을 나섰다. 어제 하루 종일 거리를 누빈 탓에 이제 상해에 대한 긴장은 사라지고 오히려 친숙해진 느낌이다. 오전에 갈 코스는 상해시 서남쪽에 있는 용화사(龍華寺)이다.

용화사는 삼국시대 오나라 손권(孫權)이 어머니를 위해 지은 사찰로 1700년의 장구한 역사를 가졌다. 상해시에서 제일 오래되고 규모 면에서도 가장 크다. 사찰 앞에는 40.4미터 팔각형의 용화사탑이 우뚝 솟아 있었다. 이 탑은 몇 차례 무너졌다가 청나라 말기인 1875년에 중건되어 오늘날까지 보존된 것이다.

내가 살고 있는 청주에도 용화사가 두 군데 있고, 전국적으로 '용화'라는 이름의 사찰이 많이 있다. 용화(龍華)라는 말은 미륵보살이 중생을 제도하기 위해 용화수 밑에서 세 차례 설법을 열었다고 한 '용화회(龍華會)'에서 나온 말이다.

용화사에 들어서니 4월 초파일보다도 더 많은 사람들이 운집해 있었다. 할머니들은 노란 종이로 등같이 만든 것을 한 봉지씩 들고 다녔다. 음력으로 6월 초파일이라서 그런지 알 수 없었다. 중국의 사찰 어디를 가도 그렇겠지만, 이곳 역시 분향하기 위해 피운 연기로 앞이 자욱하고 매케한 냄새로 눈이 맵고 목이 아팠다. 용화사에는 미륵전, 천왕전, 대웅보전, 삼성전, 화림장실(華林丈室), 장경루 등의 전각과 누각이 일직선으로 배열되어 있고, 좌우에 전(殿)과 당(堂)이 세워져 있다.

미륵전 뒤편에 있는 종루(鐘樓)에는 2미터 크기의 종이 있는데, 상해팔경의 하나인 '용화만종(龍華晩鐘)'이 여기에서 나온 것이다. 매년 연말연시가 되면 이 종루에서 거행하는 성대한 의식을 참관하기 위해 많은 사람들이 모여든다고 한다.

아들 녀석의 손을 잡고 전각 앞에서 선 채로 삼배만 하고 나오는데도 시간이 많이 걸렸다. 내 눈에는 각 전각의 불상이 비슷비슷하여 다른 사찰과 특별히 무엇이 다른지 알 수 없었다. 그래도 그냥 가기 서운해서 객당(客堂)에 걸려 있는 주련을 읽고 절을 나왔다.

여기저기 있는 작은 방은 불법을 논하는 곳이요
흐드러지게 온갖 꽃핀 곳은 바로 도량이로다.
(縱橫十笏談法地 爛漫千花選佛場)

용화사를 나와 전철과 버스를 갈아타고서 도착한 곳은 손문 고택이다. 이곳은 빈농의 아들로 태어나 중국 혁명의 지도자라고 불리는 손중산(孫中山)이 그의 부인 송경령 여사와 함께 1918년부터 1924년까지 살았던 집이다. 대로에서 조금 떨어져 조용하고 한적한 곳에 있었다.

대문을 들어서자 의자에 앉아 있는 중산의 동상이 보였다. 동상 아래에는 '손중산(孫中山)'이라는 세 글자가 쓰여 있다. 그리고 왼쪽으로 들어가면 손문과 관련된 자료와 상해 문물 사료를 전시해 놓은 손중산문물관(孫中山文物館)이 있다. 손문의 활동 사진과 당시 사용했던 물건들이 전시되어 있다.

이곳을 나가면 아담하고 소박한 정원이 딸린 2층집이 있는데, 이곳이 바로 손문이 부인과 함께 생활

▲ 손중산이 그의 부인 송경령과 함께 살았던 집. 아담하고 소박해 보인다

하였던 곳이다. 정원에는 '1922년 9월에 53인의 국민당원이 참가하여 국민당 1차회의를 거행하였던 곳'이라는 안내판이 세워져 있다.

송경령 여사는 남편의 충실한 비서였으며, 남편과 뜻을 같이 한 혁명동지였다. 그녀는 남편 손문의 그늘에 가려진 나약한 여인이 결코 아니었다. 중국 근대사상 최초로 미국 유학을 한 신여성이었으며, 여성해방운동가였으며, 중화인민공화국의 주요 지도자의 한 사람이었다. 그녀가 아버지의 친구이며 동지이며 자신보다 서른 살이나 많은 손문과 결혼한 결정적 동기는, 손문이 조국을 사랑하기 때문이라고 한 말에서도 알 수 있듯이, 그녀는 조국을 사랑한 당찬 여성이었으며, 평생 조국을 위해 투쟁하고 헌신한 애국자였다.

서른 살이라는 나이 차이를 극복하고 가장 이상적인 모습으로 결합한 손문과 송경령이 살았던 집이라고 하니 감회가 남달랐다. 송경령 고택이 상해에 있다고 하였는데 찾지 못하였다. 북경에도 있다고 하니 북경 답사 때는 빼놓지 않고 둘러보고 싶다.

점심은 다시 남경로로 가서 햄버거, 치킨으로 해결했다. 아들은 낯선 음식을 먹는 것을 싫어한다. 매번 '안 먹어본 음식을 먹어본다'는 말을 상기시켜 주지만 쉽지 않다. 그래서 애써 메뉴를 선택해도 늘 나 혼자 먹게 되는 경우가 많기 때문에 차라리 아들이 좋아하는 음식을 먹는 편이 나을 때가 있다.

　　점심을 먹고 빙수를 하나씩 들고 남경동로를 오가는 꼬마기차를 왕복으로 타고 느긋하게 상해박물관으로 이동했다. 답사라고 해야 아들과 둘이 하는 것이니 누가 뭐라는 사람도 없고, 보기 싫으면 안 보면 되고, 다리가 아프면 한없이 앉아 있어도 그만이다. 그러나 아들과 함께 하는 답사니 만큼 어느 도시를 가든 가능하면 박물관 견학은 빼놓지 않으려고 한다.

　　두어 시간 박물관을 둘러보고 나니 이만하면 상해를 떠나도 되겠다는 생각이 들었다. 미련이 남으면 하루 더 머물려고 했는데 그러지 않아도 될 것 같았다. 오후 5시 56분에 출발하는 항주행 기차를 탔다. 기차를 타자마자 아들은 잠이 들었다.

　　잠든 얼굴을 보니 참 대견하고 고마웠다. 아들은 여행의 좋은 파트너이다. 이보다 더 좋은 파트너가 있을까 싶다. 때로 아들은 내가 보호해 주어야 할 7살 어린애가 아니라, 엄마를 지켜주는 든든한 보디가드이기도 하다. 제 말을 들어주지 않을 때면 "엄마 맘만 있고 내 맘은 없는 거야?"하면서 반항하는 아들을 보며 꽤 컸다는 생각이 든다.

　　항주는 어떤 곳일까? 기대와 설렘, 이는 동시에 낯선 곳으로 간다고 생각하니 또다시 약간의 불안감도 없지 않았다.

서호는 사람을 취하게 한다

━━━━━━ 유람선을 타고

7월 14일 밤, 항주에 도착하자마자 숙박하기로 한 민박집에 전화를 걸어 "지금 택시 타고 출발하니 15분 뒤에 집 앞에 나와 주세요"라고 했다. 택시가 도착한 지 10분이 지나도 민박집 주인은 나오지 않았고, 핸드폰으로 다시 연락을 해도 불통이었다. 갑자기 불안한 마음이 일었다. 그러나 마음을 가라앉히고 앞뒤를 재보아도 전화가 불통인 것 외에는 문제가 없는 것 같았다. 상대방이 사기를 치려 했다면 내가 지금 뭔가 손해를 보았어야 하는데 그렇지 않았기 때문이다.

짐 보따리를 내려놓고 경비실에 들어가 사정을 이야기하니 대신 전화를 걸어 주었다. 경비원은 몇 번을 시도하다가 드디어 통화가 되었는지 무거운 배낭을 들어 주겠다면서 앞장서는 것이었다. 한참을 걸어가니 담배를 피우며 경비원에게 아는 척을 하는 남자가 나타났다.

남자분은 어색해 하면서 "아들이 가게를 하는데 손님들이 계속 전화를 해서 핸드폰이 안된 것입니다"라고 하는 것이었다. 내가 통화한 사람은 아들이었던 것이다. 일단 안심을 하고 따라

들어가니 40평도 더 되어 보이는 꽤 넓은 아파트였다. 자수성가
하여 자리잡은 동포로 보였다.

서너 살 된 손자를 안고 있던 할머니가 반가워하며 저녁밥
을 차려 주었다. 서울에서 10년 넘게 살다가 손자를 돌봐 주려고
중국으로 돌아왔다고 한다. 할머니는 그때 배운 한국요리 덕분
에 민박집을 찾는 사람들에게서 밥맛이 좋다는 말을 자주 듣는
다고 자찬(自讚)하셨다. 말씀대로 음식 솜씨가 좋았다.

7월 15일. 드디어 '위에는 천당이 있고 아래에는 항주 소주
가 있다(上有天堂 下有杭蘇)'고 극찬한 항주의 첫 번째 답사 코
스 서호(西湖)를 찾았다. 글에서만 보던 서호가 와! 이렇게 클 수
있나 싶을 정도로 어마어마하였다. 살갗에 닿는 호수 바람이 더
위를 씻겨 주었다. 넘실대는 호수에 노를 띄우고 유람을 하는 배
가 몇 척이나 되는지 알 수 없었다.

천천히 단교(斷橋)를 향해 걸어갔다. 단교는 고산(孤山)으로

▲ 단교에 하얀 눈이 쌓이면 더 운치가 있을 것 같다

▲ 자전거를 타고 신나게 달리는 항주 시민들

부터 도로가 이곳에서 끊어 진다고 하여 그 이름이 붙여졌다고 한다. 백제(白堤)의 첫 번째 다리가 된다. 백제는 당나라 시인 백낙천이 항주자사로 있으면서 쌓은 제방이다. 서호십경에 '단교잔설(斷橋殘雪)'이 있는데, 바로 이 단교에 눈이 내리면 다리 가운데부터 눈이 녹기 시작하여 멀리서 보면 마치 다리가 끊어진 것처럼 보인다고 하여 붙여진 것이라고 한다.

양쪽 둑에 올올이 가늘게 늘어진 초록의 버드나무와 푸른 호수가 너울너울 춤을 추었다. 단교를 지나는 내 마음도 너울거렸다. 신나게 자전거를 타고 가는 사람들도 있었다. 내가 항주에 산다면 서호 주위를 원없이 걷다가 필히 자전거를 배워 백제(白堤)를 따라서, 소제(蘇堤)를 따라서 신나게 달릴 것이다.

소제 서쪽 끝에 이르니 '평호추월(平湖秋月)'이라는 비석이 세워져 있다. 당나라 때에는 이곳에 망호정(望湖亭)이라는 정자가 있었다. 잔잔한 호수에 비친 가을 달을 감상하기에 가장 좋은 곳이 바로 여기라는데, 역시 서호십경에 드는 절경이다.

중앙공원 부두에서 유람선을 탔다. 성인 45원이다. 20여 명을 태운 유람선은 천천히 호수를 가로질러 가더니 호심정(湖心亭)이라는 곳에 내렸다. 서호에는 호심정, 완공돈(阮公墩), 소영주(小瀛洲) 등 세 개의 섬이 있는데, 그 가운데 가장 작은 섬이 호심정이다. 아담한 섬에 호심정, 명추정(明秋亭), 진로정(振鷺亭)이라는 세 개의 정자가 있다.

여기에는 청나라 건륭황제가 밤에 서호에서 유람하다가 호심정에 올라 끝없이 펼쳐진 아름다운 풍광을 보고 감흥이 일어 '충이(虫二)' 두 글자를 남겼다고 하는 비석이 있다. '충이'는 '풍월무변(風月無邊)'의 뜻이다. 풍월이 끝이 없다는 것은 매우 아름다운 풍광을 말할 때 흔히 쓰는 표현이다. 한편 '풍월무변'을 '풍과 월의 한자에 변이 없다'로 해석하면 위의 '충이'가 된다. 바람에 두 글자의 뚜껑이 날아갔다고도 한다. '충이'라는 글자는 태산에서도 볼 수 있다.

> 세상과 동떨어진 성난 조수는 아침 해를 삼키고
> 정자 멀리 푸른 물은 청산을 껴안았네.
> (隔市怒潮呑旭日 遠亭綠水拱靑山)

주련의 한 구절을 읽고 다시 배를 타고 서호의 세 개 섬 중 가장 크다고 하는 삼담인월(三潭印月)로 향했다. 삼담인월은 호수 가운데 섬이 있고, 섬 가운데 다시 호수가 있다고 하여 '소영주'라고도 불린다.

여기에는 유명한 석탑 세 개가 있다. 일찍이 소동파가 서호를 준설하면서 세워 놓은 것이라고 하는데, 원나라 때에 훼손되었다가 명나라 때 중건한 것이다. 아심상인정(我心相印亭)이란 정자 앞에서 바라보는 경치가 가장 아름답다고 한다. 세 개의 석탑에는 각 5개의 큰 구멍이 있는데, 석탑 안에 불을 밝히면 15개의 구멍에서 새어나오는 불빛이 호수에 반사되어 하늘에 있는 달과 호수에 비친 달빛과 어울려 황홀하게 아름답다고 한다. 이곳을 무대로 한 영화도 있다고 하는데, 이에 대하여는 아는 바가 없다.

문득 고등학교 때의 국어 선생님이 생각났다. 우리들이 공부하기 싫어 "선생님 연애했던 얘기 해주세요"라고 하자, 애인과 함께 경포대에 갔던 이야기를 해 주셨다. 선생님께서 "하늘에 떠 있는 달과 잔잔한 호수에 반사된 달빛과 두 개의 술잔에 비친 달빛, 그리고 그녀의 눈동자에 비친 달빛이 있었네"라고 낭만적인 연애담을 늘어놓자, 사춘기였던 우리는 책상을 치면서 환호하다가 쉬는 시간 내내 '달빛이 몇 개였더라' 하면서 헤아린 기억이 아직도 생생하다. 지금 생각해 보면 빛바랜 고전적인 담론이었지만, 국어 선생님 덕분에 국문과를 선택한 학생도 더러 있었다.

호수에 비친 달빛은 시인을 취하게 하고, 범인을 취하게 하고, 남자를 취하게 하고, 여자를 취하게 한다. 그리고 인생을 취하게 한다. 그래서 호수에 뛰어든 사람이 이태백만은 아니었을

▲ 아심상인정에서 바라본 삼담인월의 풍경

것이다.

푸른 대나무 숲길을 잠시나마 걸어갈 수 있는 풍치가 있어 좋은 죽경통유(竹徑通幽)를 지나자니, 백제를 만든 백낙천의 시가 떠오른다.

스님 앉아 바둑 두는데

바둑판 위 대나무 그늘 시원하네.

대 그늘에 사람은 아니 보이고

바둑돌 놓는 소리만 뚝 뚝.

(山僧對碁坐 局上竹陰淸

映竹無人見 只聞下子聲)

구곡교로 향했다. 구곡교는 청나라 옹정 5년인 1727년에 만든 것으로, 이 다리에는 어비정(御碑亭), 개망정(開網亭), 정정정(亭亭亭)이란 누각이 세워져 있다. 호수를 따라 구불구불 이어진 다리에서 바라보는 풍광이 제법 근사하다. 개망정이란, 탕임금의 그물은 짐승들이 달아날 수 있도록 그물 세 면을 모두 열어 놓았다는 '망개삼면(網開三面)'에서 나온 말이다. 어질고 너그러운 덕을 비유하는 말로 쓰인다.

이렇듯 풍광 좋은 곳을 날마다 거닐고, 사색하고, 자신을 가다듬는다면 누군들 탕임금이 아니 될까 싶은 생각이 든다. 유람선을 타고 다시 부두로 갔다. 풍우정(風雨亭)이란 정자에 앉아 눈 앞에 끝없이 펼쳐진 연꽃을 감상하고 악묘(岳廟)로 이동했다.

중국의 민족영웅 악비묘를 가다

===== 항주 악왕묘(岳王廟)

악왕묘는 악비(岳飛)를 모신 사당이다. 악비(1103~42)는 북송이 멸망할 무렵 금나라에 항거하기 위해 조직된 의용군에 가담하여 큰 활약을 한 공로로 장군이 되었다. 그는 남송 때에 '악가군(岳家軍)'이라는 군대를 이끌고 많은 무공을 세웠던 명장이다.

당시 금나라 군사들은 악비가 이끄는 군대의 깃발만 보고도 후퇴할 정도로 악비를 매우 두려워했다고 한다. 그후 악비는 금나라와의 화평론을 주창하는 진회(秦檜), 장준(張俊)에 의해 무고한 누명을 쓰고 살해되었다. 악비묘는 남송 가정(嘉靖) 14년(1221)에 처음 건립되었다.

악묘의 대문을 지나면 악비의 동상이 있는 충렬사가 있고, '심소천일(心昭天日)'이라는 네 글자가 눈에 들어온다. 대전으로 들어가니 높이 4.5미터에 달하는 악비의 채색 동상이 보였다. 갑옷과 투구를 갖추어 입고 긴 칼을 차고 있는 모습이 영락없이 기골이 장대하고 헌걸찬 영웅이었다.

동상 위편에는 악비가 썼다고 하는 '환아하산(還我河山)'이라는 금색 글귀가 있다. 이 글에는 잃어버린 우리 강산을 되찾아 오겠다는 악비의 굳은 의지가 담겨 있다. 동상 좌우에는 '벽혈단심(碧血丹心)', '정충보국(精忠報國)', '충의상소(忠義相昭)', '호기장존(浩氣長存)'이라고 쓴 글귀들이 보인다. 이러한 글귀를 통해 악비가 어떠한 인물이었는지 가늠할 수 있다.

사당 안에는 악비의 생애를 벽화로 그려 놓은 것이 있다. 그 중에서 노모가 출전을 앞둔 악비에게 무공을 세우고 돌아오라는 뜻으로, 등에 '정충보국(精忠報國)'이라는 글자를 새기고 있는 벽화가 인상적이다.

송나라 고종은 악비가 금나라와의 전투에서 큰 공을 세운 것을 치하하기 위해 '정충악비(精忠岳飛)' 네 글자를 직접 써서 깃발을 만들어 주었다. 그러자 악비는 나라와 임금의 은혜에 보답하고 잃어버린 국토를 다시 찾겠다는 의지를 담아 자신의 등에 '정충보국(精忠報國)'이라는 네 글자를 새겼다고 하는 설이 있는데, 등에 새긴 네 글자가 자신이 새긴 것인지, 아니면 노모가 새긴 것인지는 알 길이 없다.

충렬사를 둘러보고 나서 악비기념관 옆 매점에서 때지난 점심을 챙겨 먹었다. 중국인 단체 관광객들 틈에 끼어서 15원 하는 도시락으로 점심을 때웠다. 좀 부실하기도 하였지만, 더위 탓에 물만 들이켰다. 식사를 대충 마치고 깃발을 보며 이동하는 중국 관광객들을 따라 간 곳은 악비묘였다.

묘도에는 문무용(文武俑), 석마(石馬), 석호(石虎), 석양(石羊) 등이 늘어서 있고, 중앙에 악비묘가 자리잡고 있었다. 중앙의 '송악악왕묘(宋岳鄂王墓)'라고 쓰여 있는 곳이 악비묘이고,

오른쪽에 '송계충후 악운묘(宋繼忠侯岳云 墓)'라고 쓰여 있는 곳은 악비의 아들 악 운(岳云)의 묘이다. 무덤의 규모는 생각 보다 작은 편이었다.

▲ 악비의 무덤 앞에 무릎을 꿇린 진회와 그의 부인 왕씨

　악비의 무덤 앞 에는 악비에게 억울한 누명을 씌워 죽게 한 진회(秦檜), 진회의 부인 왕씨, 만준(萬俊), 장준(張俊) 네 사람이 두 손이 뒤로 묶인 채 무릎을 꿇고 있는 동상이 있다. 철창살에 갇혀 있는 동상 위 에는 침을 뱉지 말라는 문구가 붙어 있다. 얼마나 많은 중국인들 이 이곳을 지나면서 민족의 영웅을 살해한 '비열하고 더러운 인 간'이라고 침을 뱉었으면 이런 문구가 붙어 있을까 싶었다.

　조선시대 김인후는 『송사(宋史)』를 읽다가 진회(秦檜)가 악 비를 죽이는 대목을 보고 책을 덮고 눈물을 흘리면서 "다른 시 대의 충신과 소인이 어찌 나에게 관계되랴만 / 자연히 서로 느껴 부질없이 슬피 읊조리네"라는 시를 짓고는 속이 상해 실컷 술을 마셨다고 한다. 비록 먼나라 중국의 역사지만 악비의 죽음을 두 고 조선의 선비도 분한 마음이 든다고 하였는데, 중국인은 오죽 할까 싶은 생각이 들었다.

　그런데 현재 중국에서는 민족의 영웅으로 추앙받고 있는 악 비와 악비를 죽게 한 진회에 대한 재평가가 이루어지고 있다.

　송나라 때 오랑캐이자 야만족으로 여겨온 금나라를 무너뜨리기 위해 싸울 것을 주창한 악비보다는 금나라와의 화해를 주창했던 진회의 외교정책이 타민족을 대거 중국의 역사로 편입하려는 동북공정 프로젝트와 상통하기 때문이라는 것이다. 따라서 같은 민족끼리 내분을 조장한 악비는 더 이상 중국의 영웅이 될 수 없다는 식의 논리가 성립된다는 것이다.

이렇게 필요에 따라 지나온 과거의 역사를 현재의 시점에 유리하도록 재해석하려 든다면 중국 역사는 다시 쓰여져야 할 것이다. 나아가 과연 정도(正道)가 무엇인지에 대한 근원적인 질문부터 해야 할 것이다.

김교각 지장보살님, 어디 계세요?

7월 15일의 마지막 코스인 영은사로 향했다. 악비묘에서 k7 번 버스를 타고 10분쯤 가니 영은사였다. 비가 오려는지 갑자기 먹구름이 몰려 들더니 바람이 불고 순식간에 날이 어두컴컴해졌다. 심상치 않아 민박집으로 돌아갈까 말까 망설이는데, 영은사를 찾는 사람들이 전혀 아랑곳없이 가는 것을 보고 그들을 따라가기로 했다.

영은사 앞에는 해발 168.6미터의 비래봉(飛來峰) 혹은 영취봉(靈鷲峰)이라 불리는 석회암 산봉우리가 있다. 이 산봉우리에는 오대(五代)부터 송·원·명나라에 걸쳐 345개에 이르는 진귀한 불상들이 조각되어 있다. 그중 오대 때에 조각한 서방삼성상(西方三聖像)과 남송 때의 포대화상(布袋和尙) 등과 같은 조각상은 모두 진귀한 예술품이라고 한다.

조각상의 면면을 살펴보니 세련되거나 정교하다기보다는 소박하다는 느낌이 강했다. 포대화상은 후량(後梁)시대의 선승으로, 항상 커다란 푸대 자루에 온갖 잡동사니를 넣어 다닌다고 하여 '포대'라는 이름이 붙었다. 시원스럽게 벗겨진 대머리에 불

▲ 불룩 튀어나온 배와 입을 벌려 활짝 웃고 있는 포대화상

룩 튀어나온 배와 입을 벌려 웃고 있는 모습을 보니 절로 유쾌해졌다. '삶이 뭐 별거냐? 하하 허허 웃으면 그만이지'라는 것 같았다.

산기슭에 용홍동(龍泓洞)이라는 동굴이 있다는 표지판을 보고 가려는데 겁많은 아들이 들어가지 않겠다고 떼를 썼다. 아들의 두 손을 꼭 잡고 겨우 들어갔으나 바깥 날씨까지 어두컴컴하여 육안으로는 통 볼 수가 없었다. 여기저기서 발광하는 카메라 플래시로 조각상이 있다는 것만 확인하고 나왔다.

작은 시냇물을 사이에 두고 왼편 산기슭에 있는 조각상들을 보면서 영은사로 향하였다. 영은사는 동진 연간에 건축되었으니 1600년의 역사를 가지고 있는 고찰이다.

영은사에 들어서자 가장 먼저 천왕전이 보였다. '운림선사(雲林禪寺)'라는 편액이 있는데, 강희황제의 필적이다. 천왕사를 지나 대웅보전으로 갔다. 대전 중앙에는 높이 24.8미터에 달하는 석가모니 불상이 모셔져 있는데 온몸이 금으로 덮여 있다. 부처의 자비로움이 보여지기보다는 휘황한 금빛에 압도되는 듯한 느낌이었다.

대전 안에는 양 옆으로 크고 작은 불상 150여 기가 늘어서 있었다. 대웅보전을 나와 오백나한당(五百羅漢堂)에 들어서니 헤아릴 수 없이 많은 나한상이 질서정연하게 배치되어 있었다. 간단히 삼배를 하고 경건한 마음으로 두 손을 모아 합장한 채 신라 때 당나라로 건너와 지장보살이 되었다고 하는 김교각 스님의 모습을 찾았다.

김교각 지장보살은 신라 때의 승려이다. 법호가 교각(喬覺)인데, 신라의 왕자로 알려져 있다. 24세에 입당하여 중국의 여러 곳을 돌아다니다가 구화산에 정착하여 토굴을 파고 불도를 닦다가 99세에 입적하였다. 입적할 당시 산이 흔들리고 산짐승이 비통하게 울었다고 한다. 스님은 항아리 안에서 불경을 읽으며 열반에 들었는데, 3년이 지난 뒤 항아리를 열어보니 육신이 썩지 않은 채 생전의 모습과 똑같았다고 한다. 그뒤 김교각 스님은 중생을 제도하기 위해 현신한 것으로 여겨져 현재 중국에서는 지장보살로 숭배하고 있다. 시선 이태백도 김교각 스님을 두고 "바다같은 공덕 대를 이어 영원하리"라고 찬미하였다.

혹 김교각이라는 팻말이 붙어 있을까 싶어 오백나한상을 샅샅이 뒤졌으나 김교각 지장보살은 찾지 못했다. 그래서 가장 한국인처럼 보이는 나한상을 찾았으나 그것 역시 모래밭에서 바늘 찾기였다.

신라시대의 스님이 머나먼 항주까지 와서 뚜렷한 족적을 남겼는데 확인하지 않고 간다면 후회할 것 같았다. 하는 수 없이 지나가는 스님들을 붙잡고 물어보았으나 역시 모른다는 것이다. 난감하였다. 이때 해외여행에 경험이 많은 어느 분의 말씀이 떠올랐다.

"세계 어느 곳에 배낭여행을 가더라도 한국인이 많이 있을 것이다. 혹 어려운 일이 있으면 절대 당황하지 말고 그 자리에서 30분만 앉아 있으면 한국인이 반드시 나타날 것이니, 그들에게 도움을 청하면 된다."

앉아 쉬면서 한국인이 나타나기를 기다렸다. 10분이 되지 않아 왁자지껄하게 떠들며 들어오는 한국인 단체관광객을 두 팀이나 만났다. 세상 일이 참 재미있다는 생각이 들었다. 그리고 나의 답사 내공이 점점 진화하고 있다는 뿌듯한 느낌마저 들었다.

조선족 가이드를 따라가면서 김교각 스님이 어디에 계시냐 물으니 "왜 가이드 없이 혼자 다니세요? 한국인 맞아요?"하는 것이었다. 부산에서 왔다고 하는 아주머니들도 우리 모자의 여행 이야기를 듣고 "참 대단하네요. 부러워요" 하였다. 그 분들도 패키지 여행을 하지 않고 한 두 번만 자유여행을 해 보면 대단할 것도 없고, 그리 부러워할 만한 것도 아니라는 것을 금세 알 것이다.

가이드를 따라 다시 오백나한당에 들어가 보니 중앙에 모셔진 네 분의 보살 가운데 한 분이었다. 구화산에서 득도하였다는 사실만 기억하였더라면 금세 찾을 수 있었을 것이라는 생각이 들었다. 일국의 왕자로 태어나 부귀영화를 훌훌 벗어던지고 머나먼 타국에서 살아서나 죽어서나 부처로 존경받고 있는 김교각 지장보살을 확인하고 나니, 영은사를 제대로 답사했다는 느낌이 들었다.

대웅보전 앞에는 오월시대에 건축하였다고 하는 석탑이 아

담하고 소박한 규모로 서
있었다. 지친 다리를 잠시
멈추고 아들과 함께 김교각
스님 이야기를 계속 했다.

"김교각 스님이 입적
한 지 천 년이 훨씬 넘었지
만 지금도 살아 있을 때처
럼 손톱이 계속 자라나서 1
년에 한 번씩 관 뚜껑을 열
고 손톱을 깎아준다"는 가
이드의 말을 다시 전해 주
었더니, 아들은 침을 꼴깍
삼키면서 엉뚱한 질문을
자꾸 했다.

▲ 오월시대에 건축되었다는 석탑

"스님이 천 년을 살았다고? 손톱을 어떻게 깎는데? 관이 무
슨 뜻이야?"

손톱 이야기는 어른인 내가 듣기에도 영험한 현상이라기보
다는 괴기스런 일로 여겨지니, 차라리 듣지 않는 편이 나을 것
같다는 생각이 든다.

서호의 저녁 풍경

===== 항주 뇌봉탑과 육화탑

7월 16일. 민박집을 나와 버스를 타고 서호로 향했다. 서호는 생각했던 것보다 큰 호수인데다가 근방에 둘러보고 싶은 곳이 많아서 이곳 유람을 하루만에 끝낼 수는 없을 것 같았다. 민박집 주인의 조언과 인터넷에서 얻은 추천 여행지를 참고하여 오늘은 뇌봉탑과 육화탑을 답사하기로 하였다.

뇌봉탑(雷峰塔)은 977년에 건축되었다가 1924년에 무너져서 최근 2002년에 복원한 것이다. 뇌봉탑은 서호 남쪽의 높은 곳에 위치해 있어 서호의 아름다운 풍경을 한 눈에 볼 수 있는 곳이다. 오월의 왕비가 뇌봉산 정상에 탑을 건립하였는데, 매일 저녁이 되면 석양이 서쪽으로 져서 탑 그림자에 비치는 풍경이 정말 아름다웠다고 한다.

매처학자(梅妻鶴子)로 알려진 임포(林逋)가 지은 「뇌봉사(雷峰寺)」에 '석조전촌견(夕照前村見)'이라 하였기 때문에 뇌봉탑에 비친 석양(雷峰夕照)의 아름다움은 서호십경의 하나가 되었다. 뇌봉탑이 세워진 이래 천여 년이 되도록 수많은 시인묵객들이 서호에 와서 그 아름다움을 묘사하였는데, 원나라 때의 시

인 윤정고(尹廷高)는 뇌봉탑에서 바라본 석양의 모습을 다음과
같이 노래하였다.

안개 낀 산 빛 흐릿한데
천 길 불탑 우뚝 공중에 솟아있네.
호수 위의 화려한 배 다 돌아가려는데
외로운 봉만이 홀로 붉은 석양빛을 띠었네.
(煙光山色淡溟朦 千尺浮圖兀倚空
湖上畵船歸欲盡 孤峰獨帶夕陽紅)

뇌봉탑 안에는 현재의 탑이 건립되기 이전의 구 뇌봉탑 잔재
가 보관되어 있었다. 흙더미 아래에는 관광객들이 던져 놓은 동
전과 지폐가 많이 널려 있었다. 뇌봉탑 천장은 누런 금빛이었다.
실제 모두 진짜 금으로 장식하였다고 한다.

뇌봉탑에서 시원한 바람을 맞으며 서호를 바라보니 그 규모
가 어느 정도 되는지 짐작할 수 있었다. 푸른 호수에 떠 있는 세
개의 섬이 한 눈에 들어오고, 호수의 끝과 끝을 이어 놓은 듯한
소제(蘇堤)가 멀리 보였다. 그곳에서 호수에 비친 석양의 모습
이 얼마나 아름다울 지 상상이 되었다.

선비 허선과 백사(白蛇)의 슬프고도 아름다운 사랑의 전설
이 전해오는 뇌봉탑을 내려오면서, 그 이야기보다 소동파가 만
들었다고 하는 소제를 걸어 보아야겠다는 생각이 앞섰다.

소제는 소동파가 항주태수로 있을 때 만든 둑으로 전체 길
이가 2.8킬로미터이다. 둑 위에는 여섯 개의 다리가 있고, 양쪽

둑방 사이로 버드나무가 심어져 있어 대단히 운치가 있었다. 호수 바람이 시원하게 불긴 하였지만 여전히 후텁지근한 날씨에 숨이 턱턱 막히고, 청바지가 땀에 젖어 무겁기까지 했다. 퉁퉁거리며 가지 않겠다고 하는 아들을 달래어 오픈카를 타고 갔다가 다시 산책하듯이 걸어서 돌아왔다.

호수 주위에는 낚싯대를 드리운 강태공들이 여럿 있었다. 어떤 할아버지가 팔뚝만한 고기를 낚아 올리자 지나가던 사람들이 우르르 몰려가 환호하는 모습도 보였다.

소제 입구에는 수염을 휘날리며 먼곳을 응시하는 소동파의 동상이 세워져 있었다. 파란 하늘 아래 푸른 호수와 짙은 녹음이 어우러진 서호를 소동파가 얼마나 사랑하였을지 짐작하기란 어렵지 않을 것 같았다. 서호에 배를 띄우고 지는 해를 바라보며 얼큰한 술기운에 얼마나 많은 주옥같은 시편들을 쏟아냈을지도 짐작할 수 있을 것 같았다.

소제를 걷고 나서 점심을 해결하기 위해 근처 식당으로 들어갔다. 항주에서 유명하다고 하는 동파육이 메뉴판에 보여 주저하지 않고 주문했다. 이 음식은 소동파가 즐겨 먹었다고 하여 붙여진 것이다. 큼지막하게 썬 돼지고기의 반쯤은 비계이고 반쯤은 살덩이인데, 간장에 졸인 것으로 고기의 누린내가 전혀 나지 같았다. 기름기가 많아 보였지만 느끼하다거나 속이

▲ 동파육. 기름기가 많아 보이지만 맛이 아주 좋다

거북하지 않았다. 아들과 나는 채소를 곁들여 동파육을 배가 부르도록 맛있게 먹었다.

소제에서 버스를 두 번 갈아타고 육화탑(六和塔)으로 이동했다. 육화탑은 서호 남쪽 전당강가의 월륜산(月輪山)에 위치해 있다. 이 탑은 송나라 개보 연간(970년)에 건립되었다가 북송 선화 3년에 병화(兵火)로 허물어지자 남송 소흥 연간에 중건하였다.

육화탑은 육합탑(六合塔)으로도 불린다. 불교용어인 '육화경(六和敬)'에서 유래하였다는 설도 있고, 천지사방을 대표하는 '육합'의 뜻에서 나왔다고도 한다.

탑의 구조는 밖에서 보면 13층이지만 안에 들어가면 7층으로 되어 있다. 좁다란 계단을 따라 7층까지 올라가고 나니 온몸이 땀으로 흠뻑 젖어 있었다. 말이 좋아 관광이지 극기훈련을 하고 있다는 생각이 들었다. 탑 안에는 매층마다 칠보장엄(七寶莊嚴), 사천보강(四天寶綱), 삼명정역(三明淨域), 초지견고(初地堅固)와 같은 불교용어

▲ 전당강의 범람을 막기 위해 세웠다고 하는 육화탑

가 새겨진 현판이 걸려 있었다.

뇌봉탑에 올라가면 서호 풍경이 한 눈에 들어왔는데, 또한 육화탑에 오르니 전당강이 흐르는 항주 시내가 한 눈에 들어왔다. 강을 가로지르는 대교도 보였다. 저 강이 정말 범람할까 싶은 생각이 들었다. 탑을 내려오다가 보니 돌을 손에 든 귀여운 어린아이 동상이 있었다. 이 어린애의 이름이 '육화'라고 하는데, 다음과 같은 전설이 전해진다.

육화의 아버지는 범람하는 전당강에 휩쓸려 익사하였고, 어머니마저 전당강에 사는 용왕이 데리고 갔다. 그래서 몹시 분개한 육화가 돌을 전당강에 집어던지자 수정궁이 흔들려 살 수 없게된 용왕이 금은보화를 주면서 화해하고자 하였으나 육화가 응하지 않았다. 용왕은 하는 수 없이 육화의 어머니를 되돌려주고, 다시는 전당강의 홍수로 백성들을 괴롭히지 않겠다고 약속하였다. 그후 항주 백성들은 편안하게 살게 되었다. 그래서 사람들은 소년을 기리기 위해 그가 돌을 던진 작은 산 위에 탑을 만들고 육화탑이라 하였다.

항주를 대표하는 것이 서호라면 서호의 아름다움을 더해 주는 것은 뇌봉탑이요, 전당강의 범람으로부터 항주 백성들을 보호해 준 것이 육화탑이라 할 수 있겠다. 두 불탑에 전해지는 사랑 이야기와 효심 지극한 소년 이야기를 생각하면서, 서호에 배를 띄우고 시를 읊었던 동파를 추억하면서 항주에서의 둘째 날은 그렇게 저물었다.

항주 전통떡을 먹으며 옛 풍경을 느끼다

━━━ 성황각과 청하방가

7월 17일. 항주에서 묵은 지 셋째 날이 된다. 그 동안 묵었던 민박집을 떠나려니 조금 서운하였다. 민박집 할머니네 네 살된 손자가 귀여워 답사가 끝나기만 하면 곧장 민박집으로 가자고 졸라대던 아들도 한 밤만 더 자고 가자고 한다. 그렇지만 여행자에게 영원한 숙식처는 없는 법. 살다 보면 언젠가 만날 날이 있을 것이라는 아득한 기약을 하고 짐을 챙겨 할머니와 작별을 하였다.

버스를 타고 도착한 곳은 오산광장. 오나라와 남송의 문화를 한 눈에 볼 수 있다는 이 광장은 1999년에 준공하였는데, 항주의 새로운 볼거리의 하나이다. 우리는 곧바로 오산의 산길을 따라 20분 정도 걸어서 꼭대기에 위치해 있는 성황각으로 향했다. 성황각은 남송과 원대의 양식을 본떠 만든 7층짜리 건축물이다. 높이 41.6m.

성황각 1층에는 〈남송항성풍정도(南宋杭城風情圖)〉라는 대형 작품이 진열되어 있다. 이것은 남송 때의 생활풍속, 이를테면 두다도(斗茶圖), 화랑출가(貨郞出街), 서호의 용주(龍舟) 경기 등이 모형으로 표현되어 있는데, 천여 채의 가옥과 삼천 명이 넘는 인물들이 생생하게 묘사되어 있다.

남송시대 항주는 경제가 발달한 전국 최대 도시의 하나였다. 특히 오산 일대가 더욱 그러하였다. 수공업이 매우 발달하여 당시 화랑거(貨郎車)가 삼성교의 큰 나무 아래에 운집하였는데, 이 수레에는 실, 바늘, 일용품, 완구 등 없는 것이 없을 정도로 많은 것을 갖추어 다녔다고 한다. '화랑출가(貨郎出街)'라는 제목이 붙은 모형을 보니, 온갖 수공품을 수레에 싣고 가는 상인과 어린아이를 안고 상인을 맞이하는 오나라 여인이 재미있게 표현되어 있었다.

성황각 2층에는 항주와 관계있는 유명인사 28명을 새긴 조각도와 항주의 역사와 관련된 주요 사건을 묘사한 조각상이 화려하면서도 웅장하게 전시되어 있다. 흔히 항주와 관련된 인물로 소식, 백거이, 악비 등을 거론하는데, 여기 와 보니 이들 외에도 문천상(文天祥), 육유(陸游), 한세충(韓世忠), 범중엄(范仲淹), 두보(杜甫), 심괄(沈括) 등 많은 인물들이 문명(文名)을 날리고 있었다.

또 이곳에는 서호의 전설과 중국의 민간고사를 그림으로 그려 놓은 것도 있다. 이중에 '단교상회(斷橋相會)'라는 고사는 뇌봉탑에 전해 내려오는 「백사전」의 허선과 백사가 단교에서 서로 만나는 장면을 말한다. 그리고 보면 항주의 주된 테마는 서호와, 그 서호에 전하는 「백사전」의 러브스토리가 아닐까.

항주를 떠나지 못해 오늘도 항주 거리를 서성이고, 머지않아 다시 항주를 찾고 싶다는 마음이 드는 것도 항주의 낭만성 때문이지 싶다.

성황각 옆에는 명나라의 관리였던 주신(周新)을 모신 성황묘가 있다. 주신은 이곳의 안찰사로 재임하는 동안 청렴결백하여 조금의 사심도 없었으며, 쟁송을 원만하게 해결해 주어 백성들로부터 신망을 받았던 인물이다. 후에 주신이 명 성조에 의해 무고를 입어 피살되자, 백성들의 원망을 잠재우기 위해 성조가 이곳 성황각에서 주신을 제사지냈다고 한다.

항주 시내를 한 눈에 볼 수 있는 성황각은 번화한 시내에서 벗어난 오산 꼭대기에 위치해 있어서 그런지 오고 가는 사람들도 많지 않아 한적하고 조용하였다. 무엇보다도 울창하게 조성된 주위의 자연경관이 마음에 들었다. 아침저녁으로 산책하기에 더없이 좋은 곳처럼 보였다.

성황각을 내려와 오산광장에서 서쪽으로 향하였다. 큼지막한 거리 양쪽에 늘어선 상점을 한참 지나니 '청하방(淸河坊)'이라고 쓴 세 글자가 보였다. 이곳은 옛날 번화했던 남송시대 시장의 모습을 그대로 재현해 놓은 거리이다. 차, 비단, 골동품, 각종 액세서리를 파는 가게와, 여기서만 맛볼 수 있는 특별한 음식을 파는 식당이 운집해 있었다.

옷가게에 들러 조카들을 위해 중국 전통의상을 몇 벌 샀다. '치파오(旗袍)'라고 불리는 이 옷은 차이나 칼라에서 느껴지는 단정함과 정열적인 색상, 길게 이어진 치마의 옆트임에서 오는 여성스러움이 화려하고 매력적이다. 물론 한복의 우아한 맵시와는 좀 다르지만 말이다. 요사이 나오는 개량 치파오는 평상복으로 입어도 손색이 없을 것 같았다.

▲ 송나라 때 시장 모습을 재현한 청하방가

아들과 나는 중국 전통 모자를 쓰고 거울을 보면서 킥킥거렸다. 어지간한 물건들은 중국 어디에서든 볼 수 있는 것들이어서 그다지 흥미롭지 않았다. 조악하기 그지없는 물건들도 상당히 많았다. 그래도 아기자기한 찻잔 두어 개 정도는 사고 싶었지만, 짐을 줄여야 한다는 일념으로 참아야 했다.

이곳에서만 맛볼 수 있는 음식의 하나가 정승고(定勝糕)다. 찹쌀에 팥같은 소를 넣은 것으로 우리 찹쌀떡하고 비슷한 음식이다. 모양도 맛도 특별하진 않다. 이 음식에 전해지는 이야기가 있다.

북송 때 양령공(楊令公)이 출정하자 백성들이 음식과 마실 것을 가지고 나와 군사들을 위로하였다. 군사들은 아주 특별한 맛이 나는 이 음식을 배불리 먹었다. 다 먹고 나서 "이 음식의 이름이 뭡니까?"라고 하니 백성들이 "정승고입니다"라고 대답하였다. 이 말은 들은 군사들의 사기가 더하였다. 후에 이 떡을 먹은 군사들이 출전하는 싸움마다 백전백승하여 큰 전공을 세우게 되었다. 악비의 군대인 악가군(岳家軍)이 출전하였을 때에도 백성들이 이 떡을 군사들에게 주어서 가는 곳마다 승리하여 원근 지방을 모두 진압할 수 있게 되었다.

이와 같은 전승으로 '정승고'는 항주의 전통적인 떡이 되었다. 또 황제가 점심으로 먹었다고 하는 용수탕(龍須糖)도 맛보았다. 용수탕에도 다음과 같은 이야기가 전한다.

청나라 세종황제가 문무백관을 청하여 연회를 베풀게 되었다. 황제가 마침 주방에서 과자 만드는 것을 보게 되었는데, 과자 만드는 수법이 대단히 노련하여 마치 용과 봉황이 춤을 추는 듯하였다. 손 안의 실같은 가느다란 것이 은처럼 하얗고, 끊어지지 않고 이어진 수천 가닥이 마치 용의 수염 같았다. 그래서 황제는 크게 기뻐하면서 왕비와 신하들에게 내려 맛보게 하고, 특별히 이 과자의 이름을 '용수탕'이라고 하였다.

이때부터 용수탕이 강남북 일대에서 널리 알려지게 되어 천년의 역사를 이어가게 되었다고 한다. 용의 수염처럼 가느다란 수천 가닥의 설탕 과자에 참깨, 땅콩, 잣 등과 같은 것들이 곁들여져 달콤하면서도 고소한 맛이 났다. 간식으로 먹기에 적당할 것 같았다.

이처럼 볼거리와 먹을거리가 넘쳐 나는 청대 옛거리를 다리가 아프도록 활보하고서 항주를 떠나 소주(蘇州)로 향했다.

한산사 종소리에 잠 못 드는 나그네 얼마런가?

━━━ 소주 풍교야박과 한산사

7월 18일. 어제 늦게 소주에 도착한 우리는 허름한 빈관(賓館)에서 하룻밤을 보냈다. 빈관을 선택할 때 엄수해야 할 두 가지 조건이 있다. 무덥기 때문에 에어컨은 반드시 있어야 한다는 것과 방값이 인민폐로 백 원을 많이 넘어서는 안된다는 것이다. 백원짜리 방이 오죽할까 싶지만 하룻밤을 자는데 몇 백 원을 투자하는 낭비는 여행자에게 필요하지 않기 때문이다. 이런 방에서 자게 될 경우 아침에 일찍 눈이 떠진다. 빨리 그곳을 벗어나고 싶어서일까?

오늘 둘러볼 곳은 풍교와 한산사이다. 아침부터 푹푹 찌는 더위에 조금 걸었는데도 온몸이 땀으로 흠뻑 젖었다. 버스로 가기에는 시간이 오래 걸리고, 더위에 금세 지칠 것 같아 택시로 이동하는 사치를 누렸다. 사치라고 해야 흥정하면 중국 돈으로 30원 안팎이다. 중국에 처음 와서 십원, 백원 하는 돈이 푼돈 같아 우스웠지만 여기서 생활하다 보면 결코 푼돈이 아님을 알게 된다. 역시 택시가 좋긴 좋으니 사치라고 할 만하다.

풍교는 소주 서쪽 교외 한산사 앞에 있는 다리 이름이다. 당

▲ 시인 장계가 작은 배를 띄우고 시름에 잠겨 시를 읊조렸던 풍교

나라 시인 장계(張繼, ?~779년 경)가 지은 「풍교야박(楓橋夜泊)」
이라는 한시의 배경이 되어 더욱 유명해진 곳이기도 하다. 장계
는 과거시험에 두 번이나 낙방하고 고향으로 돌아가는 길에 풍
교에서 하룻밤을 보내면서 한산사의 저녁 종소리를 듣게 되는
데, 그때의 감회를 적은 시가 바로 「풍교야박」이다.

> 달 지고 까마귀 울어예고 찬서리 하늘에 가득한데
> 강가 단풍과 고깃배 불빛에 시름겨이 조노라니
> 고소성 밖 한산사에서
> 한밤의 종소리 나그네 배에 들려오누나.
> (月落烏啼霜滿天 江楓漁火對愁眠
> 姑蘇城外寒山寺 夜半鐘聲到客船)

시에 나오는, '달이 지고(月落)', '까마귀 울고(烏啼)', '서리 하늘에 가득하고(霜滿天)', '강가의 단풍(江楓)'과 '시름겨운 잠(愁眠)'이라는 어휘는 모두가 처량하기 그지없다. 과거에 낙방하고 고향으로 돌아가는 시인의 불편한 심사를 대변하고 있다. 거기에다가 한산사에서 들려오는 종소리는 시인의 가슴을 얼마나 더 슬프게 하였겠는가? 청운의 꿈이 한순간에 무너져 하릴없는 백수가 된 자의 서글픈 마음, 앞을 내다볼 수 없는 불투명한 미래에 대한 두려움 등은 한산사 종소리를 통해 더욱더 처량하게 전달되는 듯하다.

한산사는 우리나라에까지 유명해져서 조선시대 시인들은 저녁 종소리나 경치 좋은 사찰을 보면 장계의 시구를 연상하는 시를 짓곤 하였다. 조선시대 최수(崔脩)라는 분은 신륵사의 종소리를 듣고서 "만약 중국의 장계가 일찍이 이곳에 왔더라면 / 한산이 이름을 날리지 못하였으리"라고 하였다. 그외에도 쓸쓸한 나그네에게 들려오는 사찰의 종소리는 흔히 한산사의 종소리로 인식되었다. 그러니 중국은 물론이려니와 조선의 얼마나 많은 시인들이 '한산사 종소리'에 잠 못 들어 하였을까? 일본에는 교과서에까지 실려있다 한다.

풍교는 둥근 아치형으로 되어 있어, 위로는 사람들이 걸어다닐 수 있고 아래는 배가 지나갈 수 있게끔 만들었다. 다리 근처에는 옛적 장계가 앉아서 시를 지었을 법한 나룻배가 매여 있어 「풍교야박」의 분위기를 일러주고 있었다.

역사적으로 유명하여 인구에 회자되는 곳을 직접 가 보게 되면 '별로 대단하지도 않은데 여기가 그렇게 유명한 곳인가' 싶은 곳이 참 많다. 여기도 역시 그러하다. 그래도 이처럼 회자되는 현장에서 눈으로 직접 확인하니 명시 「풍교야박」을 보다 더 잘 이해할 수 있었다.

▲ 시인 장계가 이상과 동경을 가득 담은 눈으로 먼곳을 응시하고 있다

여기에는 편안하게 앉아 두 눈을 아스라이 뜨고 먼곳을 응시하는 장계의 동상이 있다. 항주에서 본 소동파의 동상에서도 45도 방향을 응시하는 모습이 그려지더니 여기 장계의 포즈도 비슷하다. 정면을 직시하기보다는 이상과 동경을 가득 담은 눈으로 먼곳을 응시하는 모습이 바로 시인의 초상인 것 같다.

장계의 동상 뒤로는 풍교가 보이고 유유히 흘러가는 운하와 나룻배가 비친다. 그리고 명초(明初)의 유명한 서예가 심도(沈度)가 쓴 「풍교야박」 전문이 벽면에 새겨져 있다. 얼굴이 벌겋게 달아오른 관광객들이 너도나도 담장 앞에서 포즈를 취하고 있다.

풍교를 둘러보고 천천히 한산사로 걸어갔다. 한산사는 남북조 연간에 창건되었는데, 당시는 묘리보명탑원(妙利普明塔院)이라 하였다. 그후 당나라 때 한산(寒山)과 습득(拾得)이라는 두 고승이 자리하면서부터 한산사라는 이름으로 개명되었다. 그래서 사찰 안의 한습전(寒拾殿)에는 맨발에 배가 드러난, 호리병을 차고 웃고 있는 한산과 습득의 조각상이 놓여 있다.

전설에 두 고승은 문수보살과 보현보살의 화신이라고 한다.

한산은 시승(詩僧)으
로도 이름이 높아 『한
산시집(寒山詩集)』이
라는 시집이 전한다.
한산과 습득은 한습
(寒拾)으로 약칭되기
도 하며, 동양화의 선
화(禪畵)에서 한 사람

▲ 한산사 입구

은 꽃을 들고 한 사람은 빗자루를 들고 있는 모습으로 그려지기
도 한다. 한산과 습득에 관한 다음과 같은 이야기가 유명하다.

한산이 습득에게 "세상에 나를 비방하고, 나를 속이고, 나를
욕하고, 나를 비웃고, 나를 경멸하고 나를 천하게 여기는 자가 있
다면 어떻게 하겠나?" 하였다.

그러자 습득이 말하기를 "그를 참아내고, 그에게 양보하고,
그를 피하고, 그를 내버려두고, 그를 공경하면 되네. 그리고 몇 년
이 지나서 다시 만나면 되네"라고 하였다.

철천지원수가 아닌 다음에야 어느 정도 세월이 흐르면 미워
하는 감정도, 싫어하는 감정도 차츰 없어지고 누그러지게 마련
이다. 한때를 참지 못하는 것이 어려울 뿐이다. 한때 나를 비방
하는 자 있거든 참아내고, 나를 속이는 자 있거든 모르는 척 속
는 척하며 양보하고, 나를 욕하는 자 있거든 피해서 마주치지 않
으면 되고, 나를 비웃는 자 있거든 비웃게 내버려 두면 될 일이

다. 그렇지만 범인이 어찌 그처럼 행동할 수 있겠는가? 한산과 습득같은 고승이니 가능하지 않겠는가 싶다.

한산사가 장계 시인의 「풍교야박」이라는 시로 유명하였음을 입증이라도 하듯 경내에도 「풍교야박」 시비(詩碑)가 있다. 규모가 큰 사찰이어서 그런지 아담하거나 단아한 맛은 없다. 여기저기서 연기가 자욱하고, 나무마다 다홍치마를 두른 듯 소원을 담은 붉은 천이 매달려 있다.

한산사에 왔으니 가장 중요한 것은 종소리를 듣고 종이 어떻게 생겼는지 확인하는 일이다. 한산사의 종은 그 역사가 오래되었다. 당송 시대에는 밤중에 타종하던 관습이 있었으며, 해마다 한산사의 종소리를 들으러 수많은 사람들이 이곳으로 모여들었다고 한다. 그러나 현재 한산사에 있는 종은 청나라 때 다시 주조한 것이다. 종에는 '한산사'라는 붉은 글씨와 팔괘 그림이 그려져 있다. 종소리를 듣는 것만으로도 복이 온다고 하니 종소리의 영험이 대단한 것 같다.

종루에 올라가 타종을 하려면 입장료와 별도로 3번 치는데 5원을 내야 한다. 타종하기 위해 많은 사람들이 줄을 서서 기다리고 있으니 이미 한산사의 종소리는 '관광상품'이 된 것이다. 조선시대 선비들이 소주에 올 기회가 주어졌다면 누구나 이 종을 울리지 않고는 못 배겼으리라 생각하니, 역사의 현장

▲ 한산사 경내 「풍교야박」 시비

▲ 나그네를 잠 못 들게 하였던 한산사 종

에 서게 된 것을 감사하며 종을
쳐봤다. 내가 울린 종소리와 아들
이 울린 종소리가 하늘과 땅과 온
우주에 가득할 것이라는 생각을
하면서 말이다.

한산사의 종소리는 한시뿐만
아니라 우리 판소리에도 등장한
다. 「춘향가」에서는 "선원사(禪
院寺) 쇠 북소리 풍편에 탕탕 울
려 객선에 떨어져 한산사(寒山寺)도 지척인 듯"으로, 「심청가」
에서는 "고소성(姑蘇城)에 배를 매니 한산사(寒山寺) 쇠북소리
는 객선(客船)에 댕댕 들리는구나"라고 표현되어 있다. 대체로
한시나 판소리에서 한산사의 종소리는 쓸쓸한 나그네의 심사를
배가시키는 역할을 한다.

정말로 한밤중에 종소리를 듣는다면 서늘해진 가슴을 안고
잠을 뒤척일지도 모를 일이다. 은은히 울려 퍼지는 종소리를 들
으며 경내를 둘러보고 다음 코스로 이동했다.

전설로 가득한 그곳, 스토리텔링 어떨까?

소주 호구(虎丘)

7월 18일. 한산사를 둘러보고 호구로 이동했다. 입장료를
내고 안으로 들어가니 짐을 보관하는 곳이 있었다. 얼마나 다행
인지 모른다. 옷보따리와 책, 여행지에서 산 작은 선물들로 가득
찬 배낭을 어깨에 메고, 거기에다 커다란 카메라 가방을 들고 다
니려면 여간 힘든 일이 아니다.

여행가방을 가볍게 싸는 것부터 배워야 할 것 같다. 당장 카
메라도 슬림형으로 교체해야겠다. 하루 종일 돌아다니고 나면

▲ 단량전 너머 동양의 피사탑이라고 하는 호구탑이 보인다

양 어깻죽지가 빠져 나갈 것처럼 아프다. '고행(苦行)'한다는 느낌이 들 때가 많았는데, 오늘은 짐을 맡기고 가벼운 손가방 하나 달랑 들고 걷자니 절로 신바람이 났다.

오늘 답사하는 호구는 이야깃거리가 많은 곳이다. 이곳은 춘추시대 오왕 합려(闔閭)가 행궁을 지었고, 합려가 죽은 뒤에 그 아들 부차가 아버지를 묻은 곳이다. 그런데 기이하게도 장례를 치른 삼일 뒤에 흰 호랑이가 무덤 위에 걸터앉아 있었다고 한다. 그래서 그때부터 '호구(虎丘)'라는 이름이 붙었다고 한다.

무덤이기보다는 차라리 작은 언덕같다. 육백 년 이상의 역사를 가진 단량전(斷梁殿) 안에는 '대오승양(大吳勝壤)'과 '함진장고(含眞藏古)'라고 쓰여진 현판이 눈에 띈다. 단량전을 지나 돌계단을 오르자 감감천(憨憨泉)이라는 샘물이 있다.

이 샘물에는, 양대(梁代)의 고승인 감감이 물을 얻으려고 맨손으로 샘을 팠는데, 그 정성이 너무도 기특하여 정성에 감동한 하늘이 맑은 물이 펑펑 솟아나는 샘을 내려 주었다는 전설이 있다.

사계절 마르지 않는 샘물은 수질이 아주 좋다고 하며, 눈먼 사람이 이 물로 눈을 씻으면 눈을 뜨게 된다는 믿지 못할 이야기도 덧붙여져 전해지고 있다.

감감천을 지나자 오른쪽에 '시검석(試劍石)'이라는 큰 바위 덩어리가 하나 있다. 바위 덩어리 중간이 쩍 갈라져 있다. 칼로 자른 것 같은 흔적이다.

답사 오기 전에 미리 칼로 자른 바위 이야기를 해 준 것을 기억해 낸 아들이 손에 칼이 쥐어져 있는 듯 바위를 향해 연신

'얍얍' 고함소리를 지르면서 자르는 흉내를 낸다. 지나가는 사람들이 재미있다고 쳐다보고 간다. 여기에는 다음과 같은 이야기가 전한다.

▲ 날카로운 칼에 베인 듯 바위 덩어리가 쩍 갈라져 있는 시검석

월나라에 구야자(歐冶子)라는 장인이 명검을 만들어 월왕에게 바치자, 오왕 합려도 간장이라는 장인에게 명검을 만들게 하였다. 간장의 아내는 막야인데 역시 장인이다. 간장이 오왕의 명을 받고 칼을 만드는데 철즙이 흐르지 않자 막야가 자신의 머리카락과 손톱을 잘라 용광로 속에 집어넣으니 철즙이 흘러서 칼이 완성되었다. 그래서 칼 이름을 하나는 간장이라 하고 하나는 막야라고 하였다. 그리고 두 개의 검을 함께 '자웅검(雌雄劍)'이라고 불렀다. 간장의 아내인 막야가 좋은 칼을 만들기 위해 용광로 속으로 뛰어 들어갔다는 말도 있다.

이렇게 만들어진 칼을 간장이 합려에게 바치자, 합려가 당장 칼을 시험하기 위해 돌을 내리쳤는데 두 조각이 났다. 그 당시 조각난 바위가 바로 이것이다.

유사 이래 최고의 라이벌의 하나가 오나라와 월나라가 아닌가 싶다. 대를 이어 복수의 칼날을 갈고, 복수는 또 다른 복수를 부른다. 복수극 속에 등장하는 여인의 이야기는 쏠쏠한 재미를 더해 주기도 한다.

오월시대 대표적인 미인은 서시(西施)다. 서시의 미모에 푹 빠진 오왕 부차는 결국 월나라 구천에게 나라를 잃게 되고 자살로 생을 마감한다. 역사의 흐름도, 인생의 흐름도 바꿔 놓을 수 있는 참으로 예측할 수 없는 것은 바로 권력남(權力男)과 미녀의 만남이 아닌가 싶다.

조금 걸어가니 베개 모양처럼 생겼다고 하여 '침석(枕石)'이라는 이름이 붙은 바위가 보인다. 돌을 던져서 바위 위에 떨어지면 아들을 낳는다는 믿을 수 없는 전설을 생각하며 실없이 돌을 던져 본다.

수십 개의 돌계단을 올라가서 내려다보니 평평하고 널찍한 바위 덩어리인 '천인석(千人石)'이 있다. 양대(梁代)의 유명한 고승인 도생(道生)이 이곳에서 설법을 하자 돌들이 고개를 끄덕였다는 전설이 전한다. 천인석 이야기는 우리나라에도 전해져서 일찍이 추사 김정희는 "봄바람 가는 돛에 꿈을 의탁하려 하네 / 나를 싣고 천인석을 향해 갈 수는 없는지(歸帆欲託春風夢 載向 千人石上無)"라는 시를 지었다.

천인석 정면에는 검지(劍池)가 있다. '호구검지(虎丘劒池)'라고 커다랗게 쓴 글씨가 눈에 띤다. 오왕 합려를 연못 아래에 장사 지낼 때 보검 3천 자루를 함께 부장하였기에 검지라고 하였다. 이 사실을 안 사람들이 보물을 찾으려고 하였는데, 월왕 구천과 진시황, 손권 등도 그런 임금의 하나였다. 그러나 모두 보물을 찾

지 못하고 빈손
으로 돌아왔다
고 한다.

▲ 오왕 합려를 장사 지낸 곳이다.
보검을 함께 묻었기에 '검지'라고 한다

검지는 깎
아지른 절벽 사
이에 있는 연못
으로, 가운데에
서 샘이 솟아나
사철 마르지 않
는다고 한다. 벽면에는 크고 작은 글씨들이 쓰여져 있다. '풍학
운천(風壑雲泉)'이라고 쓴 큰 글씨는 송나라의 유명한 서예가 미
불(米市)의 필체다. 내가 보기에는 한 사람의 필체같은데 '호구
검지'의 네 글자 중에 '검지(劍池)' 두 글자는 안진경의 필적이
라 하고, 앞의 '호구(虎丘)' 두 글자는 후대 사람들이 썼다고 한
다. 그래서 '가호구(假虎丘) 진검지(眞劍池)'라는 말이 전한다.

두 개의 우물이 있었다고 하여 이름 붙여진 쌍정교(雙井橋)
를 지나니 호구탑이 보인다. 팔각형 모양의 7층 호구탑은 북송
건륭 2년(961)에 완공되었는데, 한쪽 면이 약 2.48도 기울어져
있어서 동양의 피사탑이라고 불린다.

이 탑은 당송 시기 '동남의 명찰'이라고 불릴 정도로 유명하
였으나 여러 차례 전란과 더불어 흥망성쇠를 거듭하였다. 현재
우리가 보는 호구탑은 청 말기에 중건한 것이다. 탑 꼭대기까지
올라가면 소주 시내가 한 눈에 들어온다고 하였으나, 1층까지만
볼 수 있게 통제하고 있었다.

볼거리와 이야깃거리가 많은 호구는 아들에게 인기가 좋았다. 호랑이 담배 피우던 먼 옛날 이야기니 시시비비를 논할 필요는 없다. 어른들에게 심드렁한 이야기도 아이들에게는 상상을 가능하게 해 주는 것이 전설이지 않은가.

오·월의 이야기는 이미 다양한 문화 콘텐츠로 활용되고 있지만 아이들의 눈높이와 구미에 맞게 재개발할 필요가 있지 않을까 하는 생각을 하면서, 유서깊은 소주에서의 첫째 날 답사를 마무리지었다.

호사스러운 정원의 도시 소주

===== 졸정원, 유원, 창랑정

7월 19일. 소주 답사 둘째 날이다. 정원의 도시로 알려진 소주이니만큼 오늘은 정원을 순례할 계획이다. 그런데 자료를 뽑아보니 졸정원(拙庭園), 사자림(獅子林), 유원(留園), 망사원(网師園), 창랑정(滄浪亭) 다섯 곳이나 된다. 무슨 용빼는 재주가 있다고 하루만에 다 돌아볼 것이며, 또 그렇게 돌아보는 것은 애초 우리의 여행 목적과도 어울리지 않는다.

먼저 졸정원으로 향했다. 졸정원은 북경의 이화원, 승덕의 피서산장, 이곳에 있는 유원과 함께 중국 4대 정원에 꼽힌다고 하며, 소주에서 으뜸으로 치는 정원이기도 하다. 졸정원은 역사가 아주 깊으며, 그런만큼 이곳의 주인도 여러 번 바뀌었다. 당나라 때는 시인 육구몽(陸龜蒙)의 저택이었다가 원나라 때는 대굉사(大宏寺)로 되었다가 명대에는 왕헌신(王獻臣)의 소유였다.

졸정원은 그 이름부터 새겨보아야 할 것 같다. '졸정(拙政)'이라는 두 글자는 반악(潘岳)의 「한거부(閑居賦)」의 '灌園鬻蔬以供朝夕之膳 是亦拙者之爲政也'에서 따왔다. 이 글귀는, 정원에 채소를 심고 물을 주고 가꾸어서 아침저녁 소박한 밥상을 마련하는 것이 또한 어리석은 내가 정치하는 것이라는 뜻이다. 한 집안을 건사하며 소박하게 사는 것도 관직에 이름을 걸고 정치하는 것 못지 않다는 비유이다.

이 저택을 설계한 사람은 왕헌신이다. 왕헌신은 이 집을 짓기 위해 3년간 설계를 하고 다시 13년간 공사를 하여 완공하였다고 한다. 왕헌신 자신은 소박하게 살고자 '졸정'이라고 명명하였겠지만, 졸정이라는 의미를 새기면서 정원을 둘러보다 보면 '이게 무슨 졸정이야! 소박하다는 말을 이처럼 호사스러운 저택에 붙일 수 있단 말인가!'라는 생각이 누구나 들 것이다.

졸정원은 그 규모가 아주 크다. 발길 닿는 대로 느긋하게 보려면 하루가 꼬박 걸릴 것 같다. 기왓장에 떨어지는 빗방울 소리를 감상하기 좋도록 만들었다고 하는 청우헌(聽雨軒)을 지나니 명대 유물인 원향당(遠香堂)이 보인다. '원향'이라는 말은 주돈이의 「애련설(愛蓮說)」에 나오는 '향원익청(香遠益淸)'에서 따온 말이다. 즉, 향기가 멀리 갈수록 맑다는 뜻이다.

이 건물은 사방의 아름다운 경관을 볼 수 있도록 긴 유리창으로 되어 있으며, 내부에는 호사스러운 가구들이 배치되어 있다. 건물의 사방은 탁 트여 시원하고, 연꽃이 가득한 연못에서 실려 오는 은은한 연향이 맡아질 것만 같았다.

벌써 연밥이 익었는지 작은 배를 띄우고 연밥을 파는 아주머니가 보인다. 몇 해 전 중국 여행을 왔을 때 길거리에서 연밥을 사 먹어본 적은 있지만, 이렇게 연못에서 직접 연밥을 따는 정경을 보니 생경하면서 이국적이다. 여러 개를 사서 더위도 식힐 겸 정자에 앉아 쏙쏙 빼 먹으니 그 맛이 고소하면서도 알싸하다. 아들도 처음 먹어 보는 연밥이 나쁘지 않은지 알알이 껍질을 벗겨 호주머니에 잔뜩 넣고 걸어가면

▲ 아주머니가 나룻배에서 연밥을 팔고 있다

서 하나씩 입에 넣는다. 조금 일러서 그런지 알이 아직 차지 않은 것도 있다.

「채련곡(採蓮曲)」이라는 노래가 있다. 연꽃이나 연밥을 따면서 부르는 중국의 민가인데, 주로 남녀의 사랑을 주제로 하고 있다. 나룻배를 타고 연밥을 따며 청춘 남녀가 눈을 마주치면서 가슴을 태웠을 것을 생각하니 절로 웃음이 나왔다.

한참을 가다 보니 작은 다리가 보인다. 바로 소비홍(小飛虹)이다. 다리 위로 긴 회랑이 이어져 있으며, 수면에 무지개 같은 것이 비친다고 하여 이름 붙여졌듯이 수면 위로 건물과 나무와 하늘빛이 어른어른 비치고 있다. 비가 온다 해도 호사스런 이 저택의 주인은 비 한 방울 맞지 않고 그야말로 버선발로 돌아다니며 즐겼을 것이다. 그러니 '졸정'이라는 말이 가당키나 하단 말인가!

졸정원에서 가장 화려한 건물은 십팔만타나화관(十八曼陀羅花館)과 삼육원앙관(卅六鴛鴦館)이다. 만타나화관은 주로 남자 주인이 손님을 접대하던 장소이고, 원앙관은 여자 주인이 손

님을 접대하던 장소이다. 원앙관 앞에는 여러 마리의 원앙들이 물 위에서 놀고 있는데 별로 예쁘지는 않다.

이 건물의 유리창은 참으로 독특하다. 유리창의 일부는 파란색과 보라색의 마름모꼴 모양으로 되어 있다. 집안에서 파란색 유리를 보는 것도 예쁘지만 파란색 유리를 통해 보여지는 바깥 풍경도 볼만 하다. 이 집을 설계한 주인의 미적 감각이 놀랍다.

원앙관을 돌아서 가니 유청각(留聽閣)이 있다. 유청각은 당나라 시인 이상은(李商隱)의 "가을볕 남아있고 늦서리 날릴 제 / 마른 연잎에서 빗소리를 듣네(秋陽不散霜飛晚 留得枯荷聽雨聲)"라는 시구에서 그 뜻을 취한 것이다. 이곳 주위에도 연꽃이 가득하다. 깊어가는 가을, 연잎에 떨어지는 빗방울 소리를 가장 듣기 좋은 곳이 바로 여기라고 한다.

그리고보면 왕헌신이 이 정원을 설계하면서 가장 고려했던 점은 바로 연못과 연꽃, 그리고 빗소리의 조화에 있지 않나 싶다. 졸정원을 거닐다 어느 정자에 걸터앉아도 눈 앞에는 연꽃이 있고, 연잎에 떨어지는 빗방울 소리를 들을 수 있게 설계한 것 같다. 졸정원의 설계자도 시인이요, 졸정원 자체도 소리와 울림이 있는 한 폭의 그림인 동시에 정교한 한 편의 시인 것이다.

안타까운 것은 사람의 운수라고 누가 말했던가. 이토록 심혈을 기울여 완성한 아름다운 정원에서 왕헌신 자신은 3년을 채 못 살았고, 천하의 도박꾼인 아들은 하룻밤 도박에 졸정원을 홀라당 날려 버리고 졸정원 한 귀퉁이에서 뒷방 신세를 지다가 죽었다고 하니 말이다.

호사스럽기 이를 데 없는 졸정원에서 한껏 높아진 안목으로 유원(留園)이라는 정원으로 갔다. 유원 역시 중국의 4대 정원 가운데 하나이다. 명대 가정(嘉靖) 연간에 처음 조성되었다가 건륭(乾隆) 연간에 유서(劉恕)라는 사람이 매입하였기 때문에 유원(劉園)이라고 하였다. 그후 광서 초년에 한 관료가 이 정원을 사 여러 차례 수리하고 현재의 '유원'으로 개명하였다.

이곳도 규모가 상당히 큰 편이다. 유원에 들어서니 악기를 연주하는 소리가 은은하게 들렸다. 단아하게 차린 여인이 너풀거리는 긴 치마 위에 비파를 올려 놓고 연주하는데 제법 근사하였다. 이곳에서는 관광객들을 위해 비파, 고쟁(古箏), 얼후 등과 같은 악기를 연주한다고 한다.

유원에서도 연꽃을 감상하기 좋도록 만들어 놓은 하화청(荷花廳)이 돋보인다. 대부분의 정원이 그러하듯 연못과 기암괴석과 각종 식물들을 조화롭게 배치하여 놓았다. 특히 임천기석지관(林泉耆碩之館) 뒤편에 있는 관운봉(官雲峰)이라는 괴석은 유원의 보배라고 할 정도로 유명하다. 높이 6.5m, 무게 5t 정도 되는데 태호(太湖)에 있던 것을 이곳에 옮겨 놓았다고 한다. 유원 법첩(留園法帖)이라고 불리는 700m나 되는 긴 회랑을 지나며 역대 서예가들의 석각을 감상하면서 유

▲ 유원에서 비파를 연주하고 있다

원을 나왔다.

다음 코스는 창랑정(滄浪亭)이다. 졸정원과 유원 두 곳을 둘러보고 나니 다른 곳도 비슷하지 않겠느냐는 생각을 하면서 가지 말까 하였으나, 아무래도 소순(蘇洵)과 관계가 있는 정원이라고 하니 미련이 남았다.

택시를 타고 가는데 기사가 "왜 이렇게 볼거리가 없는 데를 가느냐"는 것이다. 그러면서 다른 좋은 곳으로 안내하겠다는 것이다. 택시요금을 얼른 주고 내려달라고 하고, 입장료 20위안을 내고 창랑정에 들어갔다.

찾아오는 관광객도 거의 없고 썰렁한 분위기로 보아 기사의 말을 짐작할 만하였다. 그래도 들어가서 보니 화려하지는 않지만 소박하고 아담하게 잘 꾸며 놓은 것 같았다. 창랑정에 눈에 띄는 주련이 있었다.

맑은 바람 밝은 달은 본디 값이 없는 것
멀고 가까운 산수는 모두 정스럽구나.
(清風明月本無價价 近水遠山皆有情)

이 시는 당송팔대가의 한 사람인 소순이 창랑정을 샀다는 소식을 듣고 친구 구양수가 축하의 뜻으로 보내온 것이라고 한다. 정원에는 소순(蘇洵)이 쓴 「창랑정기(滄浪亭記)」 전문이 실려 있는 비석이 있었다.

세 개의 정원을 답사하면서 정원에 대한 안목이 나름대로 정리된 듯하다.

졸정원과 유원이 중국의 4대 정원에 손꼽힐 만큼 화려하고
잘 꾸며져 있으며, 설계자의 뛰어난 안목을 곳곳에서 확인할 수
있는 호사가의 정원이었다면, 창랑정은 아담하고 소박하여 이른
바 학자형 정원이라는 느낌이다.

그나저나 호사가의 정원이든, 학자형 정원이든 내게 사과나
무 한 그루라도 뿌리내릴 정원을 소유하게 될 날이 언제나 올까?

무례하게 사진을 찍다니!

───── 남경 중산릉과 영곡사(靈谷寺)

　7월 20일. 깨끗하고 친절하고 음식 솜씨가 뛰어난 민박집에서 하룻밤을 자고 났더니 심신이 상쾌해졌다. 상해의 민박집에서 만난 두 명의 총각들을 우연찮게도 남경의 민박집에서 또 만났다. 참 반가웠다. 그들은 상해를 거쳐 항주, 황산까지 다녀왔다고 하였다. 그들에게 남경 답사를 함께 하자고 제안하였더니, 반나절 정도 돌아보고 바로 심천으로 이동하겠단다.

　의사소통이 되는가를 고민하지 않고 무작정 길을 떠나온 젊은이들이 기특하였다. 십 년쯤 더 일찍 세상에 대한 두려움없이 이렇게 가벼운 배낭 하나 메고 길을 떠날 수 있었다면 내 인생이 조금은 달라지지 않았을까 싶은 생각이 스쳤다.

　남경이라! 중국을 대표하는 7대 고도(古都)의 하나이며 중국의 4대 화로라고 할 만큼 더운 곳, 명태조 주원장이 나라를 세운 곳, 손문이 임시수도로 했던 곳, 그리고 일제에 의해 30만이라는 어마어마한 사람들이 학살되어 이것을 고발하기 위해 '남경대학살기념관'이 있다는 것 말고는 이 도시에 대해 별로 아는 것이 없다.

  남경에 대한 첫 인상은, 며칠 돌아다닌 다른 도시에 비해 대단히 정적이라는 것이다. 그리고 좀 낙후되었다는 느낌이다.

  오늘 답사할 곳은 중산릉이다. 중국 혁명의 아버지라고 불리는 손문(孫文)이 묻힌 곳이다. 민박집 주인이 일러주는대로 집앞에서 9번 버스를 타고 갔다. 중산릉은 1926년 3월부터 29년 봄까지 시공하였다고 하는데, 무덤이라기보다는 울창한 삼림 속에 있는 거대한 공원같다. 손문이 평소 주창했던 '박애(博愛)'라고 쓴 글자가 입구에 보인다. 손문의 수적(手迹)이다.

  다시 '천하위공(天下爲公)'이라 쓰여진 능문을 지나니 국민당 담연개(譚延闓)의 친필이 있는 비정(碑亭)이 보인다. '천하위공'이란 말은 「예기」에 나온다. "군주는 조금이라도 사사로움을 두어서는 안된다"는 뜻인데, 평소 손문이 자주 인용했던 구절이라고 한다. 비정에는 '중국국민당장총리손선생어차(中國國民黨葬總理孫先生於此)'라는 금색 글씨가 쓰여져 있다.

비정에서 제당까지 오르는 계단이 끝없이 이어져 있다. 제당까지 오르는 수백 개의 계단은 중산릉에서 가장 인상적이다. 엄청나게 많은 계단에 압도당하는 동시에 손문이 중국 역사에서 얼마만한 위상을 차지하는지 가늠할 수 있을 것 같다.

계단은 정확히 392개이다. 392개는 손문이 사망하였을 때 중국 인민 3억 9천 2백만 명이 애도하였다고 하여 그것을 기념하기 위한 것이라고 한다.

계단을 반도 오르지 못했는데 온몸은 땀으로 범벅이 되었다. 수건을 물에 축여 목덜미를 연방 닦아도 더위는 여전하다. 아들은 정말 계단이 392개가 되는지 밑에서부터 세고 있는데, 어디에서 잘못 세었는지 맞아떨어질 것 같지가 않다. 여기에도 한국인들이 많이 오는지, 안내표지판이 중문, 영문, 일문, 그리고 한국어로 표기되어 있었다.

드디어 제당에 올라왔다. 손문이 제창한 삼민주의, 즉 민족, 민권, 민생이라는 글자가 제당에 쓰여 있다. 안에는 손문의 조각상이 있어서 아들을 앞에 놓고 기념촬영을 하였다. 묘실에는 손문의 와상이 안치되어 있다. 그 지하에는 중국의 어느 지도자보다도 많은 존경과 사랑을 받았던 손문이 묻혀 있다. "혁명은 아직 이루어지지 않았다"는 그의 유언이 귓가에 울리는 것 같다.

숙연한 마음으로 제당 안을 둘러보면서 카메라 셔터를 눌렀다. 그런데 제복을 입은 안내원이 다가오더니 굳은 표정으로 카메라를 가리키면서 뭐라고 하는 것이었다. '촬영금지'라는 안내표지를 미처 보지 못하고 촬영을 한 것이다. 미안하다고 하고 가려고 하니, 필름을 꺼내라고 하는 것이다. 순간, '잘못하다가는 지금껏 찍은 사진을 몽땅 날려버리는 것 아닌가' 하는 생각에 잔뜩 긴장이 되었다. 곧 디지털 카메라라서 필름이 없다고 하고 가려고 하자, 다시 나를 불러 세웠다. 손을 내밀며 필름을 꺼내라는 것이다.

맙소사! 찍은 사진을 모두 보여주면서 제당 안에서 찍은 사진을 삭제하였더니 그제서야 가라고 하는 것이었다. 중국 인민들이 존경해 마지 않는 지도자 손문이 잠들어 있는 제당에서 예의도 없이 촬영을 하다니! 그들의 눈에는 용납이 안되겠지. 카메라를 들고 있으면 찍어야 한다는 생각에 사로잡혀 정황판단도 하지 않은 채 무조건 셔터를 누르는 몰지각한 행동을 할 때가 있다. 경계해야 할 일이다.

안내원에게 주의를 받은 터라 잔뜩 긴장한 표정으로 제당을 나서서 후원으로 갔다. 후원에는 중산릉을 건축할 때의 역사 사료를 전시해 놓았다. 다시 392개의 계단을 내려갔다. 중산릉 앞 숲에는 부채꼴 모양의 야외음악당이 있는데, 3천 명 정도를 수용할 수 있다. 여기에서 아이스크림과 과일을 먹으면서 땀을 식혔다.

다음 코스는 영곡사(靈谷寺)이다. 중산릉, 영곡사, 명효릉까지 볼 수 있는 관람표를 사면 셔틀버스로 이동할 수 있다. 중산릉에서 5분 정도 걸린다. 영곡사는 종산(鍾山) 동쪽 자락에 있는 고찰이다. 육조시대에 창건된 개선사(開善寺)가 영곡사의 전신이다. 명나라 주원장이 남경에 도읍을 정하고 이곳으로 개선사를 옮기면서 영곡사가 되었다. 천하제일의 선림(禪林)으로도 불린다.

영곡사에 남아 있는 유일한 명대 건축양식인 무량전(無樑殿) 앞에는 5.3m 길이의 커다란 돌거북이가 있다. 표지판에는 '돌거부기'라고 되어 있다. '거부기'는 거북이의 북한식 표기이다. 무량전은 나무가 아닌 벽돌로 건축하여 들보가 없다. 또 전에는 법당 안에 무량수불을 모셨기 때문에 '무량전'이라는 이름이 붙었다고도 한다.

무량전 안에는 신해혁명 때 죽은 장군 110명의 청석비(靑石碑)와 신해혁명과 관련된 자료가 전시되어 있다. 비가 온 탓에 무량전 실내에는 습기가 가득하여 앞을 보기도 어려웠고, 바닥은 물기로 질척거렸다. 사찰의 일부라기보다는 신해혁명(1911) 때 죽은 열사들을 모신 사당이라고 하는 편이 나을 것 같다. 그래서 좀 으스스하였다.

영곡사에 들어가려면 입장료와 별도로 2원을 내야 한다. 영곡사에는 대웅보전, 관음각, 삼성전, 장경루와 같은 건물이 있다. 고찰이라고는 하지만 찾아오는 관광객은 많지 않았고, 또 사찰 한편은 보수공사 중이라서 좀 썰렁했다. 대웅보전에 모셔진 석가모니 부처님을 향해 간단히 삼배만 하고 나왔다.

영곡사 앞에는 중산(中山)의 유명한 경관의 하나인 '팔덕공수(八德功水)'가 있다. 여덟 가지 좋은 점을 가진 물이 영곡사 앞으로 흐르고 있어 많은 사람들이 다투어 이 물을 마셨다고 한다.

여덟 가지 장점이란, 맑고(淸), 시원하고(冷), 향이 있고(香), 부드럽고(柔), 달고(甘), 깨끗하고(淨), 목 메이지 않고(不噎), 병을 제거해(除病) 주는 것이란다. 그런데 그렇게 깨끗하기로 유명한 물이 오늘은 검은 흙탕물이다. 비가 온 탓일까!

구층석탑을 보아야 영곡사를 제대로 보았다고 할 수 있는데, 더위에 지쳐 한 걸음도 못 걷겠다고 하는 아들을 억지로 떠밀고 탑까지 갈 수가 없었다. 아쉬움을 남기고 명효릉으로 이동했다.

'떠돌이 황제' 주원장,
성깔은 진시황급

===== 남경 명효릉

영곡사에서 명효릉(明孝陵)으로 이동하는데 비가 오고 있
다. 가랑비보다는 조금 굵은 빗방울이 떨어지고 있다. 빗속에 왕
릉을 산책하는 셈이 되었다. 안개가 자욱하여 수목 사이로 보이
는 건물들이 흐릿하다. 바람에 떨어진 나뭇잎을 밟으며 걷자니
아직 한여름인데 벌써 가을이 성큼 다가온 느낌이다.

명효릉은 명 태조 주원장(朱元璋)의 무덤이다. 주원장은 안
휘성의 가난한 농부의 아들로 태어나 전염병과 기근으로 17세에
부모형제를 잃고 한때 떠돌이중으로 유랑생활을 하다가, 홍건군
에 가담하여 눈부신 무공을 세우고 중국 황제에까지 오른 인물이
다. 달리 말하면 떠돌이중에서 황제의 자리에까지 오른 인생역전
의 주인공이 바로 주원장이다. 왕후장상의 씨가 따로 있지 않음
을 보여준 인물이다. 연호는 홍무제(洪武帝)였다.

명효릉은 1381년에 짓기 시작하여 1398년 주원장이 이곳에
묻히고 난 뒤 1413년에야 완공이 되었으니 수십 년에 걸쳐 만들
어진 능이다. 명효릉은 규모 면에서도 손꼽힐 정도로 방대하다.
명의 왕릉이 모두 북경에 있는 반면 유일하게 남경에 소재한 능

이다. 명효릉은 2003년에 유네스코 세계문화유산으로 지정되었다.

떠도는 말로, 주원장이 죽은 후 남경의 13개 성문에서 그의 관이 동시에 나왔기 때문에 과연 이곳 종산에 주원장이 묻혔는지 의심하는 사람이 많았다. 그래서 주원장의 능묘가 조천궁 삼청전(三淸殿) 아래에 있다고 하는 설도 있고, 황성의 만세산(万歲山) 아래에 있다고 하는 설도 있었으나, 명효릉 지하에 주원장과 황후 마씨가 함께 묻힌 것이 틀림없다고 한다.

왕릉에는 문무방문(文武方門), 비전(碑殿), 향전(享殿), 내홍문(內紅門), 승선교(升仙橋), 명루(明樓), 보정(宝頂)이 일직선으로 배치되어 있고, 그 좌우로 동서정정(東西井亭), 어주(御廚), 구복전(具服殿), 동서비전(東西妃殿) 등 주요 건축물이 있다.

안으로 들어가면서 가장 먼저 볼 수 있는 것은 문무방문이다. 여기에 특별고시비(特別告示碑)가 있는데 이색적이다. 일어, 독일어, 이태리어, 영어, 프랑스어, 러시아 등 6개국 언어로 쓰여져 있는 이 비는 명효릉을 보호하자는 취지의 내용이다. 1909년에 세워졌다.

청나라 강희제 때 만들어진 비전(碑殿)에는, 1699년 어필로 쓴 '치융당송(治隆唐宋)'이라는 네 글자가 또렷하게 보인다. 명태조의 치적이 당송시대만큼 융성하였다는 뜻이다.

이곳을 지나면 또 하나의 전각이 있는데, 향전(享殿)이다. 효릉전이라고도 한다. 이곳에는 주원장과, 그의 부인 마황후와 소실들의 위패가 모셔져 있다.

주원장은 고금의 여느 임금과 마찬가지로 수많은 여인을 가까이 두어 26명의 아들과 16명의 딸을 얻었지만, 유독 마황후를 총애하였다. 마황후는 곽자흥의 수양딸이었다. 곽자흥은 홍건군(紅巾軍)의 장수로, 주원장이 곽자흥의 군문에 들어가 무공을 세우게 되고, 이같은 인연으로 마씨를 부인으로 맞이하게 된다.

마씨는 마음씨가 착하고 인자하고 예의바른 여성으로 알려져 있다. 이른바 현모양처형인 마씨 부인에게도 단 하나 흠이 있다면 그것은 발이 크다는 것이었다. 마씨 부인의 큰 발과 관련된 여러 에피소드가 전하고 있다.

마씨 부인은, 일찍 어머니를 여의고 전쟁터에서 생애를 보낸 생부 때문에 전족을 할 수 있는 형편이 되지 못하여 여느 여인들보다 발이 컸다고 한다. 나중에 황후가 된 뒤, 마황후의 발을 크게 그렸다고 하여 명태조의 노여움을 사서 그림을 그린 화사(畵師)뿐만 아니라 그림을 보고 웃은 사람까지 죽임을 당하였다는 이야기는 잘 알려져 있다.

주원장이 마황후의 발을 커다랗게 그렸다고 하여 화사를 처형한 사건은, 마황후를 몹시 사랑한 증표라기보다는 자기의 비천한 출신에 대한 콤플렉스를 가지고 있던 주원장의 심리 표출이라 여겨진다. 당시에 일어난 필화(筆禍) 사건이 다른 예가 될 것이다.

주원장은 한때 중이 되었던 것과 홍건적에 가담하였던 사실을 부끄럽게 여겨 공식문서에 '승(僧), '독(禿)'과 '적(賊)' 등의 글자를 쓰는 것을 금지했을 뿐만 아니라, 승(僧)과 발음이 비슷한 '생(生)', 적(賊)과 발음이 비슷한 '칙(則)'도 쓰지 못하게 하였다. 그래서 '예성생지(睿性生知)', '의칙천하(儀則天下)' 등의 글귀를 써 처형되었다는 믿기 어려운 사건들이 부기기수였다고 한다.

주원장에 대하여 역사가들은 강력한 전제정치를 통하여 민생을 안정시켰다고 하는 반면, 개국공신마저 잔인하게 숙청한 공포정치를 실시하였다고 엇갈리는 평가를 하고 있다. 그래서 주원장의 초상화는 온화하고 인자한 모습으로 그려진 것과, 뾰족한 턱과 부리부리한 눈매로 몹시 포악하게 보이는 두 종류가 전하고 있다.

현재 보이는 향전은 청나라 때 전란으로 소실되어 동치 연간(1862~74)에 다시 보수한 것이다. 지금도 주춧돌 56개는 그대로 남아 있다. 향전 앞에는 명대의 무늬가 새겨진 돌난간과 용과 봉황이 새겨진 석주가 많이 훼손된 채 불구의 형상으로 남아 있다. 크게 훼손되었음에도 당시 얼마나 화려하고 풍격이 있었는지 짐작하기란 어렵지 않았다.

향전 북쪽의 내홍문(內紅門)을 지나 명루(明樓)까지 쭉 뻗은 길에는 양쪽에서 마치 호위라도 하듯 울창한 수목이 늘어서 있었다. 똑똑 떨어지는 빗방울 소리와 함께 수풀에서 바스락거리는 소리, 높은 나무에서 콕콕 찍어대듯 우는 새소리가 듣기 좋았다. 짙은 운무 속의 왕릉은 마치 한 폭의 그림 같았다. 실로 오랜만에 보는 진

▲ 명대 무늬가 새겨진 돌난간. 용과 봉황이 새겨진 석주가 남아 있다

풍경이라 신비하기까지 하였다.

명효릉의 가장 끝에 있는 명루에 올랐다. 네모난 성벽 위에 있는 건축물이 명루라고 하는데, 전란으로 훼손되어 지금은 황색 벽면만 남아 있다. 휑한 느낌이다. 명루를 둘러싼 성벽은 벽돌로 정교하고 단단하게 쌓아 올렸는데, 흥미롭게도 벽돌마다 제작자의 이름과 만든 곳이 새겨져 있다. 성벽을 쌓으면서 불량 벽돌이 나올 경우, 새긴 이름을 보고 그 사람을 잡아 처단하였다고 하니 진시황의 병마용을 연상하게 하였다. 포악하고 잔인했던 역대 군주에게서 볼 수 있는 공통점인가 보다. 성호 이익(李瀷)은 "주원장의 사납고 각박한 성질은 진시황과 같았다"라고 하였으니 맞는 말인 것 같다.

성벽에 '차산명태조지묘(此山明太祖之墓)'라고 쓰여져 있다. 그러니까 명루 뒷편의 완주봉(玩珠峰)에 주원장과 그의 부인 마황후가 묻혀 있다는 것이다. 송백나무가 울창하고 방초가 무성한 이곳에 한 시대를 호령했던 군주가 깊이 잠들어 있다고 하니 허망한 느낌이 들었다.

명루에서 내려와 능의 입구에 해당되는 신도(神道)로 향했다. 영성문(欞星門)을 지나니 위엄있게 생긴 문관과 무관 석인(石人)이 양쪽 길에 우뚝 서서 사람들을 반겼다. 이 신도석인은 바로 능을 지키는 파수꾼 역할을 한다. 문무석인이 호위하는 양쪽 길에는 원백(圓柏)이라는 나무가 줄을 맞춘 듯 나란히 서 있다. 측백나무과에 속하는 이 나무의 줄기는 S자 모양으로 휘감겨 올라갔다.

한참을 걸어가자 또다른 신도가 보였다. 이번에는 사자, 낙타,

코끼리, 기린, 말, 해태 등 6종류의 석수(石獸)가 호위하는 길이다. 커다란 돌을 깎아 만든 것인데 대단히 정교해 보인다. 앞에 낙타를 세워 놓은 것

▲ 코끼리 석수가 호위하는 신도

은 명효릉이 처음이며, 서역지방의 안녕을 기원하는 뜻에서라고 한다. 석수에 올라타고 사진을 찍으려는 아이들이 눈에 띄었다. 물론 아들도 예외는 아니었다. 신도는 800m 정도 이어져 있었다.

석수가 호위하는 신도를 끝까지 걸어갔다가 다시 돌아오는 것으로 명효릉 답사는 끝났다. 왕릉 답사는 때로 아이들에게 지루하고 고답적일 수 있겠다는 생각이 든다. 어느 왕릉을 막론하고 방대한 규모라 한없이 걸어야 하는 것이 기본이요, 빽빽한 수목 속에 덩그러니 남아있는 옛 건축물들뿐, 아이들의 호기심을 자극하는 볼거리가 많지 않으니 말이다.

그래도 엄마와 함께 타국의 왕릉을 호젓하게 걸어본 것이 아들에게는 소중한 추억이 될 것이며, 조금이나마 영혼을 살지우는 자양분이 될 것이라는 자위해 본다. 아침 아홉 시부터 오후 다섯 시까지 이어진 오늘 답사가 아들에게도 버거웠던지 민박집으로 돌아가는 버스 안에서 내내 꾸벅꾸벅 졸았다. 물론 나에게도 고단한 하루였다.

남경의 공자묘는 화려하다

공자묘와 진회강

　7월 21일. 오늘은 상해에서 남경까지 이어진 긴 여행의 마지막 일정이 된다. 오후 7시편 연대행 침대버스를 예매해 놓고 나니 답사가 좀 심드렁해졌다. 그래도 언제 다시 여기에 올 수 있을까 싶어 힘을 내어 배낭과 카메라를 챙겨 들고 민박집을 나섰다. 오전에는 중화민국 시대 손중산이 임시정부청사로 썼던 총독부를 두어 시간 둘러보고, 남경박물관도 관람하였다. 오늘 답사의 마지막 코스는 공자묘이다.

　공자묘는 산동성 곡부가 규모 면에서 단연 으뜸이다. 남경의 공자묘는 곡부에 비하면 초라하지만 그래도 남경을 대표할 만한 관광구의 하나이며, 어쩐지 그냥 지나치면 안될 것 같다는 생각에서 정한 마지막 코스이다. 공자가 뭐길래! '공자가 죽어야 나라가 산다'고 한 분도 있지만, 나에게 공자는 평생 밑줄 그어가며 읽고 또 읽어야 할 텍스트이다.

　택시를 타고 내린 남경의 공자묘는, 남경의 중심가인듯 아주 많은 사람들로 흥성거렸다. 그러나 25원에 표를 사가지고 들어간 내부에는 의외로 관광객이 많지 않았다. 이곳의 공자묘는 송나라 경우(景祐) 원년인 1034년에 만들어졌다. 내부에는 공자의 위패를 봉안하고 제사지내는 대성전(大成殿)과 명덕당(明德堂), 대관원(大觀園) 등 주요 볼거리가 있다.

곡부에 있는 대성전이 황실에서만 쓸 수 있는 노란색 기와를 사용하여 공자의 위상을 드러낸 것과는 다르게, 남경의 대성전에는 검은색 기와를 입혔다. 그러나 대성전 앞에 세워진 공자 청동상은 볼만 하였다. 높이 4.18m에 무게는 무려 2,500톤이나 되어 전국에서 가장 큰 공자상이다.

『사기』에는 공자의 신장을 9척 6촌이라고 하였으니, 환산하면 2m 10cm쯤 되는 셈이다. 물론 주척(周尺), 한척(漢尺)이 현재와 다르니 정말 장신은 아닐 것이다. 공자의 체구가 그처럼 컸음을 입증이라도 하듯 청동상 역시 위압적일 만큼 거대하였다. 그러나 보일듯 말듯한 입가의 미소와 인자한 표정이 청동상에 드러나 있어 근엄하면서도 자애로워 보인다.

공자의 청동상 앞에는 흰 석상이 좌우로 늘어서 있는데, 이들은 바로 공자의 수제자인 공문십철(孔門十哲)이다.

대성전을 둘러보고 밖으로 나오니 거리에 더 많은 사람들이 오고갔다. 앞서 입장권을 사서 들어간 곳은 후문이고, 이곳이 정문인 듯하였다. 높다란 석방에는 '영성문(欞星門)', '천하문추(天下文樞)'라고 쓰여져 있었다. 오고가는 사람들을 태울 가마가 여러 대 대기하고 있었으나, 손님이 없는 탓인지 더위에 지친 가마꾼들이 꾸벅꾸벅 졸고 있었다. 재미있게도 가마꾼들은 모두 노란색 유니폼을 입고 있었다.

덕원이를 데리고 천천히 거리를 걸었다. 먹거리, 볼거리가 넘쳐나는 활기찬 거리였다. 지나가다보니 '취두부(臭豆腐)'라는 것이 있는데, 이곳의 유명한 음식인지 사람들이 가게 앞에 서서 너도나도 한 꼬치 들고 가는 것을 보고 우리도 한 꼬치씩 샀다.

그런데 덕원이는 웩! 하면서 못 먹겠다고 내게 넘겼다. '취두부'라는 이름에 맞게 두부에서 나는 냄새가 장난이 아니었다. 고약하고 약간은 역한 냄새가 나서 먹기가 힘들었다. 그래도 역한 냄새를 참고 씹어 보니 두부 특유의 고소한 맛이 입가에 감돌았다. 취두부는 냄새는 고약해도 우리나라 청국장처럼 사람 몸에 매우 이롭다고 한다.

공자묘 앞으로 한 줄기 강이 흐르고 있는데, 진회강(秦淮江)이라고 한다. 화려한 누선이 관광객을 기다리고 있었으나 요금이 비싸 타지 않았다. 이곳은 낮보다 밤의 풍경이 훨씬 화려하고

▲ 남경의 진회강

아들아, 이것이 중국이다

아름답다고 한다. 단체관광이 아니라 아들과 둘이 다니다보니 낯선 곳을 야간에 활보하기에는 아직 두려움이 있어서, 아름다운 야경으로 소문난 곳이라도 찾아가기가 쉽지 않다. 어젯밤 민박집에서 만난 총각들과 동행했더라면 좋았을 것이라는 후회가 든다.

공자는 일찍이 흐르는 시냇물을 가리켜 제자들에게 말하기를 "흘러가는 것은 이 물과 같이 밤이나 낮이나 쉼이 없도다(逝者如斯夫 不舍晝夜)"라고 하였다. 세상의 모든 만물은 쉼없이 흘러가는데 그 단적인 증거가 바로 시냇물이니, 주야를 가리지 말고 쉼없이 학문에 정진하라는 뜻으로 한 말씀이다.

그러나 공자묘 앞을 유유히 흐르는 진회강은 사물의 논리를 명쾌하게 꿰뚫어 말한 공자의 일언(一言)보다는 강가에서 대취하여 하룻밤을 흥청대며 보냈을 만당시인 두목(杜牧)을 연상하기에 적합한 듯하다. 그는 「야박진회(夜泊秦淮)」란 시에서 진회강을 다음과 같이 노래하였다.

연기는 찬물에 자욱, 달은 모래에 휘영청
밤에 진회에 배를 대니 술집이 바로 옆에 있네.
(煙寒實水月籠沙 夜泊秦淮近酒家)

그 옛날 두목이 흥청거리며 놀던 곳이라서 그럴까, 진회강은 화려하며 많은 사람들로 흥청거린다. 진회강 덕분에 남경의 공자묘도 덩달아 화려한 듯하다.

오후 4시가 되자 남경의 공자묘도 진회강도 뒤로 하고 민박집으로 돌아갔다. 가는 날이 장날이라고 남경대학살기념관은 마침 공사중이라서 관람할 수가 없었다. 며칠 보관하고 있던 짐보따리와 예매한 표를 들고 고맙다는 인사를 남기고 남경 터미널로 갔다. 8박 9일이나 되는 참으로 긴 여정이었다. 긴 여행을 함께 한 덕원이가 고맙고 기특하고 대견하다.

어느 선사는 '나그네 길에 오르면 자기 영혼의 무게를 느끼게 된다'고 하였다. 고속버스 속에서, 기차 안에서, 혹은 낯선 빈관이나 이름 모를 식당에서 불쑥불쑥 지나온 나의 흔적들과 마주하는 시간이었다.

부끄러운 기억으로 고개를 떨구던 때도 있었다. 예고없이 닥쳐올 이별의 시간 앞에서 부끄러운 흔적을 남기지 말아야겠다는 새로운 다짐도 하였다. 한편으로 호락호락하지 않은 세상살이에 내심 두려움없이 맞설 수 있는 작은 용기와 뱃심이 생긴 것도 사실이다.